李昂小說中
女性意識之研究

黃絢親◎著

黃　序

　　李昂的小說是好的小說，黃絢親《李昂小說中女性意識之研究》是一本好的論文。不只是我這麼說而已，兩位口試委員，逢甲大學的林聰明教授、本系的蔣美華副教授，以及系上台灣文學權威陳啟佑教授都這麼說。

　　絢親原本就嗜讀、熟讀李昂的小說，以李昂的小說作為研究對象，不僅天經地義，而且是一件賞心樂事。問題只在於撰寫之初，因為操作體系龐大的論文是嶄新的工作，之前修習學分撰寫短篇讀書報告所累積的心得仍然有限，因此起頭顯得頗有捉襟見肘，甚至處處碰壁的困境。於是，我建議她不妨撥冗參加幾場與論文主題相關的學術論文研討會，看看學者如何撰寫論文、講評人如何看待他人的論文，從中應該可以獲得一些啟發。接著，請她廣蒐同質性較高的學位論文或專書，觀摩研究者的論述方式與諸般技巧，強調該擁有的資料就要真的擁有，該閱讀的資料就要確實閱讀，這些她都做到了。下一步就是請從遊張政偉君提供女性主義、女性文學之領域中的經典或名作，建議她也要設法擁有且切實閱讀。就這樣，從原本的不知從何下手，到轉而生巧，再到得心應手、欲罷不能，絢親成為該班第一位提出口試並且順利畢業的研究生！

　　撰述過程中，身為指導教授，我僅有提醒與點撥的動作，一切由她依自己的想法來發揮。因此，這本《李昂小說中女性意識之研究》若有好的成績，是絢親自己的努力成果，若有較為明顯的疏失，那就要怪我當時忙於系務，無暇專心檢驗她的成品。

　　口試過程當然並非絕對輕鬆、順利，口試委員也提出不少犀利的論見與不易回覆的問題，而我印象最深刻的是，所有涉及小說中的細部描寫者，絢親的回答所顯示出的對李昂小說內容的熟稔度，是讓所有現場人員瞠目結舌的。

　　絢親的《李昂小說中女性意識之研究》即將公諸於世，我很高興為她撰寫這篇短序。

黃忠慎　2004年12月序於彰化師大研究室

自　序

　　李昂擅長書寫「性愛」來表達個體的思考，或許如此反傳統的書寫方式，讓她備受爭議，不過毫無疑問的李昂作品的深度與影響力足以讓她在現代文學史中佔有一席之地。歷來研究者對李昂小說中具有「女性意識」的書寫多採正面肯定的態度，但是對於其「女性意識」的思考重心與型態卻著墨甚少。本書全面整理李昂小說並歸納其女性意識作主題分類，以文本為主作綜合論述，企圖藉此對李昂小說作初步的分析與評價，並釐清她作品中的女性意識跟現代女性主義的關連。

　　當論文完成後，我滿足地閱讀著每一個字，或許這不是名山之作，也沒有風雨之聲，但是字裡行間都是生命的足跡。海德格（Martin Heidegger）的《存在與時間》告訴世人所謂的真理就是去蔽，個體去蔽的途徑便是要不斷地「拋入」活動中。對我而言這本書撰寫並不是刻意用純知識的命題去切合研究對象的判斷，而是一種思考的澄明昇華。

　　每當論文寫完一段落後，我都會到白沙湖旁繞著圈子沈澱心情，卻每每發現季節總是遺忘了我，逕自換了容顏。時間流逝的速度，逼迫我放下一切，在滿堆的書籍中倉皇趕

路。終於，現在可以稍稍停下腳步，聽那閒適漫遊的風聲過
林，看那無心飄零的落葉滿地。

　　攻讀研究所期間，感謝彰化師大的良師益友們。最要感
謝的便是業師黃忠慎教授導引正確的研究方法，還有大師兄
張政偉的全力協助。沒有他們，這本論文將只是一種囈語。

　　　　　　黃絢親　2004年12月序於士林寓所

目　錄

第一章

緒　論

第一節　研究動機與研究方法

一、研究動機

　　李昂（1952—）向來是備受爭議的女作家，從1968年〈花季〉發表至今，從事創作已30多年。她擅長用「性」來表達問題，也因此受到嚴厲的批評。她的作品具有豐富的解讀性，除了眾所皆知對「女性」的關懷外，其實她還想要觸及全人類的人性關懷，就因為如此筆者對李昂感興趣，又因為自己在就讀大學中文系時接觸了「女性文學」，開啟了我的「女性意識」，後來更閱讀了「女性主義文學批評」，了解到傳統文學批評是「以男性為中心的批評準則」[1]，女性應該有著自己的「文學傳統」只是有待追尋。筆者身為女性又是中文系的一員，當然義無反顧要承繼這個使命，於是我尋尋覓覓想找一個「女作家」作為研究的對象，終於找到「李昂」，開始了我的研究旅程。談起筆者的研究動機理由有三。

　　首先，是要尋找女性文學的傳統。張岩冰在其所著《女權主義文論》中曾經提到：

> 尋找婦女自己的文學傳統是當代女權主義者孜孜以求
> 的目標之一，她們認定有一個獨立的女性文學傳統存
> 在，這一傳統一直為父權制文化所壓抑，女權主義者
> 的任務就在於重新發現被埋沒的女作家和她們的作
> 品，為女作家在文學史上的地位甚至是為她們應有的
> 最起碼的承認而呼籲。[2]

張岩冰認為女性文學的傳統一直為「父權文化」所壓抑，而女權主義者的任務就在於尋找這個傳統。而根據歷來研究者的報告指出：李昂的作品是走在「批判父權」的道路上。女性文學的傳統被父權壓抑，而李昂又是「批判父權」的女作家，也許李昂的小說正有這種「女性文學的傳統」存在，所以筆者興起研究的興趣，試圖找出李昂作品是否有著「女性文學」的傳統，因此設定「李昂」為我的研究對象。

　　其次，是「李昂的追尋目標」吸引了我。李昂是個力圖不斷自我超越的女作家，她在接受邱貴芬老師的專訪時曾說：

> 我真的很想試試看可能不可能寫出過去被埋藏在男性
> 作家父權思想之下的東西。我想，終我一生，我還是
> 對那所謂的 feminine self（女性自我）非常感興趣。[3]

就是這種李昂對「自我」的追尋目標，深深吸引著我想要一

探究竟她的文學是否有這種「女性自我」的存在。李昂有強烈的企圖心及自我期許，她想創作「既女性也是偉大的文學作品」[4]，而且不同於其他作家的創作。李昂的野心與執著使我想要研究她的小說，因為有遠大目標的作者比較有可能寫出成功的小說。李昂又說：「表現真實一直是我最基礎的創作信仰，特別在一個充滿善意的謊言的文化與社會裡，我以為這是作者該有的基本道德。因而，只要我認為該反映的，我不太會考慮到它是否觸及社會成規（請注意我不曾用道德而用成規）或禁忌。當然，這樣做的結果就是十幾年來我受到不斷的謾罵與人身攻擊。可是如果你問我，我還堅信我這樣的理想嗎？我的回答是肯定的……。」[5]由此可知，李昂是有其創作理想的。筆者更喜歡的是她的坦率直言，以及她文本中的真實樸質——以挖掘問題見長不以文采取勝，令人想要閱讀她的著作。

再者，前人遺留的研究空間使筆者想再深入研究。在洪珊慧（清華大學，中文所碩士論文1998.06）和顏利真（靜宜大學，中文所碩士論文，2000.06）兩位的論文中皆留下「研究空間」，前者肯定李昂的「女性意識」藉由「性」來自我追尋，後者提出李昂作品有明顯的「反抗父權」思想，雖然這兩位研究者能說明李昂的文學現象，但無法窮究李昂作品如何表達這種現象，而以「性反抗」意識總結一切問題，筆者認為絕非如此簡單，李昂作品應有更深層的意識蘊藏。

基於以上三個理由，筆者欲在前人的研究基礎上企圖找出李昂作品的共同脈絡，挖掘深藏於李昂小說中的女性意識。

二、研究目的與方法

（一）研究目的

　　李昂在現代文學中的名聲相當響亮，其作品的知名度一向居高不下，不過其作品所陳述的內容與思想卻讓她成為備受爭議的女作家。李昂作品引人爭議的主題大約環繞在兩方面。第一是對她小說中的「性描寫」場景有無必要的討論。第二則是對她的「女性主義作家」身份定位的爭議，有人認為她是「投靠父權論述」的女作家，有人則以「女性主義作家」定義她。筆者希冀藉由對其作品做比較及綜合論述的研究工作來釐清李昂小說的創作動機。這是本論文的第一個研究目的。

　　歷來研究者對李昂小說中具有「女性意識」的書寫多採正面肯定的態度；但是對於其作品具有什麼樣的女性意識卻著墨甚少。本文擬全面整理李昂小說並歸納其女性意識作主題分類，以文本為主作綜合論述，企圖藉此對李昂小說作初步的分析與評價並釐清她作品中的女性意識。這是本研究的第二個目的。

　　在李昂30多年的創作生涯中，筆者深信一定有個貫穿其作品的中心思想於其中，而歷來研究報告多沒有論及此點，大部份是以「性反抗」意識總結她的創作思想。我們認為有進一步深化探討李昂小說中心思想的必要性。這是本論文的第三個研究目的。

　　李昂是台灣女性文學的重要作家，她在台灣備受爭議，

卻在國際間漸受重視。筆者希冀藉由本研究找出一個能全盤理解李昂創作的切入點並以之觀照其作品的價值，更希望此研究能成為日後判斷李昂在台灣女性文學發展史上地位的參考資料。這也是本論文的研究目的之一。

（二）研究方法

李昂是一位專業作家，她的作品也持續在創作中，所以筆者僅以李昂已創作發表並集結成書的14本小說做為研究範圍，散文、訪談傳記、專欄選集則暫不列入研究範疇。筆者首先會對這位揚名國際的女作家的生平做一整理，因為前人的論文均是以「李昂受訪實錄」為主簡單一筆帶過她的生平，筆者打算就李昂的生平及創作背景做一系統性地研究，以作為本論文的基礎解釋。再來全面爬梳李昂的所有小說及相關的期刊、學位論文資料，利用「文獻分析法」加以整理、閱讀、篩選、分析、比較、歸納、推論、詮釋、批判與綜合論述。為了尋找李昂所有作品的共同脈絡，將打破李昂小說的階段區分 ——「不以『階段性作品』解析她的文本意義」，而嘗試尋找李昂小說不同時期共同的「主題意識」。此外，更著重文本的「開放性」，不以傳統的「作家論」來解析文學，擬用下列兩種理論解讀李昂小說。

1、接受反應理論

羅蘭巴特（Roland Barthes, 1915-1980）曾有個重要觀念，就是作品一旦產生，作者已死。他強調文學作品本身有無窮的「創造性」，所以將文學作品稱為「文本」，意指它能夠「多義共生」，只要讀者能解讀合理，各種「解讀」都是存在著「有效性」的。金元浦在其所著《接受反應文論》中

曾說：

> 處在這一歷史的轉折點上，接受反應文論既欲突破西
> 方文學的整體性體系，消解長期統治文學批評的作者
> 中心論和本文中心論，又想在破除之後，走向一種新
> 的讀者中心的批評，由邊緣而進入中心。[6]

接受反應文論是一種以「讀者」為中心的文論，不同於傳統
的「作者中心論」，強調文本的開放性。傳統的文學批評將
作品視為一個「閉鎖」的符號世界，而新的「文本觀」將文
學開放於「讀者的閱讀活動」中；傳統的文學批評將作者與
作品視為父子的關係，可是新的「讀者反應理論」卻認為讀
者是作品的再生之父；也就是閱讀即「創造」。[7]本文即沿
用「接受反應理論」對李昂的「文本」進行解讀，而不以
「作者中心論」來分析小說，期盼能找到李昂文本中的「女
性文學傳統」，也就是過去被埋藏在男性作家及父權思想下
的東西——「女性自我」。

2、女性主義文論

「婦女研究」自西元1985年傳入台灣至今有十多年，
「女性主義」一詞已變成今日的顯學和流行用語。[8]而今女
性主義文學理論與各種文學方法相結合，在顧燕翎所編的
《女性主義理論與流派》一書中將「女性主義」分為十派，
分別是：「自由主義女性主義」、「馬克思主義女性主義」、
「存在主義女性主義」、「基進女性主義」、「精神分析女性
主義」、「當代社會主義女性主義」、「女同志理論」、「生
態女性主義」、「後現代女性主義」、「後殖民女性主義」

等。因此「女性主義」被譏笑為「拿來主義」，對此唐荷有如下的辯駁：

> 女性主義與各種不同文論方法之間的互動與結合，與其說是「拿來主義」，不如說是一種「對話」來得貼切些。任何理論方法都不能忽視來自女性主義這個當代最具顛覆性的一個思想文化發展的挑戰，與之作一個對話，甚至因此做一個修正。9

可見「女性主義」是個具有顛覆性的思想文化，它可以顛覆「男權中心的文化論」，更可解構深層的意識型態。而美國文學批評理論家強那森・卡勒（JohnathanCuller）也說道：

> 當代文學批評理論發生了根本的變化，其特徵是絕對的、單一的權威和權力中心已不復存在，文學批評者以多元化為指導思想，推翻傳統上一貫倡導的批評角度的客觀性與普遍性，重新評估歷史的經驗和價值觀念，重新認識知識傳播過程中的政治運作問題。而他認為，女性主義理論是這個潮流中影響最為廣泛的研究方法之一。10

「女性主義文論」以它的「多元性」向絕對單一的權威挑戰，開啟了文本解讀的各種可能，可以說是後現代社會的一個重要思潮。張岩冰對「女性主義文論」也下了一個註腳：「以婦女為中心的女權主義文論是一種開放型的、顛覆性的文學理論，它從性別意識出發，清理著父權制的性政治，在

建立女性美學和標舉差異中，不斷建樹著自己的理論。」[11]
由此可知，「女性主義文論」是開放性的，它可以清理父權
體制的「性政治」[12]。

筆者觀察李昂的小說具有多重解讀的「開放性」，故擬
借用西方文學理論：「接受反應理論」及「女性主義文論」
對其「文本」做解讀，並試圖找出在眾多「女性主義流派」
中，貫穿李昂作品的中心思想較接近那一種派別。最重要的
當然是運用「女性主義文學批評」的策略來重新審視李昂作
品中「殘留的傳統倫理觀念」及「自我覺醒的女性意識」。

第二節　前人研究成果之回顧與檢討

學者很早就注意到，李昂是一個很值得研究的作家，歷
來以其作品為研究對象的論文與評述頗多，其中不乏解析精
闢的名山之作，以下便對這些論文以及與本論文論題相關的
研究成果作一簡單介紹。

單篇論文方面，1975年施淑的〈鹽屋——代序〉[13]是
一篇重要的評論，施淑身為知名作家又是李昂的親姐姐及文
學啟蒙老師，所以對李昂作品的解讀自有其重要而特殊的意
義，本文主要在闡述李昂早期創作特色及其思想基礎。

另外，1983年吳錦發的單篇論文〈略論李昂小說中的
性反抗〉一文，是第一位以「性書寫」的角度探討李昂作品
的論文，並闡述李昂的「性描寫特色」及「性反抗對象」，
且對李昂小說的「藝術創作方向」提出建議，這篇論文一直
被後學再三引用以證明李昂具有「性反抗書寫」的特徵。

　　還有1987年奚密的〈黑暗之形：談暗夜中的象徵〉一文是「暗夜」這篇小說較具代表性的評論，本文有個特色：用五行相剋寫小說中四男二女的關係，別出心裁。雖然作者非常貼近小說來寫自己的讀後感，但是「象徵」方面則談得較少。

　　1988年呂正惠的〈性與現代社會──李昂小說中的「性」主題〉一文，批判李昂的小說人物不夠真實──以觀念駕馭人物，使人物淪為工具。這個觀點也一再地被後學援引做為批評李昂的論點。不過呂正惠肯定李昂對現代社會「性混亂現象」的客觀了解。

　　此外，1994年劉毓秀的〈李昂與女性之謎〉一文中，談到李昂小說的女性具有明顯的「病症」──「女性心法」，令女人甘於被動與被虐。劉毓秀又說，李昂如此書寫是「反客為主」的書寫策略；只有如此書寫，才能「以子之矛攻子之盾」。這樣的觀點可以啟發讀者另一種閱讀視野──李昂利用「矛盾」去強調「女性的主體性」。

　　還有，1997年王德威的〈性，醜聞，與美學政治──李昂的情欲小說〉一文，提到李昂30多年的寫作歷程──從〈花季〉到〈彩妝血祭〉，可謂花邊不斷，以台灣的「性」、「道德」與「政治論述」的消長作為小說的主題呈現。本文以簡潔的文字對李昂的大部分作品做一概念性的引導閱讀，並點出「性、禁忌」是李昂的創作基調。

　　在大陸方面的單篇論文很多，有一篇和本文研究題目相關，所以特別提出討論，它是2001年何霄燕的〈談李昂小說中的女性意識〉一文，該文提出李昂藉助和改造了「西方精神分析」和「存在主義」的理論來創作小說，並通過對夢

境的描繪使作品的解讀呈現多樣性。這樣的論述有點言過其實,筆者認為李昂並不能改造「西方精神分析」和「存在主義」等理論,她只是藉助;而單就夢境的描繪也不能呈顯其作品的多樣性。何霄燕的論述或許還有改進的空間。

而在日本方面,對李昂研究著力最深的應屬東京大學的藤井省三,他在1992年4月參加台北的中日翻譯文學研討會上認識了李昂,接受李昂贈與《殺夫》一書,而著手翻譯日文版《殺夫》,並在日本積極介紹李昂的作品。

學位論文方面,李昂的作品首先被提出討論的有淡江大學中文研究所吳婉茹在民國83年1月發表的碩士論文《八十年代台灣作家小說中女性意識之研究》,此論文意圖對八十年代的整個女作家群做研究,難免會深度不足,而關於李昂的論述只出現在她的第五章第三節「從『性問題』揭示女性所受的壓迫」中,這一小節的敘述是以吳錦發所提出的單篇論文〈略論李昂小說中的性反抗〉為底再鋪陳論述,而吳錦發的這篇論文主要是以《愛情試驗》此書為批評的對象,吳婉茹對當時李昂的其他更具代表性的作品並未有自己獨到的見解,像《迷園》這篇長篇小說中所反映的「國族問題」,她也未能涉獵加以論述,只以「性問題」來蓋括李昂的小說特色,有「以偏蓋全」之嫌。可能礙於篇幅所限,吳婉茹也未能暢所欲言至為可惜,但是對她的獨到眼光 —— 能以「李昂」做研究的對象,認同李昂在八十年代台灣女作家群中的代表性;我們毋寧是敬佩的。

其次,論及李昂作品的論文則是台灣師範大學國文研究所江寶釵在民國83年6月發表的博士論文《論「現代文學」女性小說家 —— 從一個女性經驗的觀點出發》,這篇論文先

是概括性地敘述「現代文學」的緣起與「女性主義批評」的視角，再以六位女作家——「於梨華、叢甦、陳若曦、歐陽子、施叔青、李昂」做為例子論述女性經驗以便探索女性自我的存在價值、失落與追尋。其中最大的特色是江寶釵提到「女性書寫」這個名詞，藉以討論女作家文本的「流動性」。而本論文第七章女性自我的失落追尋與成長，江寶釵完全以李昂作品為例大規模地闡釋，她認為李昂小說的「性」是要解構文化規範，回到原始的太初，以致能重建女性真正的自我；另外，她還提到李昂小說中常見的主題有三，分別是「人與自我的性別認同問題」、「人與他人的溝通問題」、「人與社會建立關係的問題」，這是江寶釵在深入閱讀李昂作品後所得的體會，可謂精闢獨到，對後學有很大的幫助，尤其她的筆調酣暢、語意清晰，又能適當結合西方文論——女性主義、存在主義、佛洛依德學說，讓讀者能由另一個角度切入去解讀本昂文本，獲得更豐富的文本觀察，是一本極具價值的論文。然而在閱讀完第七章後總覺得意猶未盡，江寶釵應該還有論述的空間，可能礙於其他因素未能盡情發揮，他日若能再深入闡述李昂的其他創作意圖，必是讀者之福。

還有，以李昂作品作為研究的學位論文有台灣大學中文研究所李玉馨在民國84年6月發表的碩士論文《當代台灣女性小說七家論》，她在文中以「李昂：秩序內的反叛者」為標題論述李昂的作品，僅以〈鹿城故事系列〉及〈殺夫〉、〈暗夜〉、《迷園》等小說為例將李昂文本化約為「鄉土女性的世界」與「兩性之戰」兩個主題，同樣有著「以偏概全」之憾，這兩個主題並不能完全凸顯李昂的小說特色。李昂早

期「現代主義」系列的小說如〈花季〉，藝術性也很高，應該可以列在論文中當一個主題來討論才是；而且整本論文李昂只佔七分之一，又如此簡單帶過，實在稍嫌粗略。

　　此外，單獨以李昂作為研究對象的論文是清華大學中文研究所洪珊慧在民國87年6月發表的碩士論文《性‧女性‧人性——李昂小說研究》，她在文中將李昂的創作分為四個階段：「現代主義的啟蒙」、「鹿港經驗與女性思索的回歸」、「兩性權力／經濟關係的剖析」、「女性論述與政治論述」，洪珊慧的論文是第一本以「李昂」作為獨立研究對象的學位論文，她在資料搜集上的貢獻是無庸置疑的，且文字通暢易懂條理分明。而她提到李昂的人生是不斷自我追尋的過程，但至於追尋到什麼則沒有下文，筆者認為這是因為章節安排所導致的問題，她將李昂的文學化分為四個階段來闡釋，難免會流於各個階段的獨立作業，無法將她所看到的李昂小說特點——「性‧女性‧人性」做一個串連論述。

　　還有，論及李昂作品的論文是台灣師範大學國文研究所蕭義玲在民國87年6月發表的博士論文《台灣當代小說的世紀末圖象研究——以解嚴後十年（1987-1997）為觀察對象》，蕭義玲意圖考察解嚴後十年小說的蛻變面貌，並給予一個系統性、架構性的詮釋，從中見出小說與社會變遷、小說與當代思潮、小說與文學典範交替的對應關係，以期提供一個理解當代小說流變意義的方向。蕭義玲在第三章以「大敘述的消長與小敘述的建構」來探討世紀末新、舊價值交替的意義，其中便以李昂的政治小說為例來說明國族女性「情欲的自覺」與「人格的追尋」的問題，又結合「私領域」的女性書寫和「公領域」的政治議題來論述，這是一種消解

「大敘述」的書寫策略。文中指出，李昂藉由《迷園》、〈北港香爐人人插〉來書寫「政治寓言」，企圖探索性別、性與政治間迴繞糾結的問題，是一種結合「女性情慾」與「政治論述」的敘述策略。雖然這篇論文述及李昂的部分只有短短幾千字，但也開啟了研究者對李昂政治小說的另一個閱讀視野。

另外，以李昂作品做研究的論文有台灣師範大學國文研究所曾意晶在民國83年6月發表的碩士論文《族裔女作家文本中的空間經驗——以李昂、朱天心、利格拉樂·阿𡠄、利玉芳為例》，作者嚐試運用空間文化理論、女性主義等研究成果並結合族群、地域、女性等三個面向來探討福佬、外省、原住民、客家等族群女作家們文本中的空間經驗，曾意晶切入的研究視角很特別。一個作家創作到某個階段很自然地會回顧生養自己多年的故鄉，亦或是作家生存的環境也會間接影響他們的創作思想，這二者之間的能量會相互移轉；若再加上女性主義批評視角，則更可看出女作家作品在父權社會下所形塑出的「女性空間經驗」。另外，她在文中將李昂與其他不同族群的女作家之空間經驗做比較，更能彰顯李昂的作品特色。作者曾提出自己的見解：「李昂創作中情慾的流動輪轉，往往投射在無孔不入的商業關係，呈現出都會慾望與投機性格，而這樣的商業色彩正與福佬裔豐沛的商業經驗有關。李昂的城市經驗具體展演了福佬族群中小企業主的強者哲學……。」[14]曾意晶對李昂的福佬空間經驗如何影響她的文本，深入淺出地做了說明，開啟研究者的另一個視野。

單獨以李昂作品做研究對象的還有靜宜大學國文系顏利

真在民國89年6月發表的碩士論文《從鹿港到北港：解嚴前後李昂小說研究（1983-1997）》，本文是承繼洪珊慧的碩士論文《性・女性・人性——李昂小說研究》的基礎上加以增衍論述，作者一樣將李昂的作品做階段性的劃分，只是研究範圍縮小，設定為解嚴前後共15年，而且每一章只獨立選擇李昂的一本小說做研究，她分四個章節來分述李昂四本小說的主題風格：「《殺夫》：顛覆傳統的父權體制」、「《暗夜》：資本主義社會下的女性」、「《迷園》：台灣歷史脈絡下的女性」、「《北港香爐人人插》：民主運動發展下的女性」，顏利真藉著這四個章節分別探討李昂小說所表現的「個人與存在」、「女性與情愛」、「女性與社會」、「女性與政治」等四個問題。顏利真指出：李昂是一位與時俱進、與時俱變深具「時代感」的一位作家，而其作品更蘊藏「抵抗父權」的精神。筆者認為顏利真能夠寫出李昂作品下被「父權思想」影響的女性之「反抗」與「順從」，也就是能夠還原李昂作品真實的女性面貌；但是對於李昂如何反抗父權？反抗的內容又是什麼？她則著墨甚少，也因為如此便留下更多的研究空間待後學討論。不過顏利真的問題意識清晰、能夠清楚證明李昂作品是走在「批判父權」的道路上，這個觀念的建立也對後來研究者提供另一個思索的方向。

其他，論及李昂作品的論文是成功大學歷史學系蔡淑芬在民國92年7月發表的碩士論文《解嚴前後台灣女作家的吶喊和救贖——以郭良蕙、聶華苓、李昂、平路作品為例》，第五章則針對解嚴後，李昂與平路兩位女性現代作家選擇歷史人物進行小說化的傳記描述，李昂的《自傳の小說》與平路的《行道天涯》，就故事的字義上來看，或是屬於「私的

領域」層面，但其所影射轉置的時代意義卻又涉及「公的領域」範疇，都在重建當時的政治社會歷史，亦即兩者兼含了「私人情慾」與「政治關懷」的內涵。兩位作家在筆法上的同中異處，則在於對小說中女主角的結局安排，《自傳の小說》中的謝雪紅，對生命的堅持與無悔；《行道天涯》中的宋慶齡則對生命歷程中的情愛抉擇之正確性有所猶豫，甚或後悔。蔡淑芬以解嚴後李昂的作品《自傳の小說》和平路作品《行道天涯》作歸納分析，企圖探索「女性情慾」和「家國想像」的問題，因為這兩本小說都是選擇歷史人物（李昂選的是謝雪紅，平路選的是宋慶齡）進行「小說化」的傳記描述，試圖以女性的眼光重建歷史並藉由小說想要探索「性」和「政治」的問題。不過筆者認為這個議題早在民國87年蕭義玲所著《台灣當代小說的世紀末圖像研究──以解嚴後十年（1987-1997）為觀察對象》一文中就已提出討論，恰巧蕭義玲所舉例的對象也是李昂與平路兩位女作家，蔡淑芬只是針對這個議題再深入發揮而已，所不同的是蔡淑芬以「歷史學系」的專門眼光來透視文本，而蕭義玲則以文學「大敘述的消逝」這個觀點來解讀文本。

　　綜述，回顧前人研究不難發現大部分是側重李昂小說的某一主題單獨發揮，像是吳婉茹以「性問題」含蓋李昂所有作品，李玉馨僅以「鄉土女性的世界」及「兩性之戰」兩個主題來解讀李昂小說，曾意晶著力探討李昂小說中的「空間經驗」，蕭義玲只就李昂「政治小說」的敘述策略加以探討，蔡淑芬則以歷史系的眼光探索李昂《自傳の小說》中「女性建構歷史」的問題。以上這些論述因為研究素材的限制多只能旁敲側擊李昂小說所關心的問題之一，無法作全面

性的觀照。只有洪珊慧和顏利真的碩士論文是真正單獨完整地以「李昂作品」做為主題探索的論文，前者讀出李昂文本具有濃厚的「女性關懷」企圖追尋自我，但對她如何追尋自我並未闡釋；後者讀出李昂的作品是走在「批判父權」的道路上，但對如何反抗卻僅從「性角度」分析，著墨不夠。前人的研究論述或許不夠全面，也許還有改進的空間。對這樣一位「國際知名女作家」[15]我們應該有更深入的研究才是，然而還是要深深感謝前輩的貢獻，尤其是資料的索引減輕後學的負擔，讓後人可以在前人的研究基礎上再加以發揮。

第三節　研究架構

以下就本論文的研究架構按章節分述於後。

第一章　緒論

　　先提出本文的「研究動機與研究目的」，再就前人的研究成果做一個回顧與檢討，然後提出本文的「研究方法」，分別是「接受反應理論」與「女性主義文論」，藉此觀點來釐清本論文研究之基本態度，最後略述「研究架構」，作為本論文深入研究之基礎。

第二章　女性意識與李昂

　　本章首先就「女性意識」的緣起做說明並探討「女性意識」結合「婦運」在中國與台灣的發展。接下來有感於歷來評論者偏重李昂的文學創作研究，而對李昂的「生平」著墨甚少，故筆者著手整理文獻資料就李昂的生平（包括「家世」、「求學經驗及文學初探」還有「中年時代」）做一個回

顧整理；另外，探討李昂的創作背景分別就其「時代背景」、「文學背景」、「創作歷程與小說特色」逐層研究，希冀能揭開李昂十多年來的生涯記錄並探討其文學背後的創作因緣，以之做為本文研究對象的基礎解釋。

第三章　李昂小說中「女性意識」的詮釋

　　在李昂長達30多年的創作生涯中，筆者將其所有小說做整理時發現，李昂作品對「女性命運」的關心持續不斷，不論是早期「現代主義時期」或中期「情愛小說」及後期的「政治小說」，李昂作品深具「女性意識」。故筆者打破李昂小說階段性的劃分，將其所有小說做全面性的閱讀評斷，歸納出李昂作品的幾個共同主題，便是書寫「反抗父權」、「自我解放」、「自我成長」的女性意識，接下來全面爬梳文本並結合「女性主義批評理論」來輔佐論証李昂小說具有濃厚的「女性意識」書寫。

　　本章第一節首先就李昂文本中呈現的「反抗父權」意識做討論，試圖找出文本中「反對婚姻」的例證，控訴「父權文化」對女性的「婚姻桎梏」。以「家庭問題」、「生殖包袱」、「夫唱婦隨」等三個子題來尋找文本中的例證以解釋小說中「批判婚姻禁錮」的女性意識。再來就李昂小說中對「傳統的倫理觀念」所呈現的反抗姿態結合文本做論述，來證明文本中有「批判傳統倫理觀念」的女性意識。

　　第二節則著力探討文本中「女性自我解放」的部分。李昂作品的「性描寫」一向引起爭議，筆者企圖歸納出文本中「情慾解放」是一種「掙扎權威的象徵」，不論是「婚姻前的性」、「婚姻外的性」或「性幻想」都是一種「女性自覺」的解放。接著以女主角的「經濟獨立」[16]作為論述主題。最

後則以文本中女主角的「積極參與社會、爭取兩性平等」來
証明女性的「自我解放」意識。

　　第三節是女性「自我成長」的部分，本節以「自我救
贖」、「自我實現」為子題，試圖探索李昂「文本」中具有
這些子題的「情節描述」，來說明文本中所呈現的女性「自
我成長」意識。

　　總合以上三節的女性意識呈現，或者再找出其他可能，
來探究李昂的「女性意識」到底較接近那一派的「女性主義
學說」。

第四章　李昂小說中女性意識的「書寫策略」

　　李昂小說中如果真有這麼多明顯的「女性意識」呈現，
那她的「書寫策略」肯定也是讀者關心的問題，也許連作者
都不自覺地有這樣的書寫策略，故本章試圖以其文本中展現
的三個重要女性意識（「反抗父權」、「自我解放」、「自我
成長」）去推敲李昂的「書寫策略」。

　　有鑑於李昂小說中的「男性」常表現欠缺能力的懦弱形
象，故大膽假設李昂文本的書寫策略是一種「去勢模擬」，
以此為第一節的重心，試圖找出文本中「缺席的父親」、
「受挫的男性」以及「被閹割的男性」例子，來佐證文本中
為了凸顯女性意識以這三個樣貌描寫男性做為「書寫策
略」，此為第一節的研究重點。

　　而李昂的小說擅長以「嘲諷」的方式來凸顯主題，筆者
認為這是一種「負面書寫」的策略，為了激發女性的自覺。
故擬以「男權文化的迷思」、「受害的女性」、「女性的命定
說」等三個子題來探索李昂小說的「負面書寫策略」。而
「男權文化的迷思」此一主題下再含括兩個子題：「處女情

結」及「女子無才便是德」，藉此說明這些傳統觀念在文本
中幻化為文字，並非為了宣揚「父權文化」而是一種「負面」
的書寫策略。接著以「受害的女性」這一主題下再囊括三個
子題：「等待的女性」、「物化的女性」及「張牙舞爪的女
性」來說明李昂極力醜化「女性的形象」藉以控訴這一切都
是「父權文化」剝削女性造成的結果，也是一種「負面書寫」
的策略。最後則以「女性的命定說」來逐一檢視李昂文本中
女性的「閉鎖命運」，詮釋這種「命定的必須」是一種「男
性霸權」的文化假相，女性是不需向命運低頭的。以上為第
二節的研究重點。

又因李昂的小說有一個明顯的特點，便是主角都是「女
性」，她們大都呈現「獨立」的形象。故本節擬以「主動的
女性」、「母職、妻職的缺位」等子題尋訪李昂文本中具有
這兩個特質的女性，証明李昂有意藉「獨立女性」的正面書
寫策略來呈現女性的自覺意識。而「主動的女性」這一主題
下又含蓋三個子題，分別是「發言主動」、「性主動」、「主
動追求愛情」，以此逐一闡釋文本中女主角的「主動性」。另
外，「母職、妻職的缺位」這一主題下則囊括四個子題，分
別是「母親早逝的女兒」、「拒任母職的女性」、「利用女兒
的母親」、「失去丈夫的妻子」等，試圖証明這四種女性雖
然看似漂泊孤零，但在李昂作品中反而有一種愈挫愈勇的
「獨立性」，這也是一種正面的書寫策略。

第五章　結論

本章為結論，總結各章的分論，作一整體性的論述，並
試圖找出貫穿李昂作品的中心思想較接近「女性主義」學派
中的那一派，以之做為研究價值。

註　釋

1　李小江曾對這種以「男性為中心的批評準則」做説明：「這種文學批評不能從女性的角色的歷史變化中發掘其精神的演變歷程，不能從女性生活的角度去揭示婦女創作中的深刻内涵，也不能根據女性特有的審美經驗去考察女性創作心理過程，下意識中總是以傳統的或稱『男性中心意識』去評價女性的經驗……。」見李小江：〈婦女研究與婦女文學〉，《夏娃的探索》（河南：河南人民出版社，1988年），頁306。

2　張岩冰：《女權主義文論》（濟南：山東教育，2002年），頁36。

3　邱貴芬：《（不）同國女人聒噪》（台北：元尊文化，1998年），頁117。

4　李昂説：「我相信應該有一條創作路線，既可以是偉大的，也是女性的，而女性文學也不再只被認為是小品、閨秀。」見〈新納蕤思解説——李昂的自剖與自省／施淑端親訪李昂〉，《暗夜》（台北：時報，1986年），頁165。

5　李昂：〈新納蕤思解説——李昂的自剖與自省／施淑端親訪李昂〉，《暗夜》（台北：時報，1986年），頁170。

6　金元浦：《接受反應文論》（濟南：山東教育，2001年），頁4。

7　參考王岳川：《後現代主義文化研究》（台北：淑馨，1998年），頁116。

8　參考顧燕翎：〈導言〉，《女性主義理論與流派》（台北：女書，2000年），頁VII。

9　唐荷：《女性主義文學理論》（台北：揚智，2003年），頁9。

10　見唐荷：《女性主義文學理論》（台北：揚智，2003年）引，頁10。

11　張岩冰：《女權主義文論》（濟南：山東教育，2002年），頁23。

12　米利特（Kate Millett）在《性政治》（*sexual political*）一書中對政治的定義是「權力結構的關係，而藉由這種安排致使某個群體被另一個群體控制」（1977，p.23）。女性主義定義下的政治，則不僅關係男人與女人在私人上的權力關係，也關心父權意識形態對女人生活的強大控制。見Pamela Abbott and Claire Wallace著，俞智敏、陳光達、陳素梅、張君玫譯：《女性主義觀點的社會學》（台北：巨流，1997年）引，頁265。

13　此篇論文後來改名為〈文字迷宮〉，收錄於《李昂集》（台北：前衛，1992年），頁265-279。

14　引自曾意晶：〈摘要〉，《族裔女作家文本中的空間經驗——以李昂、朱天心、利格拉樂・阿𡠄、利玉芳為例》（台北：台灣師範大學國

文研究所碩士論文，1999年）。

15　李昂的作品〈殺夫〉在美國、英國、法國、德國、日本、瑞典、荷
　　蘭、等國家都有翻譯出版；另外在美國、法國、英國、日本還有「評
　　論介紹」。見李昂：〈李昂小傳〉，收錄於邱貴芬主編：《日據以來台
　　灣女作家小說選讀（下）》（台北：女書，2001年），頁221。故筆者
　　稱她為國際知名女作家。

16　維吉尼亞‧吳爾芙（Virginia Woolf, 1882-1941）在其所著《一間自己
　　的房子》裡曾經強調「空間」與「金錢」對女性的重要性。見張岩
　　冰：《女權主義文論》（濟南：山東教育，2002年）引，頁35。

第二章

女性意識與李昂

第一節　關於女性意識

一、女性意識的緣起

女性在傳統文化的包袱下，背負著「男尊女卑」、「男強女弱」的刻板印象，導致女性在日常生活中有著難以言喻的不滿與不安，然而如果這些女性能接觸到「女性主義」的論述，也可以為生命找到出口。

傳統的女性是「集體無意識」的在做一個「賢妻良母」的角色，他們不明白這是「文化」形成的角色形象，女人原可以有不同的面貌出現，而這個新的面貌便要緣自內心「自我意識」的覺醒，這種意識便是「女性意識」，並且大部分是走在「反抗父權」的道路上。女性主義者對父權專制下的「女性處境」甚感興趣，當代台灣女性小說大多由此點出發去嘗試架構女性的困頓，為揭示父權體制下女性所受的壓抑和委屈，質疑傳統父權對性別角色的刻板認知，是一種抵中

心（de-centering）的運作，將女性的自我從「邊緣位置」解放出來，承認「性別」是一種「社會和文化的架構」，此等作品可稱為「控訴文學」（literature protest）；但是當代的女性小說家總是擺盪在「傳統」與「現代」之間，作一種無盡的掙扎，無法正視自己的「女性意識」與「女性覺醒」。[1]於此，我們更知道「女性意識」之於「女作家」往往是寫作上的重點所在，她們以「抵抗父權中心」的姿態在字裡行間大肆批評「傳統父權加在女性身上的種種不公平」。當然李昂也不例外，就筆者的觀察，她一直試圖能夠寫出女性的「自我意識」，譬如掙扎傳統的部份；然而有時候她又囿於傳統無法突破，因為李昂畢竟是出生於傳統的鹿港小鎮，長期受到「父權」壓抑，要突破必會有困難。然而她很努力地在這樣的背景下，寫出她觀察到的傳統社會許多不公平的「男尊女卑」現象。

我們了解到女性意識的緣起是基於一種對「父權文化」的反抗現象，反抗傳統的「三從四德」、反抗過著以男人為主沒有自我的日子。但是要對「女性意識」下一個好的主義，卻不容易，而任一鳴在《中國女性文學的現代衍進》一文中為「女性意識」下定義：「女性意識應該是女作家的主體意識之一。首先體現為女作家明確的性別自認，即女性的自覺。在這個大前提下，女作家以其特有的經驗關注女性生活、女性生存處境、女性命運；以其特有的目光觀照社會、過濾人生，從而對人生社會，尤其是女性生活有更多的發現，更深的理解。」[2]他對「女性意識」作了清楚的界說，女性意識是緣於女性內在的覺醒，而女作家僅是秉持著這種關心去書寫「女性意識」的。

　　然而女作家何以會主動去關注女性生活、女性處境？筆者認為這是因為近來「女性主義論述」蓬勃發展，促使女作家也身受感染才會主動去關注女性的處境，寫下一篇篇深具「女性意識」的作品；更有可能是因為受到家人的啟發，或是被壓迫的環境影響造成她能夠提早覺醒到自己被「男權文化」壓迫的窘境，所以才會主動去關注女性的命運。

二、女性意識在中國的發展

　　女性意識在中國又是如何發展的呢？顧燕翎在〈女性意識與婦女運動的發展〉一文中有如下的說明：

> 剖析百年來婦運的縱斷面，每個時期各有其訴求重點：清末的不纏足，與女學，擴大到民初的參政，五四以後的法律、職業平等及對女工、娼妓的關懷。訓政時期約法及民刑法的制定，使婦運邁入制度化、合法化的階段，也使父系社會對女性的「蔑視」化明為暗。抗戰時期，婦女為救亡圖存發揮巨大力量，但仍得為就業機會而抗爭，雖經政府明令公職不得有性別歧視，但五十年之後，民間機構的性別歧視案件仍層出不窮。[3]

　　「女性意識」在中國以「婦女運動」的方式發展。從不纏足，與女學到爭取婦女就業機會，這些「女性的自覺」除了在現實生活中慢慢實現外，也一步步地展現在文學中互為影響，而第一本把「女性問題」視為小說主題的作品便是李汝

珍的《鏡花緣》，由此我們已了解到「女性意識」是從清末開始在中國發展的。

在中國藉著「婦女運動」的發展使得女性能夠逐漸解放有自覺意識。然而歸根究底清末中國的「女性意識」應該是受西方思潮影響才能這麼快速地發展，因此我們必須要關心西方的婦女解放運動。在吳婉茹的碩士論文（參考楊美惠：《歐美女性主義的思想源流》）中提到：

> 法國大革命至今，世界的婦女解放運動已走過了近二百年的歷程。在第一波的婦女運動中，婦女們逐一地向社會要求同等就業權、同工同酬、同等教育權、同等公民權、同等參政權。到了本世紀六十年代，美國又發起了「新女權運動」，是為第二波婦女運動的浪潮，在此次運動中，婦女不但要在法律和人格上爭取平等，而且更進一步要求擁有自己心身的權力。[4]

這些西方的女權運動經由女性主義者的著述引介到中國，讓中國的婦女們了解到要爭取和男性一樣的工作權、教育權、參政權，甚至法律上也要平等。就是這些「著述」引發中國女作家的關心，所以在80年代女性文學才會如雨後春筍般地林立，蔚為風潮，也帶動了女性主義者的論述，二者互相影響，致使「女性意識」的課題蓬勃發展。

而這段時間女性作家們反映在文學中的「女性意識」常常呈現兩種現象：一種是想「掙脫父權」卻又依附於「傳統父權」下的矛盾情結；另一種則呈現「走出男權傳統藩籬」的女性自覺意識。筆者認為這是女性在試圖掙脫傳統枷鎖時

必然要承受的陣痛，所以女作家們處於「女性意識萌發期」會遭遇到這樣的心理掙扎。

李小江在其所著《解讀女人》一書中認為，東西方的女權運動有一些差異性存在，他覺得中國婦女解放是全社會而不是女人一家努力的結果。[5]因為20世紀中國的歷史背景與政治思想不同於西方，所以發展女權運動也會有所差異。中國女權運動有著「本土化」的傾向：

> 中國婦女解放一邊與國際婦女解放運動接軌，成為社會主義陣營中的一支有生力量，另一邊則是與西方女權運動徹底脫軌，走上了獨立探索、自律發展的本土化軌道。[6]

這種「本土化」的形成原因應是歷史因素造成，60年代到70年代的政治氛圍使得中國女性必須生產勞動，還要走出文化大革命的困境，所以環境對「女性自覺」的影響，自然造成中國的「女性意識覺醒」與西方不同。總之，「女性意識」在中國近百年來的確已開始萌芽，正待滋長。

三、女性意識在台灣的發展

女性意識的啟蒙在西方是靠著「婦女運動」起家的，在中國也同樣有著「廢纏足、興女學」的運動，那麼在台灣當然也不例外，首要推舉的婦運功臣應屬呂秀蓮與李元貞兩位女士。台灣地區的婦女運動大抵被學者歸納為三波：第一波是呂秀蓮主導的「拓荒時代」——以其所著《新女性主義》

一書試圖喚醒女性的自覺；第二波則是由李元貞領導的「新知時期」，她創辦了「婦女新知雜誌」來承繼呂秀蓮的主張。[7] 顧燕翎對第一波及第二波婦運作了如下的結論：

> 政府遷台後，婦運出現斷層期，至呂秀蓮提倡新女性主義，把潛在問題提昇至意識層面，才開展台灣地區的女性自覺。呂秀蓮主張「先做人，再做女人」、「人盡其才」等觀念，要求法律的修改制定，並基於「一人一票，票票等值」民主憲政原理，反對婦女保障名額。李元貞基本上延續呂秀蓮的主張，在比較有利的社會環境下，做推廣與紮根的努力。[8]

她們二人藉著「書籍雜誌」去喚醒台灣女性沈寂已久的「女性意識」，雖不十分成功但已是先鋒。

到了第三波婦運，因為政治解嚴社會更開放，討論「女性意識」的空間也相對地加大了，周碧娥在其單篇論文〈性別體制、政經結構與婦女運動 —— 從婦運的起源和發展過程探討婦運的多元化〉中提到：「因為民主化的開放社會不但可以提供社會運動的沃土外，它也提供婦女積極參與政治過程，培養婦女領導組織社團和凝聚社會力的能力，更可以拓寬現有婦運的議題和活動視野，提高其可見性和政策有效性。民主化亦可間接促成今後婦運的多元化。」[9] 所以「民主化」的政治環境成了「婦運」的養份，婦女團體因此能夠舉辦更多的活動來開展台灣婦女的視野，也間接影響了台灣女作家的寫作。因為她們接觸「女性主義」的資訊後，或多或少會去反省自身的處境並力圖找到「女性生命的真相」，

所以80年代「女性文學」才會風起雲湧，而這種文化現象也同時帶動女性主義學術的討論風潮，互為表裡成為一種良性循環，形成今日台灣「女性論述」百花齊放的盛景。甚至有一些大膽的女作家以「情欲書寫」來反抗「傳統父權」，蕭義玲在她的博士論文中就有如下的論點：

> 就「女性意識」之發展作一考察，從父權社會下女性形象的刻板塑造，到女性對所處邊陲位置的自覺，進而在兩性意識的糾葛中試圖掙脫父權思想之籠罩，乃至於立基於女性的定位中，以「女性情慾」凌駕集父權思想於大成的「政治論述」，女性意識之萌發，正將父權傳統的「權力」本質揭示出來。[10]

女性的「情慾解放」是一種掙扎權威的象徵，以往的「父權思想」總是教導著女子「不該有自己的性需要」，而今女作家們大大地提倡「女性情慾自主」之論述，藉由文學向「父權社會」喊話，顛覆傳統父權思想。

　　這是一種「集體社會女性意識」的覺醒透過女作家的作品展現，將女性最深沉的內在需要赤裸地呈現，李昂、袁瓊瓊、蕭颯、平路、蘇偉貞、廖輝英……等女作家，她們的作品中常出現這樣的主題──藉由「女性情慾」去探討女性主體的內在，希冀能追尋到「女性自我」。而且女作家們通常是用女性最能接受的文體形式「小說」來展現她們的女性意識，不論是依附於傳統父權的掙扎矛盾或是大膽跨出父權藩籬的「自主」行徑，都有其研究的必要。所以近幾年「女性文學」的研究才會大量湧現，這是源於「女性主義者」的

大力提倡「女性意識」所致，還有「女性文學」的「風起雲湧」在旁佐助，二者相輔相成，才有今日「女性主義批評」蓬勃發展的盛景。

第二節　關於李昂

一、李昂生平概述

（一）家世

　　李昂本名施淑端，出生於1952年的台灣彰化鹿港小鎮——「一個深具悠久歷史與輝煌過去的古老文化重鎮」。她的父親是個商人，也十分喜愛中國古典文學，李昂在父親的早晚吟唱中也耳濡目染了中國傳統文化，所以在小學六年級她已背會了唐詩三百首。她在家排行老么，上頭有兩個頗富文名的姐姐，大姐施淑是文學評論家，二姐施淑青是一位著名的小說家，就這樣李昂在父親及姐姐的影響下走上了「文學之路」，可以說是「文學世家」的陶冶使然。11

　　李昂的家境很好非常富裕，她在一次受訪中坦白承認：「我比較幸運，我有個很有錢的爸爸，因此錢在我的整個創作生涯當中完全不具任何意義。我並不是沒有錢，為了錢才來寫作，所以我想我可能比較好運，包括我家裏可以送我出去讀書。我可以不要工作，因為我的生活不會有問題，這一點我一直非常感謝我的父母親，在我的創作生涯上，他們可

以說替我鋪了一個最方便的路。」[12]所以李昂可以無後顧之憂地創作，都要歸功於出世良好家裡富裕，正應證了維吉尼亞・吳爾芙（Virginia Woolf, 1882-1941）的想法——女性想要寫作必須要有一些維持日常生活的錢。

她的「富裕」可以在另一次訪談中看出：「我的母親八十幾歲了，卻很難得的非常開明。對於社會上新的、時髦的觀念永遠很容易接受。她只是個能幹的鄉下女人，也沒見過什麼世面，沒受過什麼教育，可是非常開通。有一年她給了我一大筆錢，看要買什麼都可以。那時我們倆在香港，我看上一隻Patrick Philip的錶，八九年前差不多值十八萬台幣。我跟母親提議買那隻錶，她回答得很妙，她說錢給了你就由你支配，但是不要買了回家抱怨太貴。」[13]由此我們看到李昂從父母承繼的財產夠她做任何自己想做的事，所以她才可以選擇「作家」這種不一定能賺錢的行業，盡情揮灑自己的生命，可謂天之嬌女。

（二）求學經驗及文學初探

李昂在1958年進鹿港國小，對各式童話都很著迷，小時候功課很好，是班上的說故事能手。曾代表班上參加演講、繪畫比賽、國語作文成績很好，惟獨算術平平，但有驚人的記憶。[14]

西元1964年，李昂進入離鹿港20公里左右的彰化女子中學（初中、高中合校的六年制）就讀。1970年則考入台北的文化大學哲學系，來到了鹿港北方160公里遠的首都，台北文壇溫馨地迎接這位早熟的學生作家，在各方面給予鼓勵。大學畢業後，1975年李昂到美國西北部俄勒岡州立大

學戲劇研究所就讀，她將一天的大部分時間，花在教室與圖書館中的刻版學習生活，1977年取得戲劇學碩士學位。[15]

李昂初二的時候，開始寫第一篇作品〈安可的第一封情書〉，原計畫為長篇，寫了五萬多字即中斷，之後接受大姊施淑的建議，將〈安可的第一封情書〉改為兩萬字短篇，試投《文學季刊》未被採用。考上彰化女中高中部後開始寫〈花季〉，第二年〈花季〉發表於《徵信新聞報》副刊，並被選入爾雅出版的《五十七年短篇小說選》，這是李昂的初試啼聲，便有很好的成績展現，引起文壇的注目。[16]

（三）中年時代

西元1978年李昂從美國獲得戲劇碩士學位回台後，就開始她忙碌的生活，一方面在母校文化大學中國文學系任教，一方面則從事旺盛的創作活動——著手寫小說、擔任報章雜誌專欄作家、電視評論家……等廣泛的社會評論活動，她也曾經參與「社會服務」的工作。[17]然而在這麼多工作中她最執著的還是寫作，在李昂的自訪稿〈新納蕤思解說〉中曾說到自己寫小說的作息時間：「我寫的很慢，一整天寫下來，如能寫六百字到一千字，就十分高興了。這樣緩慢的寫作速度，使我每回寫小說，都像在打仗一樣。通常我維持很規律的生活，晚上十二點鐘以前一定上床，隔天大概九點鐘起床，喝杯咖啡後開始工作，中午休息一下，大概三點鐘再工作，晚上吃晚飯，看一下電視新聞，再繼續寫……。」[18]她的寫作態度很認真像在「打仗」一樣，一天的工作時間超過八小時，而且還謝絕一切干擾，如此專心才能寫出好作品。

　　李昂的情感世界一直是大家所關心的，甚至有人因為她的小說涉及太多「性描寫」而對她的私生活感興趣，但是她認為將小說和作者配在一起作諸多猜測的讀者水準太低，所以她不願多談自己的個人隱私。[19]然而她與施明德的感情幾乎是眾所皆知的，李昂是緣於為他寫「傳記」才有這個機會深入了解他：「李昂要寫的施明德當然不是個等閒之輩，他是一個在台灣坐國民黨黑牢時間最長的政治明星，並被視為反對運動的圖騰，被譽為『台灣最後的良心』。李昂走近他時，他已經在牢獄中坐了25年，剛剛被放出來。李昂是台灣文壇的一顆明星，施明德是台灣政治界的一顆明星，這兩顆明星相聚，自然要放出更大的光輝，刺激人們的眼睛。」[20]當李昂在為施明德寫傳時有人好奇地問她對婚姻的看法，她的回答是一切隨緣。[21]

二、李昂的創作背景

（一）時代背景

　　呂正惠在討論80年代台灣小說的言論時指出：「在70年代末期以前，台灣文壇也有不少女作家，但是她們都只是個別現象，『並沒有表現出某種與時代氣息有關的潮流感』，從來沒有像70年代末期開始的女作家潮一樣，形成『霸佔』文壇的趨勢，或與台灣社會脈動有積極的互動關係。」[22]而李昂正是這一時期的女作家代表，她的文學和台灣社會脈動有積極的互動關係，甚至可以說李昂的敏感度很高，常常都扮演「先知」的角色。例如〈人間世〉所反映的

大學生「性問題」，在多年後的台灣的確是社會問題。

李昂的小說在「中期」後是走在「寫實」的道路上，它和台灣社會的結構變動息息相關，她關心的層面很廣泛。例如：關心婦女的家庭暴力問題便寫下〈殺夫〉；關心大學教育的弊端便寫下〈人間世〉；而在資本主義泛濫的功利社會中，李昂便寫下〈暗夜〉批判現實社會的道德問題；解嚴後她更寫下一系列的「政治小說」，關心台灣政治。

李昂在小說題材上一再創新，她曾說：「我不願作一個一輩子重覆自己的作家，我要求我每個小說都在作突破、在改變，絕不以過去的成就自滿，……。」[23]，所以她細心地觀察社會的脈動，可以說是一個社會批判意識極強的作家。[24]她自己也承認在小說中對過份的理想主義者會提出「批判」的看法。[25]因此我們看到李昂的小說總是走在批判「社會黑暗」的道路上，她對家庭、學校、社會，甚至是政治的黑暗面都提出「批判」，讓讀者去思考，算是一個擅於挖掘問題的女作家，而且她的文學作品和整個時代背景關係密切。李昂在接受李瑞騰的訪問中也提到她自己試圖寫出和社會變遷息息相關的文學作品：「我很想寫一些在社會變遷過程中的女性」[26]足見李昂對自我的期許，她期許自己的作品能反映出台灣的問題：「我絕對是那種『立足台灣，放眼世界』的作家，我絕對以今天台灣的問題或我在台灣感受到的狀況來做為小說基礎，不會從一個虛構的中國文化來寫，只為了迎合西方讀者。」[27]由此知道李昂身處的「時代背景」便是她的「創作背景」，她藉由觀察台灣社會的變動寫下一篇篇「震撼人心」的小說，猶如警鐘。

（二）文學背景

1. 李昂與存在主義

　　李昂接觸到「存在主義」是在她高中的時候，大約是60年代末，而那個時候的文壇正盛行「存在主義」與「精神分析學說」。[28]李昂除了因為家中藏書全是當代西方作品，使她可以閱讀存在主義、心理分析、意識流……等書籍做為她小說創作的靈感；還有兩個因素致使她能與「存在主義」結下不解之緣，甚至在後期的小說也都有這種「存在哲學」出現。

　　第一個因素是她的「孤獨」造成的，她曾說：「其時我單獨一人在鹿港，兩個最親密的姊姊皆遠在台北讀書，唯一的聯繫只有書信以及寒暑假短暫假期，除此，鹿港無寧是寂寞的，再加上對學校功課不熱中，寫作幾乎佔掉我大半生活，另者就是不斷閱讀些翻譯作品。」[29]所以窮極無聊的李昂才會終日埋首在「西方文學」的殿堂中，汲取「存在主義」的養份。另一個因素則緣於鹿港的「蔽塞」，李昂又說：「能如此熱切創作，鹿港的蔽塞無疑是相當主要原因，簡單的小鎮生活給了我足夠時間，並使創作成為唯一的情感宣洩。當然姊姊們的鼓勵，尤其四姊，是她幫助我建立直到現在我還確認的，創作可以是一個人一生中主要目標，值得整身投入去努力從事。」[30]古老的鹿港小鎮是不屬於她這個年齡層的，它應是屬於老年人的，所以李昂只能藉由「閱讀」和「小說創作」來宣洩情感。[31]而當時的李昂處於極大的聯考壓力，「存在主義」探討個人的存在問題，正足以解答高中時代的李昂莫名的焦慮與寂寞，所以說李昂與「存在主義」

的相識是在時空環境的配合下——「當代的文學思潮、姐姐的遠離鹿港、聯考的壓力及蔽塞的鹿港」才產生的，促使李昂藉由「存在主義」向內探索自我的價值，也成就她的創作基調。

2. 李昂與女性主義

李昂在替楊美惠《女性·女性主義·性革命》一書寫序時曾說到：「我的整個對女性主義的觀念，來自兩個人，在實際行動方面，呂秀蓮影響我最大，而在理論思想方面，楊美惠無疑是我的啟蒙老師。」[32]她清楚地提到台灣女性主義先驅呂秀蓮對她的影響。而她是什麼時候開始自覺有「女性意識」的呢？她說：「我真正開始『刻意』意識到自己是女性，是我來台北讀大學後，由於年齡、以及戀愛，我開始寫一些以感情為主的小說，這時期的作品相當表現出女性所謂『纖細的筆調』、『濃郁的感情』，代表的作品大概就是系列人間世作品吧！當然還可看出我早期對探討問題的野心，但筆調說來十分女性。」[33]所以我們知道李昂是從「大學時代」才有較明顯的「女性意識」萌生。

王列耀、黃紅春兩位大陸學者在〈李昂——台灣文壇的「怪傑」〉一文中提到：「她的大學時代正處於台灣女權運動興起、發展期；赴美求學時，她還因此親身感受了西方的女性意識；加之回國後長期為《中國時報》撰寫一個有關婦女問題的專欄，李昂廣泛地接觸到各類婦女問題，這更堅定了她創作中的女性主義傾向。」[34]李昂因為學成歸國後寫作「女性的意見」專欄使她的創作中有「女性主義」的傾向，《殺夫》就是她打算寫的算是一部「女性主義」的小說。然而劉達文、蔡寶山在〈李昂與她的「女性主義」小說〉

一文中提到李昂對「自己與女性主義的關係」之看法：

> 我不是對某種主義照單全收的崇拜者或實行者，我的
> 出發點毋寧是：以我自身，提出一個這個時代的女性
> 切身經歷的問題；以及我因我的工作，我所接觸的或
> 我的讀者提供的問題，以此來探討和反應。[35]

她並非盲目地崇拜女性主義，而是有所為有所不為，李昂最
關心的是台灣現代女性的命運而非「女性主義」。由此我們
看到她的小說中有些女性會向「父權體制」靠攏，表現出真
實的女性面貌；有些則呈現「反抗父權」的獨立女性形象。
另外，江寶釵在她的博士論文中也為李昂的創作下了一個註
腳：

> 她實實在在植根在自己鄉土，觀察眼前世事與身邊人
> 物時，眼光是關切而又充滿批判性的：從早期的追求
> 性救贖的唐可言等等，到走出幸福城堡神話的朱影
> 紅，李昂自身樹立一個明確的台灣女性主義者的形
> 象，她筆下的女性也比較能代表台灣這些年女性的失
> 落、追尋與成長。[36]

江寶釵對李昂「女性主義者」的形象十分肯定。由此可知，
不論李昂自己或文評家都認同她和「女性主義」有著密不可
分的關係。

（三）小說的創作歷程與特色

1. 創作歷程

　　李昂在長達三十多年的小說創作生涯中，她嘗試不斷地自我突破，選用社會上不同面向的題材創作，每一個階段都有不同的主題書寫，筆者嘗試將她已出版集結成書的小說來作分類。

(1)早期（1968-1972）

　　這個時期的李昂是個高中生，深受西方思潮的影響，所寫的算是她「現代主義」類型的小說，全部收編在《混聲合唱》一書，後來改由洪範出版並改名《花季》，內有十篇小說：〈花季〉、〈婚禮〉、〈零點的回顧〉、〈混聲合唱〉、〈有曲線的娃娃〉、〈海之旅〉、〈長跑者〉、〈橋〉、〈逐月〉、〈關雎〉。這個時期的作品所呈現的大部分是「內心自我」的掙扎及期盼得到「救贖」的主題書寫，李昂曾說：

　　　　這段時間的寫作，該說還相當快樂，以我當時是個學生，處身於鹿港那樣小鎮社會中，不免深切感受到在我小說中出現的荒漠與隔離，那種只能靜坐等待變化或救贖的空茫。也因而，我的主角們採取一種最無望的自衛方式——如「婚禮」中男孩的嘲弄，「混聲合唱」裏女主角自己也不知道的等待，「長跑者」徒然的逃跑，但儘管在這發生的過程中如何無意義與可笑，我的主角們仍懷抱著他們個人的希望，他即是我的希望吧！[37]

李昂希望藉著這種無止盡地自我追尋來「反叛」一些既
定的「規範」，就像她得莫名其妙地承受大學聯考一般。在
另一次受訪中，她又提到這一時期的小說主角心境：「也許
我們不能明顯地知道自己會有那樣一個青春期，可是它是真
的存在 —— 因為，你對自己那般的懷疑，你想建立起自
己，而唯一的方法就是反叛。只有先否定自己，才能建立自
己，可是，人常在否定自己之後，就不知道該怎麼辦；所以
我的主角只好荒謬、嘲弄……也是很無可奈何的吧！」[38]因
此這個時期的小說可以說是李昂「個人內在」與「現實」抗
衡的小說，表現一種虛無、荒謬，可以說是她的實驗小說，
但〈花季〉的藝術成就已受到文壇的肯定。

　　⑵中期（1973-1985）

　　從李昂大學時代開始，她就有比較明顯的「女性意識」
作品呈現，而且和之前「存在主義」時期的小說有很大的不
同，故筆者將她大學階段和高中時期的小說創作做個分野。
1973年後發表的小說，主題豐富多變，也常惹來爭議。更出
現了像《殺夫》這樣的小說被翻譯成十國語言在美國、英
國、日本、德國、法國、荷蘭、瑞典等國家出版。這是作者
相當自豪的地方。筆者嘗試將這一階段的小說按其「屬性」
分成三類說明，分別是「情愛小說」、「鄉土小說」、「寓言
小說」。

　　①情愛小說

　　李昂畢竟是女性，對「情愛」的描摹有著天生的細膩，
這個時期的她終於放棄想寫得像「男作家」的筆調，去聆聽
自己內在的聲音，而有了女性情愛的創作。

　　a. 人間世系列（1974-1984）

　　這個系列的作品一共有十五篇，依時間發表先後順序為：〈回顧〉、〈人間世〉、〈訊息〉、〈昨夜〉、〈莫春〉、〈雪霽〉、〈域外的域外〉、〈蘇菲亞小姐的故事〉、〈愛情試驗〉、〈海濱公園〉、〈最後一場婚禮〉、〈生活試驗：愛情〉、〈她們的眼淚〉、〈轉折〉、〈誤解〉。這十五篇小說，李昂認為應該有個總題叫「人間世」，它們共同的特點都是以女性為中心，企圖探討成長、情愛、性、社會、責任等等問題。[39]但筆者認為她主要的著墨點還是在「情愛」方面並訴說「女人」與「愛情」的糾葛。

　　b. 情書系列（1984-1986）

　　這系列的小說收錄在《一封未寄的情書》裡共有四篇：〈一封未寄的情書〉、〈曾經有過〉、〈甜美生活〉、〈假面〉。除了這四篇，還有一篇中篇〈年華〉大約是在1972年寫成，但李昂幾經修改直至1988年才發表，不過它也是屬於情書系列，故筆者將它歸納在這一個階段。而李昂在〈寫在「一封未寄的情書」前〉一文中為她的「情書系列」做說明：「只為有點賭氣來寫愛情小說，我覺得實在浪費我的能力。因而，在這一系列情書方式寫成的小說裏，我仍希望至少探討到一些問題 ── 『一封未寄的情書』裏的時代變遷，『甜美生活』裏台灣新興的中產階級。同時，在『一封未寄的情書』與『假面』裏，我想藉此訓練處理不同敘述觀點在小說裏融合的可能性。」[40]雖然李昂寫作的最初用意是為了〈殺夫〉與〈暗夜〉倍受攻擊，才賭氣地來寫這系列的愛情小說；但卻無心插柳柳成蔭，成功地刻畫現代女性在愛情上的困境與情欲，並如實表現當代台灣社會的樣貌及擴展「後設小說」的書寫可能。

c.〈暗夜〉（1985）

〈暗夜〉是一篇中篇小說，它描寫「資本主義社會」中爾虞我詐的情愛關係，極盡所能地描寫人性的「黑暗面」，也暴露了現代人「性愛關係」的複雜性，李昂自己曾說：「〈暗夜〉的題材雖然是我編纂出來的，不少工商業界的朋友看過，都興致的告訴我，相類似的故事發生在他們周遭的人身上。〈暗夜〉裏寫的人性、表現的事件，是現代社會的縮影，大概也因此，能贏得許多人的共鳴吧！」[41]〈暗夜〉是現代社會的縮影，而且「外遇」是裡面的基調；這篇小說和李昂《一封未寄的情書》附錄的〈外遇連環套〉很相似，所不同的是〈外遇連環套〉是一篇社會關懷小說，十分接近真實的人、事、物。[42]因此筆者推斷這篇〈外遇連環套〉就是〈暗夜〉的前身，而〈暗夜〉裡面主要的課題還是以「女性情愛」為主，所以筆者將〈暗夜〉歸類為「情愛小說」。

②鄉土小說

這批小說是李昂在70年代「鄉土文學」大為風行的時候所寫下的，以她自己的故鄉「鹿港」為創作背景來刻畫小說裡面的人、事、物。

a.鹿城故事系列（1977）

這系列的小說一共有九篇：〈辭鄉〉、〈西蓮〉、〈水麗〉、〈初戀〉、〈舞展〉、〈假期〉、〈蔡官〉、〈色陽〉、〈歸途〉。李昂其時正從鹿港來到台北讀大學，對過往寫了三年的「心理分析」與「存在主義」的小說感到厭倦，卻又找不到新的出路，於是很自然地回顧起生養自己多年的家鄉──鹿港並著手收集資料寫成「鹿城故事系列」，她解釋自己並非為了追求鄉土文學的流行，而只是按一個作家的必然

發展路線回來寫自己的故鄉。[43]

b.〈殺夫〉（1983）

〈殺夫〉這篇小說名噪一時，還受到國際文壇的注目。因為這篇小說的故事背景也是發生在保守的鹿港小鎮，所以筆者將它歸類為「鄉土小說」。李昂藉由這篇小說控訴傳統男性用「經濟」控制女性的殘暴行為。

③寓言小說

這系列的小說包括：〈移情〉、〈水仙花症〉、〈三寸靈魂〉、〈三心二意的人〉、〈渡〉。李昂自述這是她極珍愛的一個系列，往後會視為個人努力的重大目標之一。[44]這組寓言小說是對「全體人類」的人性做一種調侃與諷喻，藝術性極高。

李昂中期的小說呈現多種面向，有「情愛小說」、「鄉土小說」，還有「寓言小說」，有時候會在同一年代出現兩種不同類型的小說交錯發表，故筆者不同於其他研究者將李昂小說按「屬性」來分階段，那將會有無法解釋的「重複」部分，所以改用「年代」來畫分她的小說階段。

(3)近期（1986～迄今）

李昂近期的小說總是或多或少的與「政治」有關係，像是《迷園》（1991）、《北港香爐人人插》（1997）、《自傳の小說》（1999）都可以算是「政治小說」。其中《迷園》裡，作者嘗試將「國族認同」的政治問題和「兩性關係」的情愛問題結合描述，引起文評家爭相討論。《迷園》的迷陣使人身陷其中難以自拔，究竟這部小說是世紀末台灣的頹廢見證還是近代台灣史破繭而出的象徵？令人難以決定。[45]

而《北港香爐人人插》是由四個中篇小說集結而成的，

分別是〈戴貞操帶的魔鬼〉、〈空白的靈堂〉、〈北港香爐人人插〉、〈彩妝血祭〉，這四篇小說可以算是「反對運動」中女性的一篇「血淚史」。李昂曾對書中的女性角色作說明：「本書中有些女性角色，有血有肉，勇於追求她們所要，在悲情＝犧牲的對女性的桎梏中，活出自己的一片天空，不同的生命意涵。她們在『政治正確』裏也許不夠正面，但卻絕非『負面』的角色。」[46]李昂看到了「反對運動」下失落的女性如何「自我壓抑情慾」為政治犧牲，也許她們的某些作為不夠「政治正確」，也就是不符合一般人的道德期望，但李昂對她們是充滿同情，並非有意塑造她們為「負面角色」。

另外，《自傳の小說》是一部以歷史人物謝雪紅為主角虛構的小說，它不同於陳芳明先生的《謝雪紅評傳》，但二者皆為「追憶」被潛藏於歷史底層的台共黨員 —— 謝雪紅。李昂《自傳の小說》敘述觀點多變，有時是謝雪紅的自傳，有時是李昂的自傳，更多時候是「我們女人」的自傳。

這部作品是作者耗費十年完成的，這期間李昂還親自走訪謝雪紅住過的大陸、日本、莫斯科，每經歷一地，彷彿時光倒流，作者竟成了謝雪紅代替她思考、發言。很多時候，因為「父權體制」已行之多年，我們女性也順著「男性思惟」在思考而不自知，謝雪紅這個外柔內剛的女子，是否也犯了同樣的錯誤？在這樣進步的新女性身上，我們看到李昂虛構的謝雪紅將自己「物化」，博取男人歡心以換取「知識」與「權力」。而《北港香爐人人插》的林麗姿也是如此，最後都下場淒涼。這是否意謂李昂試圖藉由小說喚起「女性的自覺」？我們並非男性洩慾的工具，而是能獨立思考的女性。

這之間弔詭的是，謝雪紅不想被「物化」而有了「反抗」及「出走」，但仍用自己的「身體」換取「權力」，李昂所書寫的謝雪紅還殘留著封建思想。但在那樣的社會背景下，女性無可避免地走上這樣的路，李昂關心台灣社會的女性，由此可見。

由小說中我們感受到謝雪紅對弱勢族群的關心，這應是社會主義服膺的基本精神。但可惜的是：謝雪紅最後被鬥爭而死。就這樣她所做的一切努力，彷彿不曾發生過，這對一位有熱情抱負的女性而言是不公平的，莫以成敗論英雄，謝雪紅畢竟還是「堅毅勇敢」的女性代表，因此我們看到李昂《自傳の小說》企圖以謝雪紅喚醒「女性的自覺」，讓女性效法謝雪紅不向命運低頭的勇氣。

綜述，以上的這些「政治小說」，往往可以從不同的角度去解讀，李昂也一改她早期和中期小說的作法——在書前寫序說明自己的「創作意圖」。作者對於這些政治小說都未作「導讀」，刻意留給「讀者」思考的「空間」，也因為如此各家評論風起雲湧，見解差異甚遠，但在後現代的21世紀未嘗不是一件好事。可以讓讀者有更「多元化」的思考空間，正式接受「讀者反應理論」。這也許是李昂的「創作意圖」，讓她的小說變成「開放性文本」，接受不同的解讀。而且能夠有「多重視角」解讀的小說，另一方面也證明了它的「可讀性」。另外，李昂的「政治小說」不同於男性的書寫方式，她扭轉了「大敘述」的策略，將「女性情愛」與「政治」結合書寫。「女性性愛」代表「私領域」，「政治」代表「公領域」，這種書寫策略是一種「解構」的意識型態，李昂運用它來書寫小說。

2. 小說特色

李昂的小說樣貌多變，它呈現著不同年代的社會變遷及社會問題，當然她的小說也是極具特色的，分別有以下的特點：「女性書寫」、「性反抗意識明顯」、「問題意識強烈」、「陰森的氛圍營造」、及「夢境的暗示」等，分述如下。

(1)女性書寫

在江寶釵的博士論文中曾經提到西蘇對「女性書寫」的看法：「西蘇在《美杜莎的笑聲》首先提出『女性書寫』（ecriture feminine）的觀點。她認為女性生理經驗轉換成『女性書寫』，可以成就其獨特的文體。生養嬰兒的羊水比喻女性語法的流動性，可以延伸瀰漫，從此通往建立女性閱讀觀點的康莊大道，擺脫『邏各斯中心話語』，以及父權社會的女性觀點，重寫女性文學史與批評史。」[47]由此知道「女性書寫」是一種女性利用其「生理」與「心理」的「流動性」所完成的特殊文體，它有別於男性的書寫。而我們可以藉由西蘇的觀點來檢視李昂的文本。

①自傳體、日記體的書寫方式

李昂除了情書系列的小說都採取女性擅長的「書信體」寫作方式外，近期《自傳の小說》更是以虛構的謝雪紅「自述」我們女人的一生。而「鹿城故事」系列小說全以主人翁「李素」第一人稱敘述的方式來反省鹿城所發生的一切，其中有很濃的自傳成分。[48]甚至在〈殺夫〉中也是以第一人稱的敘述觀點在進行小說的創作，這種創作方式是女性慣用的書寫方式。

②「雨水、河流、血、月亮」等意象的大量運用

雨水、河流、血、月亮等意象的運用是說明女性是傾向「自然」的。而「月亮」、「血」正代表著女性生理的變化，李昂藉由這些意象表達女主角「心境」的轉化。例如她的小說〈莫春〉裡女主角唐可言在獲得性救贖後，走出後院房門任雨絲打在裸露的身體上：

> 那般冷冽的顫慄，不覺雙手環抱於胸前稍後退，然而那雨引誘著她，和著異地旅館準備打開水洗澡的記憶，唐可言雖蜷縮著身子，還是走入雨中。
> 不大卻綿密的雨打入髮裡，打在裸裡的身體上，微漫起一陣輕煙。先還止不住全身猛烈打顫，然後雨水感覺中在變溫暖了，慢慢試著放開環抱的雙手，那似滲透人體內的冷涼，逐漸也成一種快慰。（《禁色的暗夜》，頁112）[49]

這就是一種用「女性的身體」結合「雨水」來書寫的方式。「雨水」象徵「流動性」是屬於女性的特質，李昂運用這種意象將「女性情慾」與「大自然」結合，達到一種水乳交融的自然境界。

③書寫自己身邊的人、事、物

女作家善於用幽微的心思去觀照周遭的人、事、物，李昂也不例外，她在高中時為了抒解初臨身上的「聯考壓力」，便寫下一系列具「存在主義」思惟模式的「現代小說」；就讀大學時有感於學校對大學生「性教育」的蔽塞而寫下〈人間世〉；從美國回台灣，當時她大約26歲，對自己未來何去何從最感興趣，並考慮今生是否結婚，李昂就是

在這種狀況下，大膽探索社會婚姻的真相而寫下以「外遇」為基調的一系列小說；後來李昂更參與政治活動，成為支持「反對運動陣營」的女作家，此時的她更將周遭真實的女性政治人物加以「虛構化」而寫成〈戴貞操帶的魔鬼系列〉。這些都證明一點：李昂的書寫充滿女性特質，擅於描摩刻畫周遭的生活點滴。

(2)「性反抗」意識明顯

最先提到李昂具「性反抗」意識的論文是吳錦發的單篇論文〈略論李昂小說中的性反抗〉，他認為李昂的性反抗對象起碼包含三方面：（對殘留的封建體制的反抗，（對男性沙文主義為中心而形成的社會規範的反抗，（對傳統「性、婚姻與罪」觀念的質疑。[50]這些論述澄清了李昂在「性描寫」上的著力並非源於「色情」。而賀安慰也同樣以「性反抗」來闡釋李昂的小說：

> 李昂的小說，給人的感覺，是那麼迫切的欲用性來探討女性在愛情、個人、學校、家庭、社會中的種種問題。她認為，性是「與自身最有關的一個要素」，因此是「衝破那約定了的社會」的「最深刻的方法」，而在這個女權享有相當地位的社會，卻在「性」方面有著種種封閉的，不合理的限制，造成女性在性成長過程中強烈的挫折與傷害，這種現象，令到李昂在她的小說中，往往呈現大膽的性行為及反傳統的性觀念，藉著性傳達反抗封建社會的態度。[51]

他認同李昂的「性描寫」是反抗既有權威的象徵。另外，李

昂在接受邱貴芬專訪時也提到她作品中的「性描寫」所扮演的角色：

> 「性」只是當時我關懷的，用來批判社會，或者是借用來展露一些在這樣壓抑社會下的人性問題。
>
> 「性」當然是找尋自我，探索人怎麼樣去超越自我、建立自我的過程中一個很重要的點。[52]

李昂自我解釋她的「性描寫」是用來「批判社會」及「建立自我」的一個重要過程。

甚至連大陸學者王列耀、黃紅春對她大膽書寫的「性主題」也有所解釋，他們認為李昂的「性描寫」主要立足於三個角度：①性關係在人際溝通中的作用。②金錢名利腐蝕下人性的墜落。③「人身依附」造就的「性掠奪」、「性虐待」。[53]這兩位大陸學者是根據〈人間世系列小說〉還有〈殺夫〉及〈暗夜〉中所表現的「性反抗」而整理出的論點。由此可知，李昂的「性描寫」獨樹一幟，是兩岸學者極為重視的一環。

(3)「問題意識」強烈

李昂是個「問題意識」極強烈的作家，她在自己的小說中「每一個階段」總有她要挖掘的問題。王德威就曾對她的創作風格作了如下的評述：「李昂的文體簡約質樸，有時甚至顯得粗糙。很奇怪的，她以這樣的風格描寫性的關鍵活動時，反另有一種露骨聳動的效果。施淑說得對，李昂的小說不以文采取勝，而以發掘問題見長。」[54]李昂小說「文體檢樸」但愈能顯現真實的社會問題。早期的小說藉由「存在主

義」去探索「個人」和「外在」的存在關係；〈鹿城故事〉
系列則試圖探索封閉小鎮的女性命運；〈人間世系列小說〉
更藉「性」來揭露「社會問題」及「女性情欲」；〈殺夫〉
更是對「父權體制」的強烈反抗；〈暗夜〉則試圖探討資本
社會沈淪的愛欲問題；到了近期的政治小說更是精彩，各種
主題交錯運用在同一小說企圖揭露更多社會問題，其中〈迷
園〉以「性別論述」探究「國族建構」，《北港香爐人人插》
揭露潛藏的台灣政治歷史下「女性的情慾」，《自傳の小說》
以歷史重新建構記憶中的「女性處境」。這些小說各具不同
的「主題意識」，足以証明李昂是個擅於「挖掘問題」的作
家。然而她的小說有個特點，便是發現問題卻不解決問題，
就如施淑所言：

> 從她的小說人物，我們看到的經常是：感覺到問題的
> 存在，但並不試圖改變；懷疑既成事實的正當性，但
> 不願也沒有能力尋求解決。[55]

李昂這種書寫策略是承繼她「存在主義」的文學素養——
去思考人生的存在問題。直至今日還是她不變的創作態度，
也形成她小說的特色。

⑷陰森的氛圍營造

　　李昂擅於營造「詭譎陰深」的氛圍，尤其是「鹿港式」
的神秘怪誕，常常引領讀者感到沈重的壓迫感及恐懼，可能
源於她的故鄉鹿港對她深刻的影響所致，那彎曲狹小的巷弄，
還有鬼神祭拜，佇留作家的潛意識中，使這種印象不斷地在
她小說中呈現。王德威也對李昂的這種怪誕風格做了評點：

〈空白的靈堂〉鋪展性、死亡、政治間的連鎖誘惑，
時有神來之筆。故事中的女作家一晌繾綣後，深夜誤
闖進那空白的靈堂，場景極其撼人。李昂在此營造
「鹿港式」的怪誕風格，可記一功。[56]

李昂用這樣的「氛圍營造」暗示女作家去思考：她的「情欲
放蕩」是否真是自己所要的人生？鹿港式的怪誕風格像個揮
之不去的「夢魘」，時刻環

　　繞小說中的女作家，像是故鄉的神祇在提醒她該思考自
己的處境。

　　另外，《迷園》中朱祖彥被釋放的那一刻，也有相同的
氛圍環繞在小說：

接近「上厝」正廳，便聽得雜沓的聲音，低低的在說
「牲禮要快準備」、「上香」、「豬腳麵線」的紛紛人
聲與腳步聲。
一走進一向陰鬱沉暗的正廳，兩旁一列十幾把太師椅
似齊齊全坐滿了人，還有站在一旁的婦女，四處穿梭
的僕婦，卻俱是一片靜止。牡丹帶著她往前走，接下
來朱影紅聽得母親低柔的聲音，輕輕的在說，但尾音
抖顫：
「叫爸爸，爸爸回來了。」（《迷園》，頁65）

用這種陰沉的神秘感來襯托父親被政治迫害的無辜與悲懼，
這是李昂小說中隨處可得的例子，以「陰森的氛圍」來表達
某種訊息。可能因為李昂的童年是在故鄉鹿港度過的，而這

個地方是個極重信仰的小鎮，總有聽不完的鬼神傳說，這些素材便自然地被李昂運用在小說中，形成了她獨特的藝術風格。

(5)夢境的暗示

李昂深受「佛洛依德心理學派」影響，甚至在早期小說完全以之當「主題」來描寫，雖然後期的小說「主題」已大幅度改變，還是會在字裡行間留有這種痕跡，例如利用「夢境」來凸顯主角的心理狀態。在〈殺夫〉中的林市就有這樣的夢境：

> 是幾支高得直聳入雲的大柱子，直插入一片墨色的漆黑裡不知所終，突然間，一陣雷鳴由遠而近，轟轟直來，接著轟隆一聲大響，不見火焰燃燒，那些柱子片時裡全成焦黑，卻仍直挺挺的挺立在那裡，許久許久，才有濃紅顏色的血，從焦黑的柱子裂縫，逐漸的滲了出來。（《殺夫》，頁79）

林市在第一次的月經來潮後做了這樣的夢，藉以暗示她的「性成熟」及「害怕」，而「柱子」便是「陽物」的象徵。另外，《迷園》中的朱影紅在林西庚離去後也做了一個夢：

> 總是浮沉在一片汪洋、廣袤的藍綠色水域，四處只是水，不見天。突然之間，四周的顏色沉黯下來，知覺是來了鯊魚，可是始終不見鯊魚蹤影。沒有浪也無波，卻是緊密聯結成一體的水整個斜傾的翻搖，驚天動地一陣折騰，感覺原就不見蹤影的鯊魚終於遠去，

　　自己也脫離了水體。

　　先不覺得有什麼差異，原還慶幸身體完好如初，試著
要支撐手臂坐起來，才發現，整隻手無從使力，血水
從一片齒痕中滲出。整條平放的手臂，被橫著從中間
劈開成兩層，中間一長條鋸齒狀齒痕，尖銳的鯊魚牙
齒咬合處歷歷清楚的一道長線。（《迷園》，頁120）

朱影紅在夢中被鯊魚咬碎了，多可怕的夢魘，李昂用這樣的
惡夢暗示朱影紅對林西庚的依賴，她無法忍受林西庚的離
去，令她痛徹心肺。這些都是李昂小說中常用的夢境暗示，
也是她小說的特色。

註　釋

1　參閱張惠娟：〈直道相思了無益——當代台灣女性小說的覺醒與徬
徨〉，《當代台灣女性文學論》（台北：時報，1993年），頁39。

2　見陳碧月：《大陸女性婚戀小說——五四時期與新時期的女性意識書
寫》（台北：秀威資訊科技公司，2003年）引，頁28。

3　顧燕翎：〈女性意識與婦女運動的發展〉，《女性知識份子與台灣發展》
（台北：中國論壇編輯委員會，1989年），頁123。

4　見吳婉茹：《八十年代台灣女作家小說中女性意識之研究》（台北：淡
江大學中文研究所碩士論文，1994年）引，頁1。

5　參閱李小江：《解讀女人》（南京：江蘇人民，1999年），頁128。

6　李小江：《解讀女人》（南京：江蘇人民，1999年），頁132。

7　參閱顧燕翎：〈女性意識與婦女運動的發展〉（台北：中國論壇編輯委
員會），頁107-124。

8　顧燕翎：〈女性意識與婦女運動的發展〉（台北：中國論壇編輯委員
會），頁123-124。

9　見吳婉茹：《八十年代台灣女作家小說中女性意識之研究》（台北：淡
江大學中文研究所碩士論文，1994年）引，頁10。

10　引自蕭義玲：《台灣當代小說的世紀末圖象研究——以解嚴後十年
〔1987-1997〕為觀察對象》（台北：台灣師範大學國文研究所博士論

文，1998年），頁163。

11　參考王列耀、黃紅春：〈李昂── 台灣文壇的「怪傑」〉，收錄於鄭光
　　東、陳公仲主編：《世界著名華文女作家傳・台灣卷二》（南昌：百花
　　洲文藝，1999年9月），頁55。

12　朱偉誠：〈女性作家的天空── 蔡源煌與李昂對話〉，《台北評論》
　　第3期（1988年1月），頁144。

13　簡瑛瑛：〈女性・主義・創作：李昂訪問錄〉，《中外文學》第17卷
　　第10期（1989年3月），頁194。

14　參考李昂編、方美芬增訂：〈李昂生平寫作年表〉，《台灣作家全集・
　　李昂集》（台北：前衛，1992年），頁302。

15　參考張季琳譯、藤井省三著：〈日文版《殺夫》解說〉，《中國文哲研
　　究通訊》第4卷第1期（1993年6月），頁158。

16　李昂編、方美芬增訂：〈李昂生平寫作年表〉，《台灣作家全集・李昂
　　集》（台北：前衛，1992年），頁302。

17　參考張季琳譯・藤井省三著：〈日文版《殺夫》解說〉，《中國文哲研
　　究通訊》第4卷第1期（1993年6月），頁159。

18　李昂：〈新納蕤思解說── 李昂的自剖與自省／施淑端親訪李昂〉，
　　《暗夜》（台北：時報，1986年），頁157-158。

19　李昂：〈新納蕤思解說── 李昂的自剖與自省／施淑端親訪李昂〉，
　　《暗夜》（台北：時報，1986年），頁157。

20　王列耀、黃紅春：〈李昂── 台灣文壇的「怪傑」〉，收錄於鄭光東、
　　陳公仲主編：《世界著名華文女作家傳・台灣卷二》（南昌：百花洲文
　　藝，1999年9月），頁62。

21　參考王列耀、黃紅春：〈李昂── 台灣文壇的「怪傑」〉，收錄於鄭光
　　東、陳公仲主編：《世界著名華文女作家傳・台灣卷二》（南昌：百花
　　洲文藝，1999年9月），頁65。

22　見邱貴芬：〈族園建構與當代台灣女性小說的認同政治〉，《思與言》
　　第34卷第3期（1996年9月）引，頁82。

23　李昂：〈寫在「暗夜」前〉，《暗夜》（台北：時報，1986年），頁三。

24　參考古繼堂：《台灣小說發展史》（台北：文史哲，1996年），頁
　　391。

25　參考林依潔：〈叛逆與救贖── 李昂歸來的訊息〉，《她們的眼淚》
　　（台北：洪範，1984年），頁227。

26　參考楊光整理：〈我的小說是寫給兩千萬同胞看的── 李瑞騰專訪李
　　昂〉，《文訊》第132期（1996年10月），頁75。

27　楊光整理：〈我的小說是寫給兩千萬同胞看的── 李瑞騰專訪李
　　昂〉，《文訊》第132期（1996年10月），頁73。

28　參閱王列耀、黃紅春：〈李昂── 台灣文壇的「怪傑」〉，收錄於鄭光
　　東、陳公仲主編：《世界著名華文女作家傳・台灣卷二》（南昌：百花
　　洲文藝，1999年9月），頁56。

29 李昂：〈寫在第一本書後〉，《花季》（台北：洪範，1994年），頁198。

30 李昂：〈寫在第一本書後〉，《花季》（台北：洪範，1994年），頁198。

31 參考李昂：〈寫在第一本書後〉，《花季》（台北：洪範，1994年），頁199。

32 李昂：〈我是看這樣的書長大的──序〉，收錄在楊美惠：《女性‧女性主義‧性革命》（台北：合志文化，1988年），頁1。

33 李昂：〈新納蕤思解說──李昂的自剖與自省／施淑端親訪李昂〉，《暗夜》（台北：時報，1986年），頁164。

34 王列耀、黃紅春：〈李昂──台灣文壇的「怪傑」〉，收錄於鄭光東、陳公仲主編：《世界著名華文女作家傳‧台灣卷二》（南昌：百花洲文藝，1999年9月），頁67。

35 見王列耀、黃紅春：〈李昂──台灣文壇的「怪傑」〉引，收錄於鄭光東、陳公仲主編：《世界著名華文女作家傳‧台灣卷二》（南昌：百花洲文藝，1999年9月），頁67。

36 江寶釵：〈論《現代文學》女性小說家──從一個女性經驗的觀點出發〉（台北：台灣師範大學國文研究所博士論文，1994年），頁284。

37 李昂：〈寫在第一本書後〉，《花季》（台北：洪範，1994年），頁199。

38 林依潔：〈叛逆與救贖──李昂歸來的訊息〉《她們的眼淚》（台北：洪範，1984年），頁210。

39 李昂：〈寫在書前〉，《她們的眼淚》（台北：洪範，1984年），頁二。

40 李昂：〈寫在「一封未寄的情書」前〉，《一封未寄的情書》（台北：洪範，1986年），頁二。

41 李昂：〈寫在「暗夜」前〉，《暗夜》（台北：時報，1986年），頁二。

42 參考李昂：〈寫在「一封未寄的情書」前〉，《一封未寄的情書》（台北：洪範，1986年），頁三。

43 參考李昂：〈寫在書前〉，《殺夫》（台北：聯經，1983年），頁v-vi。

44 參考李昂：〈寫在「一封未寄的情書」前〉，《一封未寄的情書》（台北：洪範，1986年），頁3。

45 參考王德威：〈華麗的世紀末──台灣‧女作家‧邊緣詩學〉，《小說中國──晚清到當代的中文小說》（台北：麥田，1993年），頁187-188。

46 李昂：〈自序：誰才是那戴貞操帶的魔鬼？〉，《北港香爐人人插》（台北：麥田，1997年），頁45。

47 見江寶釵：〈論《現代文學》女性小說家──從一個女性經驗的觀點出發〉（台北：台灣師範大學國文研究所博士論文，1994年）引，頁

83-84。

48 參考林依潔：〈叛逆與救贖——李昂歸來的訊息〉（台北：洪範，1984年），頁220。

49 本文為顧及讀者閱讀的流暢性，在列舉李昂作品為例證時，一律採「夾註」的方式。

50 參閱吳錦發：〈略論李昂小說中的性反抗〉，《愛情試驗》（台北：洪範書店，1982年），頁211-216。

51 賀安慰：《台灣當代短篇小說中的女性描寫》（台北：文史哲，1989年），頁92。

52 邱貴芬：《（不）同國女人聒噪》（台北：元尊文化，1998年），頁99-100。

53 參閱王列耀、黃紅春：〈李昂——台灣文壇的「怪傑」〉，收錄於鄭光東、陳公仲主編：《世界著名華文女作家傳·台灣卷二》（南昌：百花洲文藝，1999年9月），頁69-71。

54 王德威：〈性·醜聞，與美學政治——李昂的情欲小說〉，《北港香爐人人插》（台北：麥田，1997年），頁14。

55 施淑：〈迷園內外——李昂集序〉，《李昂集》（台北：前衛，1992年），頁10-11。

56 王德威：〈性·醜聞，與美學政治——李昂的情欲小說〉，《北港香爐人人插》（台北：麥田，1997年），頁36-37。

第三章

李昂小說中「女性意識」的詮釋

第一節　反抗父權

　　K・米利特在其《性的政治》一書中對父權制的論述如下：「我們的社會像歷史上的任何文明一樣，是一個父權制的社會。只要稍稍回想一下，軍事、工業、技術、高等教育、科學、政治機構和財政，一句話，這個社會所有通向權力的途徑，包括警察當局的強制權力，完全掌握在男性手中……。」[1]我們的社會是由「男性」掌握權力的，女性因為附屬於男性，所以沒有權力。另外，洪鎌德也對「父權制」下了定義：

> 父權制是一組男人與男人之間的社會關係，它有其物質基礎，在男性宰制女性方面，這些男人團結一致、有志一同。[2]

男人們團結起來宰制沒有權力的女性。這就是傳統的「父權思想」，也是李昂小說中極力要反抗的「主體」。蕭義玲在其

博士論文中也曾說：「女性小說以父權社會下女性形象之塑
造，深入地描繪女性生活的實質與困頓受挫之經歷，從中挑
明『父權思想』與『女性意識』之間的懸殊角力，進而在女
性意識的萌發中，嘗試走出父權思想的籠罩，以掙脫在男性
威權中的附庸位置。」[3]她認為女性小說有一個很明顯的企
圖，便是書寫「掙脫父權」的女性意識。而李昂的小說正有
此現象。

一、批判婚姻對女性造成的傷害

在家庭制度中，將女性在家庭中的人格地位和權利剝奪
殆盡的是重男輕女的生育觀、從夫從子的家庭觀、盡忠殉道
的貞節觀等等，這些包袱像是捆綁在女子身上的一條條繩
索。[4]。無論何時，她們的丈夫或兒女都可以找她們，要求
得到某種解釋、支持或幫助，而她們則不得不依從，從傳統
上講，婦女沒有獨立性，而是她們的丈夫和兒女的財產。[5]
婦女在「婚姻」中變成了丈夫、兒女的財產，沒有自主性，
不論古今中外的婦女都承受同樣的困境。李小江替「婚姻中
的女人」發出聲音：

> 如果在婚姻問題上也可以「實話實說」，真實的聲音
> 只有一個：
> 「婚姻中的女人不快樂」。
> 無論在外人眼中怎樣的「良緣」，家庭生活看上去怎
> 樣和諧，都難以掩蓋婚後女人的難堪。所有的「和諧」
> 「美滿」，可能都是女人不快活的根源；所有那些可供

> 家人享受的「實惠」和可供外人欣賞的「景觀」，需
> 要女人成年累月無償勞作、默默奉獻。[6]

由此我們知道婚姻中的女人不快樂，尤其在「傳統父權」的壓迫下，可能還會對女性造成傷害：「女性在婚姻中最容易受到男性的傷害。傳統的男性權威，自然是使女性屈從的主要原因。」[7]這種婚姻制度是一種「假象」[8]，婚姻生活看似和諧，其實是女性長期犧牲忍讓，會使女性受到傷害，引起諸多問題。因此筆者注意到李昂在文本中所呈現的「反抗父權」女性意識，第一步便是對「婚姻制度」質疑，藉此關懷女性，因為婚姻制度是傾向父權文化的制度。

（一）家庭問題

　　婚姻對女性造成傷害，出現了許多的家庭問題，女性可以說是無產階級：「現代的獨立家庭是建立在對妻子進行公開或隱蔽的奴役基礎之上的……在家庭中，丈夫是資產階級，妻子則代表著無產階級」。[9]妻子可能因此要承受家庭暴力；甚至無法掙脫婚姻枷鎖，除非丈夫主動遺棄她。

　　首先，〈生活試驗：愛情〉（1982）這篇小說中的女主角丹丹，因丈夫外遇心生報復也和宋瑞淇有了婚外情，並在白醫師家聽聞到木匠妻子的遭遇：她和情人出遊車禍導致半身不遂卻還想和情人遠走高飛，不顧寬容的木匠丈夫苦苦哀求她回到身邊，而情人卻背棄她，不願帶她走。丹丹思索著：「這些人可以給那木工妻子怎樣的了解與同情？在這樣的社會裏，那女人又能有怎樣的依憑？還有，丹丹哀愁的想，是什麼使女人有如此勇氣，在發生過如許多事情後，竟

不願回到寬容丈夫安穩的身邊，而要求繼續同那年輕男子在
一起，難道只為了心中的激情與慾求？可是她可曾考慮到她
已成癱瘓的下半身，雖說還有性行為的可能，又將如何來維
繫住年輕男人的心？」（《愛情試驗》，頁160）也因著這個故
事令丹丹想起自己與宋瑞淇的愛情最後會有怎樣的結局？答
案自是令人沮喪的。

藉著小說中這兩個故事，我們看到外遇女主角 —— 丹
丹和木匠妻子，都無法掙脫丈夫的懷抱，只能徒勞地掙扎，
還是要乖乖回去婚姻的牢籠 —— 丹丹要繼續忍受丈夫的外
遇，而她的情人宋瑞淇只是過客，不願為已結婚的她負責；
另一方面木匠妻子就算不愛丈夫了，還是得留在丈夫身邊，
因為主導婚姻權的丈夫還愛她，所以她不能走，不管她的情
人是否要她，她命定得守候她的先生一輩子。

這就是婚姻造成的家庭問題，使已結婚的女性失去自
由，失去再得到真誠愛情的機會，為何作者要如此安排？同
樣的情書系列小說的女主角C.T.，也有著相似的困境 —— 因
為她的已婚身份，更使情人安然無懼地認為不用負責而飄然
遠去，男人認為女人「已婚」是最好辜負她的藉口，李昂文
本所要表達的應是反對世俗的婚姻對女性造成的束縛，也阻
礙了女性再次尋求真愛的機會。西方女權運動先驅西蒙‧波
娃一生不婚應該就是李昂文本所要反映的楷模。

再看〈殺夫〉（1983）這篇小說，原名〈婦人殺夫〉是
李昂相當優秀的代表作之一。在西元1997年動筆，但中間
停擺四年，直到作者在白先勇家看到一本書：《春申舊
聞》，裡面有一則社會新聞「詹周氏殺夫」，使得李昂有了新
的靈感重新動筆。[10] 只是背景從原社會事件的上海轉換到作

者的故鄉鹿港，而且添加了「民俗色彩」。西元1983年在報上連載，有批評，也有讚美，並獲得當年度《聯合報》中篇小說的首獎，得獎後評審將它改定為〈殺夫〉。

初看〈殺夫〉，會被作者刻意設計的女性角色所表現的形象模糊了焦點，每一位鄉村低層社會下的女性彷彿背負著「男性意識」而生存，真不知作者要傳達的是顛覆「父權體制」，抑或歌頌「男權至上」，這也曾引起爭論。關於此點批評者和李昂都有話要說，劉毓秀指責李昂不夠「政治正確」的寫作方式，時而高唱女性主義，時而又委身「父權論述」。[11]但李昂說自己不在意「政治正確」與否，她在意的是文學的呈現與真實。[12]而筆者不認同以上兩位的說法，李昂文本如此呈現是為了啟發讀者的「女性意識」而藉由負面書寫的方式來描摩父權思想，這樣便可激盪讀者去思考，無怪乎引起讀者誤會。

傳統的社會，總加諸女人非常多的「倫理要求」，女人要貞節、要從一而終，遇到不好的丈夫，還得繼續忍耐。且對女性的反抗，自古以來的小說總是貼上「壞女人」的標籤。但李昂安排的林市並非為了奸夫而殺夫，純粹是被壓迫女性的反抗 —— 反抗家庭暴力，她不再是壞女人，作者顛覆了傳統社會對女性許多不公平的指控，替女性發聲，講出黑暗角落受虐婦女的心聲，這也是李昂作品和傳統以男性思惟為主的作品不同之處，甚至「批評視角」[13]不同，也會使讀者對作品有不同的解讀。女性作家和以女性為中心的批評家所看到的視野不同於男權中心的批評策略。而李昂對婦女問題極其關心，也嚐試以〈殺夫〉創作「女性主義」的小說，她曾表示：「隨著回台灣，這僅寫了開頭的小說，在行

李箱中一擱擱了四年，其中雖曾翻出來看過，仍不知如何著筆。直到開始寫專欄，對婦女問題有進一步的思索，才替『婦人殺夫』找到了一個明確的、新的著眼點，想寫一個就算是『女性主義』的小說吧！」[14]，這是李昂的創作意圖。

小說中陳江水對林市「暴力」[15]相向索求無度，但下場卻是被殺，且看作者如何安排。陳江水在得知林市四處找工作後，竟然強迫林市到「豬灶」工作做為處罰，卻也為此埋下殺機，瘦弱的林市在豬灶中看到殺豬的血腥畫面後昏倒：「林市恍然醒覺這一切都不是夢，在會意到真實的一剎，適才那大股噴湧出來的鮮血與嘶聲長叫，全以無比真實的意義湧聚回來，林市低下頭，看到懷中抱著似乎尚在蠕動的腸子有一長截已流落到手臂外，虛空的懸著。林市慘叫一聲，來不及將懷裡抱的東西丟出去，向後直挺挺的倒下去，眼睛向上吊，嘴裡汩汩的不斷流出白色泡沫。」(《殺夫》，頁189)從此，林市就神情恍惚，在路上跟人要錢，說是給母親「燒大厝」用的，而且也真的在家裡的八仙桌上安放紙糊的彩色紙人，弄得陳江水火冒三丈又是一頓毒打，但也是最後一次。林市到此已是忍無可忍，鴨仔被殺，外出找工作又被傳統社會所拒絕，弄得精神錯亂，竟將丈夫當成豬仔給殺了：

> 林市爬起身，蜷曲身子以雙手環抱住腳，楞楞的坐著看小窗扇中照射進來的一長條青白月光，白慘慘的月光一點一寸緩緩在床板上移動。林市定定的凝視著那月光，像被引導般，當月光侵爬到觸及刀身時，閃掠過一道白亮亮反光。林市伸手拿起那把豬刀。
>
> 寬背薄口的豬刀竟異常沉重，林市以兩手握住，再一

刀刺下。（《殺夫》，頁191）

　　她對這個剝奪她生存權力的丈夫奮力一擊，也極具諷刺，用的是陳江水殺豬用的刀，方法是陳江水在豬灶教她的方法。

　　這樣的結局很聳動，也頗引人深思，一個像林市這樣柔弱逆來順受的女子，當她被逼到絕境時，那反撲的力量是如此之大，而且以其人之道還治其人之身，力道還更猛，真令人震驚。李昂為了這個高潮，之前鋪衍了陳江水殺鴨仔等剝奪林市生存權力的情節來合理化最後的結局──分化了男性肉體，很有女性「反撲」的意識。婚姻對女性的傷害──「家庭暴力」[16]，自古以來一直上演，卻在李昂的筆下讓林市復仇成功。波娃認為：「女人畢竟不只是身體，因為她除了自體存在，還有自覺存在。」[17]而李昂塑造的林市是一個勇敢的女性角色，她有自覺，令人留下深刻的印象，正訴說著男權社會的優勢已受到動搖。

　　還有〈戴貞操帶的魔鬼〉（1995）中的女主角，她是個「代夫出征」的妻子，丈夫「大砲」因政治因素被關在牢裡，她則從「中學音樂教師」以高票進入立法院，但也因此守活寡，我們聽聽小說中她的聲音：「這些都不是我要的，對我也沒有任何意義，我不偉大也不要犧牲，我只要像以前一樣，我的丈夫在我的身旁，有一個家，還有我們的兩個孩子。」（《北港香爐人人插》，頁59）如此卑微簡單的願望都無法實現，男性在政治理想實踐中是否還能考慮另一半真正需要的。

　　大逮捕後，女主角失去了丈夫，也等同失去性、婚姻，就像小說中提到的：「她歷盡人世間的重大傷痛，也在政治

中學習到最冰冷的現實，她在這些方面超倍數的快速成長，
然在情愛世界裡，她冰封凍結、全然停止。」（《北港香爐人
人插》，頁69）女主角只能繼續做哀傷的國母，更有甚者她
那偉大的丈夫本有機會可以假釋出獄卻堅持著：他原本無罪
若要假釋一定要政府先宣佈他無罪，他才願意出牢房。所以
她當場淚流地說：「你從來不曾為我著想。」這是怎樣自私
的男性在蹧踏一位純情的妻子，李昂文本藉此反映出婚姻帶
給女性的家庭問題。

　　另外，〈空白的靈堂〉（1996）這篇小說，作者創作了
兩位自焚烈士的遺孀，一位是玉貞姐又稱添進嫂，另一位則
簡稱「台灣國國父」的遺孀，這兩位都有著按捺不住的情
欲，然添進嫂大膽主動，而國父遺孀卻小心謹慎，兩人共同
的命運是無法再婚，為什麼？且看小說中這兩段話：

　　　「添進嫂」只有斷絕她與男人的關係。在這圈子裏，
　　她的丈夫是被老Ｋ塑造出來的「受難者」（還不到烈
　　士），然受難者的遺孀和烈士遺孀一樣，只能照顧供
　　在「神主牌位」上，不能壞了反對陣營的倫理。
　　（《北港香爐人人插》，頁97）

　　　「玉貞姊」噗了一聲笑了起來。
　　「結什麼婚，真是頭殼壞去。像我們這種女人，還不
　　是只想談個戀愛，有個知心的男人，祕密的在一起一
　　段時間就夠了。再說，誰敢娶這種國母、遺孀，不要
　　命了啊？！」（《北港香爐人人插》，頁110）

她們兩人並沒有因為丈夫的死亡帶來更多關愛，反而讓男人怯而止步。因為傳統婚姻要女人三從四德，丈夫死了必得要守寡，尤其是為國犧牲的烈士之遺孀，更是碰不得，也阻礙了她們第二春的幸福。

綜觀以上四篇小說，不論是〈生活試驗：愛情〉中的丹丹或〈殺夫〉中的林市以及兩位烈士遺孀，都無法逃脫婚姻帶給她們的「不自由」，丹丹有著婚姻束縛無法追求真愛，林市得忍受家庭暴力直至發瘋，而烈士之妻只能繼續忍受漫漫長夜的寂寞帶著丈夫的偉大光環終此一生，這些都是婚姻對女性造成的家庭問題，代表著無產階級的妻子必須在婚姻中扮演著被動的角色，處於被支配的悲慘命運。

（二）生殖包袱

傳統的信念使生男育女、帶大後代、維持家務成為婦女傳統的「天職」（natural vocation），而這個信念又藉家庭是普世的、泛宇的社會制度，而獲得正增強。[18]女性就這樣代代相傳地繼承這個「男權社會」賦予的天職，然而並不是每個女人都心甘情願地去承受這樣的「生產」任務：

> 女人仍然承擔著人類自身生產責任：生育和（部分）養育 —— 它因此也決定了我們每個女人的命運：在我們的人生道路上，必須面對生育，做出這樣或那樣的選擇。
>
> 西蒙娜・德・波伏瓦做出了自己的選擇。她選擇「不育」，也不結婚。
>
> 瑪格利特・桑格也做出了自己的選擇。她選擇了「計

劃生育」。[19]

　　這是前衛女性的作法，然而身為現代的台灣女性，是否有勇氣替自己做選擇？宋美瑾對西蒙‧德‧波娃的「拒絕生育」有如下的觀點：「西蒙‧德波娃當年拒絕生育以伸張女權的主張，顯然過份偏激與自限。今日的婦女運動者則是『一把抓』（Have it all）。歐美的婦運經驗對我們應該是個『精神』，而不是『文字』的啟示：它的真精神在破除迷思、追求真理和公義。」[20]筆者也同意這個觀點，「拒絕生育」應是一種「反抗父權」的精神象徵，而非全然拒絕「男女平權」後的生產可能。而李昂的文本並非激進的「拒絕生育」，而是提出「生育」對女人的「負擔」來喚起女性的自覺。

　　生育對女人而言是辛苦的一件經歷，世界上的衛道人士都不鼓勵婦女墮胎，在《第二性》[21]裡有如下的描述：「被迫生產的母親，為世界帶來了不幸的嬰兒，父母無能養育，孩子成為社會的負擔。我們必須指出。在許多社會裡，有些衛道之士對胎兒的權利如此關心而不遺餘力地衛護，等它們一旦出生之後，卻對之毫無興趣；他們寧可去迫害需要墮胎的婦女，也不肯去改善那內部烏煙瘴氣的所謂『兒童救濟』機構；他們不去干涉那些將小孩交託給虐待者的負責人；他們對兒童收養所和私人養育家庭裡可怕的暴虐情況，也閉眼不見。」[22]女人天生要承受比男人多的義務，尤其在「懷孕」方面，而且未婚懷孕生下的小孩也沒有得到妥善的照顧，這對衛道人士強烈反對婦女墮胎的主張是一大諷刺。

　　首先來看〈海濱公園〉（1978）這篇小說，故事中的女主角在一次社交場合，朋友們著意的笑她沒有小孩時，她思

考著：「她清楚她與丈夫並非不能生育，只為一種共同想
法，他們決定不要有自己的小孩。因著他們都不以為自身能
妥善的照顧一個幼兒，況且孩子只能妨礙他們的工作與生活
方式。在這樣的信念下，她曾取出一個因不慎而懷了的尚未
成型胎兒，雖不是快快樂樂的到醫院進行手術，之後她也不
曾後悔或感到負罪，這世界已因人口問題造成太多不幸。」
（《愛情試驗》，頁124）所以他們夫妻二人決定如果真的要小
孩，還不如去領養可憐的越戰小孩。作者此處的角色經營剛
好呼應西蒙·波娃的觀點 —— 擔任母職必得是女性自願去
承擔，否則將帶來更多的不幸。然而從另外一個角度思考，
如果今天小說中女主角的丈夫希望能孕育自己的小孩，那麼
女主角還能這般坦然地「拒絕生育」嗎？這牽涉到子宮的所
有權：「子宮到底是誰的？是母親？父親？孩子？國家？還
是天主上帝的？這真是一個理不清的問題，也是一個到目前
為止仍在爭議中的問題。但我們可以看到，從宗教、政治、
國家控制、個人自由、到兩性平等，各式各樣的論述縱橫交
錯地切割著女性的子宮。」[23]由此我們看到女性的「生殖包
袱」之重，她連自己「身體內的子宮」所有權都不能保有，
「子宮」的所有權自古以來是屬於「男權文化」的，這也是
小說中值得讀者思考的地方。

　　還有〈殺夫〉（1983）中穿插著「林市的嬸嬸」故事也
談到「生育」，她是一個可憐的鄉下婦人，身上染病卻又要
一個個孩子不斷地生產，是什麼樣的男人對著已然生病的妻
子還能無止盡地需索？這個女人生病了身體不能自主又得不
到丈夫的憐惜才得忍受這種痛苦。由這個故事可知，生育對
女人的確是一種負擔，對結婚的女人尤其是，因為結婚的女

人在法律保障下需盡妻子的義務，而男女生理的構造不同，使盡義務的丈夫不用承受懷孕的辛苦，而女性卻需要承受，所以這也是婚姻對女性造成的另一種傷害，尤其本篇小說中林市的「生病嬸嬸」更是最大的受害者。

再看〈甜美生活〉（1984）這篇小說也提到「生育」的觀點。本篇是情書系列小說之一，女主角C.T.在寫給G.L.的信中極自然地提到父親，她這樣介紹：

> 父親是個基督徒，G.L.，你也知道，他是那種心胸開放的基督徒。他贊成墮胎合法化，認為比較起來，與其讓一些密醫從事這種手術，危及婦女性命，倒不如讓合格的醫師合法的作。「兩害取其輕者」父親引用聖經的話如此說。（《一封未寄的情書》，頁94）

即使是偶然穿插的心情故事，小說也極自然地提出女性同胞的權益，潛移默化地去開啟讀者的女性意識——「墮胎合法化」。女主角的父親有著這樣先進的觀念，只有墮胎合法化才能讓女子自由選擇是否當母親，而避免更多無辜兒童被拋棄。

小說中還有一個場景，是一群貴婦人在展示她們孫兒相片時，會順道夾雜著領養的越南小孩相片，所謂領養是每個月固定捐贈一筆錢給小孩當生活費。而女作家的丈夫不僅領養，更想從越南接一個五歲的小女孩來共同生活，足見李昂文本充滿「人性關懷」；對於女性懷孕時需承受的多慮以及分娩的痛苦，小說中更是充滿同情，藉此反對不具自由意識的生育義務。

還有〈暗夜〉（1985）中的女主角李琳，因丈夫外遇自己心生報復也紅杏出牆，卻不小心珠胎暗結，闖下了大禍：

> 李琳感到恐懼，因為子宮是屬於他丈夫的，一但子宮懷了別人的小孩，在男人的世界中，她注定要遭到懲罰。**24**

女人畢竟不同於男人，在做了那件事之後永遠承擔比男人多——因為她會懷孕，而在婚姻外的「孕事」更不會是一件可喜的事，相對地是一件棘手的事，因之我們看到小說中的李琳慌亂中只能求助於神明，她心裡暗暗地說：

> 我叫李琳，屬羊，住敦化北路鑽石大廈十二樓，我的丈夫叫黃承德，我肚裡懷了孩子，不是我丈夫的，是我丈夫的朋友叫葉原的，所以不能生下來要拿掉，我想請聖神保佑我，並告訴我如何做才安全。（《禁色的暗夜》，頁192）

她只能無助地求助於神祇，否則又能怎樣辦？父權社會容得下已婚男子在外的非婚生子女，但容得下已婚婦女的外遇孩子嗎？當然不可能，這就是男女在社會上的差別待遇。

　　李琳本要情人葉原陪同墮胎，沒想到醫院看到李琳身份證上的配偶欄並非葉原而拒絕為她墮胎，她如此驚恐地想：「拿不掉肚內的孩子，等待她的，將要是怎樣的未來？」（《禁色的暗夜》，頁199）是怎樣的社會制度，讓女人走到這步田地——不能自由選擇是否當母親，還要丈夫決定，丈

夫才有權利決定孩子的去留，這是小說要批判的地方，而巧妙的藉由情節來呈現。小說終了，李琳終還是拿掉了孩子而且是由丈夫黃承德陪同的，讀者不禁要懷疑，是什麼樣的理由讓丈夫願意做這件事？原來女主角謊稱她肚裡的小孩是被強姦而受孕的。多麼令人值得玩味的藉口，作者反將「男人」一軍，此時的丈夫變得被蒙在鼓裡還解決了妻子外遇的「麻煩」，反擊了女人不能自由墮胎的命運，這也是李昂小說慣用的「反諷」手法。但是女主角因為「生殖包袱」獨立承受了身心煎熬的過程，實在令人同情。

此外，《自傳の小說》（1999）也書寫這樣的生育問題。本篇女主角謝雪紅之母是傳統社會下無法避孕的鄉村婦女，生活原本就困苦的她，要不停地生產，小說中這樣寫著：

> 母親會繼續生產，直生到她死去才停止。她一個接一個的生，背上背一個、手中奶著一個，出生一張又一張吃食的嘴，吃掉父親原極微薄的工錢，吃得一家人常處在飢餓中。
>
> 謝雪紅六歲，一九〇七年，明治四十年，其時的台灣，沒有人能遏止女人這樣的生產。是有些偏方，並不容易求得，也有致命的危險。但對赤貧的人，這些都尚考慮不到，彷若只要躺下來，一做那事，孩子便一個接一個的到來，想阻止都來不及。（《自傳の小說》，頁21）

就這樣，這位偉大的母親生了八名子女，五子三女，而且一

開始連生三個女孩讓做母親的產後留下多少淚，只因古來「重男輕女」的觀念，還讓做女兒的給人做「媳婦仔」受盡養母的虐待。不少女性主義者讀至此，可能不免要憤恨不平，女人的命運為何如此悲慘，這就是傳統婚姻加諸在傳統女人的枷鎖——不停地生產，為了履行做妻子的義務。

　　而且生育苦，養育更辛苦。小說中李昂經由小孩的記憶描述生產的房間：「我們真去玩了，但一直留意『那』房間。接著便是淒烈的叫聲驚嚇了我們，『產婆』來了後不再說『還早』，她說『再等一下』，然後再等一下，她就不再從房裡出來了。」（《自傳の小說》，頁22）如此可佈的聲音將留在稚小的心靈上怎樣的記憶啊？生產可能是死刑，或許再也看不到那個女人了。

　　綜看以上的小說，〈海濱公園〉的女主角因為有著一個也不想生小孩的先生，所以她可以不用生育；〈殺夫〉中林市的嬸嬸生病了還要不斷地生產；而〈暗夜〉的李琳嚐盡千辛萬苦才由自己的丈夫陪同墮胎；《自傳の小說》中謝雪紅的母親因為科技不進步無法避孕則不能控制地一直生。這當中都是由男人決定是否要孕育小孩，不似〈甜美生活〉的C.T.父親有著豁達的想法——讓女性自由墮胎，不需經過男性同意。總之，生育帶給婚姻中的婦女是一種包袱，揮之不去。男性不用生產，但可以決定女性是否生育；而承受生育痛苦的女性卻不能自己決定是否生育，這實在是很弔詭的一個問題，但藉此更可激盪女性去思考自身的權益及人權。

（三）夫唱婦隨

　　女性結婚後往往變成男性的附屬物，她失去了自我，順

應社會的婦女教育：「整個婦女教育只應趨向一個目標
——要使她們取悅於人，男性強加給她們的教育不是真理
和知識，而是要把她們教育成男性的附屬物。」[25]這種教育
使得女性一切以男性為重，更為此失去自己的事業轉而投入
家庭，做個夫唱婦隨的傳統女性。

　　首先〈域外的域外〉（1984）中，女主角林文翊是一位
非常優秀的音樂家，卻因丈夫的關係，留在一個連較好音樂
系都沒有的美國中小型城市。這令作品中的「我」相當不
解，她記憶中的她應是這樣的：「林文翊是一個傳奇。早還
在初中讀書，我就不時從報上看到她的名字、照片。她開演
唱會，她的老師，一位新近自歐洲回來的女音樂家，怎樣在
記者招待會上讚揚她女學生的才能，預許她會有如何光芒的
將來……我上大學時，她已不在學校，可是贏得的銀杯、
獎狀擺滿校長室。雖然主修的科目不同，有的老師上課仍以
她為例來訓戒我們要同她一樣努力。」（《她們的眼淚》，頁
91），這樣的女孩子本應有一番作為，不該只是留在小城
市，她應該在音樂界大放異彩才對呀！而且她的確也申請了
茱麗亞音樂學院卻沒去，因為母親從台灣來信勸說：「既結
了婚，放著先生一個人去紐約上課，不是辦法。」（《她們的
眼淚》，頁93）所以她選擇留在丈夫身邊，但是林文翊在那
一次聚會被問及是否後悔時，她有如下的反應：

　　「對妳來說不是很可惜嗎？」我問。
　　「也慣了。只是有時候，看到以前的同學，有比我差
　　的，都能有機會繼續練唱，也有了成就，就只是
　　我。」

林文翊說著，眼裏有著淡淡的屈怨，聲音裏卻因那特有的節奏，仍完滿無缺，彷若說的是個不相干的故事……

「如果是我自己不行，我會認的，可是……」（《她們的眼淚》，頁93）

可見她的「臣服」[26]是帶著不甘的，母親勸阻的話是代表傳統男性的思惟在發聲──女人該留在丈夫身邊，夫唱婦隨，丈夫是女人的一片天，但是為何不是婦唱夫隨呢？傳統的婚姻關係，丈夫是主，妻子是從，這樣的關係使一位本該有出色表現的藝術家默默無聞，這又是婚姻造成的女性悲劇。

再看〈甜美生活〉（1984）這篇小說，女主角C.T.深愛男主角G.L.，但卻在臨結婚前有了這樣的恐懼：

我不否認在這樣一個快速轉換的世界裏，我害怕任何一切都可能毫無保障──愛情、家庭、工作、財富都在隨著各種機緣變遷，沒有任何事情是絕對的。我不否認我害怕婚後的生活是否真能適應，是否能作好一個妻子、母親。我也不否認我害怕我的抉擇是否錯誤，我自己婚後是否會有所改變，是否真能幸福快樂。可是，G.L.，我要很坦誠的告訴你，我知道這些都不是使我驚悸與遲疑的真正緣由，我害怕的是一項根本的東西，或者你可以說，更不確實的東西──G.L.，我害怕的是我將要過的生活。（《一封未寄的情書》，頁100-101）

女主角懷疑結婚後是否真如想像中的美好，更確切地說女主角懷疑能否作到G.L.心目中的好妻子形象：「會作家事、生好幾個兒女，辭去工作，在家裡當一個盡責的母親。」(《一封未寄的情書》，頁99) 這樣的婚姻彷彿女性只為丈夫而活，失去自我。也就是說女人在家庭裡身為妻子／母親的地位，使得女人被男人／父親所支配。[27]而作者筆下的女主角做出「拒絕結婚」的舉動，僅管深愛對方，也不願跳入婚姻的火坑，這象徵著失去自由的婚姻是小說中極力排斥的。

而西蒙·波娃也曾說：「結了婚後，女子分享了一部分世界；法律保障她防止男人的善變；但她成為他的附屬品。在經濟上，他是一家之主，從社會的立場看，他代表家庭。她改用他的姓，她屬於他的宗教、階級、他的生活圈子；她加入他的家庭，她成為他的『另一半』。她隨著他的工作而遷徙，而決定住家的地點；她多少要和她的過去一刀兩斷，加入丈夫的宇宙；她獻出她的人，她的童貞，和絕對的忠實。她失去了一些未婚女子獨享的權利。」[28]婚姻對女性而言，失去的比獲得的多，難怪小說中的C.T.會選擇逃婚。

還有〈暗夜〉(1985)中的女主人翁李琳，她是個盡責的母親，商專畢業後經由相親嫁給黃承德，便過著平淡的婚姻生活，甚至「退化」成這樣：「李琳自有李琳的消遣活動，大致上都跟著某某夫人專欄、女性雜誌的建議，學插花、作皮雕、跳韻律操、有氧運動，每回都買回來一大堆器材，去不到幾次就作罷。比較恆久的，還是跟一起熟識的太太，上美容院做臉、洗三溫暖、吃小館、逛街。開放觀光後，一起太太們流行到香港、日本採購，少了逛委託行的樂趣，多數時候就是聚在哪個人家裡聊天，打打小牌，看看錄

影帶。」（《禁色的暗夜》，頁176-177）一個受過高等教育的女人，在婚姻生活中因為丈夫穩定的收入，可以退化成每天的生活只是逛街、打牌、三溫暖，毫無意義地活著，美其名過得是貴婦人的生活，其實是胸無大志渾噩過日子。麥達與卡萊恩（Myrdal and Klein, 1956）的《女人的兩種角色》（*Women's Two Roles*）之研究有一項假設：「認為已婚女人有工作是有問題的，因為在既定的性別分工之中，女性被分配的任務是在家庭領域之中。她們不假思索地就接受女人與家庭主婦與母親的角色的聯想，她們還認為，已婚女性在經濟上一定是依賴於男人。」[29]李琳就是這樣不假思索地接受丈夫的安排，在家當個家庭主婦並逐漸退化，變成男人眼中理想的家庭女性形象：

> 理想中的家庭女性形象把女性封閉在家庭的範圍之內使她們遠離了公共職責，並且使少年時所受的教育也失去作用，這並不是沒有道理的。[30]

李琳使她年少時受過的「高等教育」失去作用，甚至連看報紙也只看副刊彩色版。

　　還有她的先生黃承德是如何看待「李琳」這位妻子？小說中如是說：「我們結婚二十年，我最瞭解她。她從來沒有在外面工作，性格保守缺乏主見而且軟弱，……。」（《禁色的暗夜》，頁173）由此可知，如果有一天她必須離開先生獨自生活，她將無法賴以維生。可能連她自己都不敢想，她像是被飼養的金絲雀，有著看似溫暖安全的鳥籠，卻不知鳥籠對她的禁錮，這是婚姻生活帶給李琳的退化。

我們回顧這幾位女主角，不論是〈域外的域外〉中林文
翊犧牲自己的事業跟隨老公遠住美國小城；或者是〈暗夜〉
中的李琳在婚姻中漸漸退化沒有生存能力，對她們而言，婚
姻給她們的究竟是「幸福」亦或是「不幸」？這是小說引發
讀者思考婚姻的真相，婚姻最原始的設計是傾向父權文化
的，女性為婚姻付出的比男人多，《女太監》一書對婚姻的
特點作了如下的說明：「妻子是主要消費者，是炫耀丈夫財
富的陳列品──無所事事，遊手好閒，自我陶醉而且知情
不報。她是被當作性對象因為優於他人而被選中的……」31
也就是說女性在婚姻中是處於被動的地位、是丈夫的財產。
由此可知在社會未進步到男女可以在婚姻生活中享受公平的
待遇，女性主義者暫不會考慮結婚的，這是一種沈默的反抗
姿態，不論她如何深愛她的男人，一如〈甜美生活〉中C.T.
拒絕她深愛的男人G.L.的求婚一樣，這也是李昂小說所反映
出的女性意識──拒絕夫唱婦隨。

二、批判加諸女人的傳統倫理觀念

西蒙‧波娃曾說：「不管是歷史上還是文學中，『人類
是以男性為中心的，男人不就女人的本身來解釋女人，而是
以他自己為主相對而論女人的；女人不是天然進化發展形成
的一種人類』。」32女人並非天生如此卑賤，卑賤的女人是
「男權文化」發展下的產物，而且這種女人要具備超道德：

> 女人注定要被稱為不道德，因為對她而言，道德就是
> 要她具備超人的條件：舊約聖經裡的「女德」、「賢

妻」、「良母」等等。若讓她自由自在地思想、作
夢、睡覺、渴望、呼吸，她便反叛了男性的理想。[33]

女性在這樣的「男性社會」壓抑下，變成了「他者」：「女
人的處境是，她這個像大家一樣的既自由又自主的人，仍然
發現自己生活在男人強迫她接受他者地位的世界當中。」[34]
這種「他者」地位是「男性社會」造成的，並非女性的本來
位置，西方社會如此對待女性，中國社會也不例外：

> 中國的封建倫理道德觀念，從某種意義上，是一種男
> 性中心的道德意識，它的直接結果便是壓抑女性，封
> 建道德的吃人本質在女性面前更顯出了其猙獰可怖的
> 面目，吞咬了一代又一代女性。[35]

筆者認同她所說的「男性壓抑女性」的觀念，但對於「封建
道德」這個觀念不贊成，與其說是「封建道德」不如說是
「傳統倫理觀念」。而李昂文本正反映出傳統倫理觀念加諸在
女人身上的枷鎖，藉此呈現批判意識。

（一）個人方面

　　操縱中國婦女命運的傳統觀念約言之有四：一、傳宗接
代；二、三從四德；三、男外女內；四、片面貞操。因「傳
宗接代」衍生的「重男輕女」的觀念和因「三從四德」所衍
生的「男尊女卑」想法，還有因「片面貞操」衍生的雙重道
德標準及因「男外女內」衍生的性別角色差異。[36]這些傳統
的倫理觀念加諸在女性「個人」身上，嚴重影響男女的平等

地位。

　　首先來看〈愛情試驗〉（1982）這篇小說，有一個很可愛的愛情故事：「有個女子Ｌ，深愛著河對岸的男子Ｍ，為了過河去見Ｍ，她先求助男子Ｄ，Ｄ告訴她他雖可帶她過河，然他亦深愛著她，他不願她為人所得，拒絕她的請求。女子於是去找男子Ｓ，Ｓ願意帶她過河，可是因著他如此絕望的暗戀著她，他要能先得到她，女子為了能同Ｍ在一起，答應Ｓ，同他過了一夜。只到了河的對岸，男子Ｍ，她的愛人，回拒了她，說她已非完整。女子只得又回到河的另一岸，在那裏，男子Ｈ要他嫁給他，告訴她不管曾在她身上發生些什麼，不管她有怎樣的過去，他都愛著她。」（《愛情試驗》，頁89）另外，就這故事中的四男一女依序選出喜歡程度的排列，便可測驗人的情感偏向。

　　關於這個心理測驗，吳錦發有如下的意見：「如果像『愛情試驗』這篇小說一樣，直接把心理學上的一些測驗整個搬上稿紙插植在小說中間，而且又未能給予一個完美而深刻的解釋，在小說藝術上來說，未免是一個可惜的小缺陷。」[37]筆者卻有不同的看法，我認為這個心理測驗不但無損於小說的藝術而且還有加分效果，它成功地暗示「道德」的虛偽。怎麼說呢？小說中的女主角暗戀男主角，只能用這個測驗來輾轉得知男主角的想法。心理測驗中女子Ｌ是代表Love（愛），Ｄ是代表Devotion（忠實），男子Ｓ是代表Sex（性），Ｍ是代表Moral（道德），男子Ｈ是代表Home（家），雖然男主角自始至終都不曾加以排列，卻經由女主角的口道出他的心事：

我可以瞭解當年你何以不能提出答案，因為這故事裏的四個男子，事實上只是一個人。就如同你，可以是故事裏的Ｍ，高昂著頭覺得我的道德低落，一旦發現我不再是以往那個小女孩，你又可轉換成類似Ｈ的角色，來告訴我你願意了解……。（《愛情試驗》，頁91）

男人在聽完她的解釋後啞口無言表示默認，這就是最好的藝術效果，何需深刻解釋，完整解釋就變成畫蛇添足了，在女性讀者眼中，我們會如何疼惜這個受傷的女主角，她因為「道德因素」被男人拋棄。必也只有以女性批評視角解讀才能看出隱藏在字裡行間幽微的淡淡哀愁，特別有味道，而廣大的女性讀者在共鳴後更可激發潛藏的女性意識，達到「為人生而藝術」的目的。

　　我們也藉此看出作者在感傷中諷刺這傳統的倫理觀念——男主角因為覺得女主角道德低落而放棄她，不管她是否深愛他，亦或自己也深愛著她。在他的眼中，愛情不重要，道德最重要，這對自古以來詩人眼中歌頌的偉大愛情是怎樣的一大嘲諷，女人眼中視為第一生命的愛情對男人而言是如此微不足道，由此可見男女大不同。

　　再看〈殺夫〉（1983）中女性所承受的倫理壓力。「餓死事小、失節事大」是傳統的倫理觀念，因此我們看到小說中林市的阿母失節後就被「男性傳統社會結構」處罰而消失蹤影，小說中透過林市對阿母的記憶這樣述說著：「阿母一身紅衣被綑綁在祠堂一人合抱的大柱子上，是林市對母親的最後一個記憶。隔天早晨醒來，林市就不曾再見到阿母。林

市往後聽來不同的傳言，有的說阿母在夜裡被沈江；有的說阿母同那軍服男子，被責打一頓後，趕出鹿城，永遠不許回轉；有的則說是阿母選擇與那軍服男子私奔。」（《殺夫》，頁78）這是作者先呈現真實的社會樣貌讓讀者思考。這樣的傳統社會，把女人當成是男性社會的附屬品，就算餓死，她也不能失節，否則就要受處罰，因此族裡的男性老人決定了林市阿母的最後命運。

但後來出現的另一位小說人物——阿罔官，因為和阿吉伯有私情被媳婦發現而上吊，之後又被林市的丈夫救活，林市納悶地想著：

> 林市躺在黑暗中，有片時根本無法動彈，俟稍能回過神來，湧上林市心中和彩指罵阿罔官與阿吉不清不白的話語。難道阿罔官竟是為這個要偷阿吉伯，甚至到要因此上吊，林市心裡想，如果真是這樣，這究竟是怎麼回事？（《殺夫》，頁123）

而獲救後的阿罔官還能在她的女性朋友間吹噓地說：「像我，就敢用死來表明心志，人若真有志氣，什麼事情作不到。」（《殺夫》，頁158）同樣是失節，作者卻安排阿罔官獲救，不同於林市阿母的結局，文本反映出對傳統倫理思想的不滿。作者無聲地譴責男權社會加在女人身上的枷鎖，所以小說前端林市阿母的委屈受辱，藉由阿罔官的獲救及高談闊論獲得平反。

還有〈暗夜〉（1985）也有反對個人傳統倫理的情節設計，小說出現了一位極具反諷意味的道德家——陳天端，

他是這樣自我介紹的：「『我屬於一個道德研討會，哦，也就是說，道德裁決研究所是我創立的，我們正從事道德淨化運動。』他字句清晰的緩緩說。『我目前就讀於Ｔ大哲學研究所，專攻人類的道德、倫理。對不起我沒有名片，我的名字是陳天瑞，陳是耳東陳，天是替天行道的天……』」（《禁色的暗夜》，頁150）這位「假道學」告訴黃承德，他的妻子李琳和他的好朋友葉原有染，希望黃承德能舉發他們，可是最後卻被黃承德拆穿了他的真面目，黃承德說：「『你是為了要報復丁欣欣，因為你要不到她，你嫉妒，你要害她也不好過。』他說，殘忍的著意一字句添加：『什麼狗屁道德淨化，你比我們誰都不道德，我們至少不設計害別人……』」（《禁色的暗夜》，頁268）因為丁欣欣同時又是葉原的情婦，葉原腳踏多條船，讓得不到丁欣欣的陳天瑞心懷怨恨而偽裝道德家揭發別人的隱私。

　　小說中這樣的呈現，是一種反對傳統倫理的最佳證明，本來在小說一開始，讀者還願意相信有這麼純白的蓮花——陳天瑞，願意替天行道，但結局讓我們知道連他都有私心，那麼這個社會那還有什麼正氣凜然的人，在作者眼中自然是沒有的，所以才用這樣的情節來批判這些加諸女人的傳統倫理觀念。丁欣欣的多方愛情策略是個人自由意志的選擇，不需給予非道德的評價。她是最典型的現代豪放女，可以不太困難的就跟葉原在一起，因為葉原具有吸引力；她對性的反應是相當「自然主義」的，承認人的性需要並「坦然」接受。[38]這樣的情感和道德有關嗎？這是值得讀者思考的地方，傳統的倫理觀念告訴我們，一個女人只能隸屬一個男人，而一個男人可以同時擁有多個女人，這是「片面貞

操」。所以當小說中的李琳和丁欣欣違反了傳統的倫理觀念，經由陳天瑞的口中被揭發，陳天瑞的私心又被黃承德發現，層層鋪衍而下，極具反諷，也告訴了讀者：這種道德什麼都不是，根本不值得一提，令人恍然大悟。

另外，《自傳の小說》（1999）中的女主角謝雪紅，在共產黨中表現很優秀，卻因為她女人的身份使她無法晉身「台灣共產黨創始書記長」。更有甚者她有一個代稱叫「私逃的細姨」，小說中這樣寫著：「她僅只二十六歲，是個女人，未曾受正式教育，還是個有『過去』的女人，就算她背後有理論學識、人品理念頗孚眾望的男人，仍不足站出來擔任組織黨的首要工作，也不表示她即能由『私逃的細姨』謝阿女，轉為『台灣共產黨創始書記長』謝雪紅。」（《自傳の小說》，頁152）這就是傳統倫理觀念對女人的輕視，「細姨」更是中國封建社會男人的附屬物，怎可以在政治界活躍，所以在那樣的時空下僅管聰慧如謝雪紅，也只有等待機會。

謝雪紅的敵人還用「性」來打擊她，說她不符合傳統社會男人對女人的要求 ── 從屬於一個男人。因為她有著不可告人的「過去」，所以被污名化。對此陳芳明也說：「在謝雪紅身上，李昂看到了活生生的鑑照。謝雪紅便是在男性的權力場域，企圖與同樣屬於台灣共產黨的男性黨員爭奪領導權。謝雪紅根據男性訂定下來的政治遊戲規則與男性進行對峙抗衡，她也使用男性所設計出來的政治口號投入了所謂民族解放運動，最後卻在男性的政治舞台上受到羞辱、凌遲與污名化。」[39]謝雪紅被打擊，不是因為沒有能力，而是不符合傳統社會女人的貞節標準，所以政治的路走來格外辛苦，又見一傳統思想對女人的傷害。女性主義者也指出：

「女人往往對政治疏離，並且被男人所把持與控制的組織排斥。」[40]謝雪紅就是因為如此，在以男性為中心的政治圈，不但升級慢還常遭受打擊。

從以上幾篇小說，我們看到傳統倫理觀念加諸在女性個人方面的許多不公平現象——希望女性能權當男人的另一半不要有自我。像〈愛情試驗〉中的女主角因無法被掌控而被男主角拋棄；而〈暗夜〉的李琳與丁欣欣，因同時擁有兩個以上的男人被批評為「不道德」；或者是謝雪紅因為「細姨身份」無法晉升為「書記長」，這些書寫都是要表達一種女性意識——對傳統倫理的厭惡及不同意「女人只是附屬物」的說法，所以〈殺夫〉中才藉由阿罔官的上吊被救來一吐女性的怨氣。

（二）學校方面

女性所承受的傳統倫理觀念，不論何時何地總是緊隨在女性身後，即便是知識的殿堂——學校，也成為「男權文化」的代言者，以男權文化的道德標準在嚴格要求著女性。女性甚且是不自知的去接受「男權中心思想」的學校教育而內化成自己的思想；更有甚者女學生一旦觸犯父權禁忌，便要遭受到校方無情的「處罰」。

在〈人間世〉（1974）裡就有這樣的處罰，大學裏的男女主角，因為在男生宿舍做了那件事後被學校開除，女生迷惘地想著：「我錯了嗎？到底錯在哪裏？」此篇作品強烈地批判學校教育的封建，先是學校輔導中心告訴訓導處這件事，算是洩漏學生的祕密，使得年輕人無法相信學校；而後訓導處的決議——開除兩人學籍，更重重的傷了兩個年輕

人的心。純潔的女主角因為高中護理課在底下準備聯考要考的功課，所以不懂得有關女性的生理知識，做了那件事後被退學，前途茫茫；男主角重考大學多年，最後卻因為這件事而心血付之一炬，令人惋惜。〈人間世〉矚目青少年人格的塑造，尤其是少女的心理健康問題，用性作為匕首直刺教育制度。[41]李昂小說呈顯學校教育的缺失。尤其對少女的嚴格要求——「要保持貞潔」是一種加諸女性的傳統封建壓迫。

小說中，男主角也曾抗爭著對訓導長說：「學校賴以處罰我們的只因著我們在男生宿舍裏做那件事，可是他們是否考慮到這規範終有一天會改變，像美國有些大學可以容許男女生同宿舍。」（《李昂集》，頁70）而後他得到的回答卻是訓導長氣憤地說——只要他還在台灣，就得服從這裡的標準。這就是台灣的教育，我們不禁要問？這是正常的嗎？不講道理一味服從，只要是「傳統」不論好壞都要繼續保持，值得商榷。若真要說錯，學校教育錯的比學生還多，但受處罰的卻只有學生。教育應該是要讓年輕人能夠「內化」[42]社會所給予的價值。這樣的處罰帶給兩位年輕人的影響恐怕負面大於正面，他們會對學校失望，也不願再輕易相信複雜的成人世界，若真是這樣，那麼學校就變成「反教育」的地方，因為它使得年輕人「內化」這次的教訓而處處提防他人。代表「傳統父權」的學校認為「沒有婚姻的性行為」是不被允許的。這種學校的倫理觀念對女性造成傷害，所以李昂文本呈現〈人間世〉這樣的「同居」情節來批判父權。也就是說「同居」這個行為是父權解放的象徵。

再看〈回顧〉（1975）這篇小說，女主角珍，因為和男

友外出徹夜未返校被江修女發現,而依校規記了兩支大過。
這也是依照學校的傳統倫理觀念所訂的處罰規範。學校教導
女學生應該乖巧懂事,不應該有性行為,徹夜未歸更是觸犯
父權禁忌,所以珍被處罰。從此大家看不到珍的其他優點,
她的熱心服務、她的善解人意全因為這件事被抹煞掉,同學
還因此疏遠她,這樣的情節呈現了「批判傳統倫理觀念」的
女性意識。

還有《自傳の小說》(1999)在描述謝雪紅的愛國活動
時,出現了一段小插曲,李昂寫到秋瑾是謝雪紅最崇拜的女
性,也是她做人的榜樣,但是鮮少有人知道秋瑾也推動男女
平權:

> 而要到很多年後,我們才終於瞭解,秋瑾進入我們的
> 小學課本,成為我們效法的女性楷模,並非因為她推
> 動「男女平權」辦女報、她的女性淒婉特質。而是因
> 著她愛國,作為革命志士,並不惜「壯烈成仁」。
> 她參與「推翻腐敗的滿清政府」、「建立青天白日滿
> 地紅的中華民國」。我們於是學習到:愛國家重於推
> 廣男女平權。(《自傳の小說》,頁101)

由此看見,我們的學校教育對男女平權如此不重視?為什
麼?因為國立編譯館的主筆多是父權社會的男性,他們的兩
性觀念依舊停留在傳統的「男尊女卑」階段,而不是兩性平
等。

綜述,學校應是培養未來主人翁的教育機構;但反觀李
昂小說所呈現的學校教育卻是支離破碎的:〈人間世〉的女

主角被學校輔導中心洩露心中祕密又因同居被處罰，〈回顧〉
的珍因在外過夜被記兩大過。校方並非真正地關懷這兩名女
學生的身心發展狀態，而只是一味地「處罰」，處罰並非教
育的目的。「兩性平等」要到何時才能落實，且看秋瑾的事
蹟在教科書的書寫 —— 不提她的倡導「男女平權」只提她
的愛國事蹟即知，提倡兩性平等還有一段很長路，這是李昂
小說所反映出來的問題，非常具有女性意識。

（三）家庭方面

在家庭方面，女性承受著「父權」的教誨，一代代內化
自己的思惟再去教育自己的孩子，因此凱特‧米利特在其所
著《性的政治》一書曾說：「在男權制下，家庭的主要貢獻
是促成孩子們的社會化（主要通過他們父母的示範和訓
戒），使他們適應男權制意識所規定的有關角色、氣質和地
位的一系列觀念。」[43]所以我們知道「家庭」加諸女人的傳
統倫理觀念是「潛移默化」一點一滴累積而成的，它對女性
的殺傷力很強猛。

先看〈誤解〉（1982）這篇小說，這個故事真的是個誤
解，小說中女主角王碧雲是一名高中生，因結交兩名思想新
潮的大學生到鄉下家小住而觸犯父權，為什麼？因為這兩名
大學生在鄉下的屋子做了那件事被王碧雲的父親發現：

> 由於時間還早，大門只有半開，也尚不見顧客，一進
> 門卻看到父親緊寒著臉坐在店裏。王碧雲輕聲往裏
> 走，聽到後面父親也跟著進來，一到餐廳，父親幾步
> 急走趕上前，隨著揮來連續不斷的巴掌，重重擊打向

王碧雲的頭臉。(《愛情試驗》，頁194)

這是怎樣嚴苛的父親呀！象徵著父權文化的威嚴，彷彿做了那件事的是自己的女兒。而女兒的母親還說：「阿雲啊！萬一妳作了什麼對不起家裡的事，到時候不如去死，免得丟人現眼。」(《愛情試驗》，頁196)母親變成了父權社會的幫凶，貞節比女兒的性命還重要，而無知的女兒，竟然會記起母親這個寧可要她去死也不要破壞名聲的訓誡——她自殺了。「誤解」是對傳統倫理約束下「無辜受害者」的問題探究：王碧雲的父母代表著一上代的傳統思想，王碧雲代表傳統的倫理枷鎖下犧牲的羔羊。[44]這樣的結局聳動，令人猛地一驚，這傳統倫理觀念若不慎勿用，還會置人於死呢！父親是天，父親講的話，做女兒的不敢不聽，連做母親的也將父親的思惟內化成自己的思想，間接造成女兒自殺，女性應有自覺不要再不入男權的陷阱。

再看《自傳の小說》(1999)中，謝雪紅的母親在生產時，小說經由在外守候的眾人討論呈顯生「查某」的女人心中之痛：

　　然後，一定有一道祕密的耳語，先低低的在家裡傳述，是「查甫」，眾人(連四鄰)便十分欣喜，大聲道賀、張揚。「查某」？抬不起頭來似的聲音低落了，剛生完孩子的女人甚至哭了，也沒人制止。
　　雖然大家都知道(連我們都知道)，產後流眼淚，老來會瞎眼。(《自傳の小說》，頁23)

這種「重男輕女」的觀念經由作者筆下清楚呈現，生「查某」就要流淚，還要冒著可能瞎眼的危險。大家在意的是生男生女，卻很少有人去關心生產帶給女性的危險及產婦的痛。呂秀蓮就曾在她的《新女性主義》一書提出，女性從一出生就受到的不平等對待：「因為她是娘家的賠錢貨，所以方其出生也，『載寢之地，載衣之褐，載弄之瓦』，一付死活由她去的樣子」。[45] 男尊女卑的觀念清楚可見，無獨有偶的，紀宗安也說道：「就生育而言，在宗法社會傳宗接代的意識下，生育成為女性確認自我存在價值的唯一方式，而且女性在家庭中的地位完全取決於她是否能生育男孩。」[46] 女性的地位竟然要靠是否生男孩來鞏固，所以小說中的謝雪紅之母生了「查某」後忍不住流淚，這就是傳統倫理觀念加諸在女人身上的枷鎖。

經由這兩個故事，使我們理解到傳統家庭「男尊女卑」以及「父權至上」的觀念，〈誤解〉中的父親可以重打女兒；《自傳の小說》中產婦除了要承受生產的危險，還要擔心能否生育「傳宗接代」的男孩，這些情節呈現男女不平等的家庭問題，令人了解到女性在傳統家庭中地位卑下並且沒有發言權及自主意識的事實，她只能服從父權。

（四）社會方面

男性逐漸取得權力與優勢，是因為人類社會從母系時代進入父系時代。從兩性關係來說：「男尊女卑成為基本模式。舊約聖經早已以神喻為名，說明女人只是男人身上的一支肋骨。尼采（Friedrich Nietzsche）呼籲世人，見女人緊記帶鞭子。種種言論，無不在宣示男尊女卑的褊狹觀念。」[47]

所以女性不僅在家庭要承受不平等的待遇，甚且在社會習俗上，也對女性以高標準要求。

〈色陽〉（1977）這篇小說就呈現了社會所加諸女人的不平等待遇。色陽是一個藝旦，她因年輕貌美嫁給了王本，但也開始在鹿城度過她悲苦的一生 —— 她的丈夫是靠著她養活的，且每天下午固定去餵狗天黑才回，色陽心想：「她接受他這個習慣，如同絕大多數鹿城的婦女，信服流傳已久 —— 嫁女兒像灑菜花種 —— 的條例，完全在機動中碰一個是否可以如一片沃土，抑或只是乾旱土地的丈夫，再毫無選擇的學會適應。她接受他，他這個習慣，不是同意，卻也並非不認可，只近乎無知覺的認命……。」（《殺夫》，頁50）如此卑微地認命，只因嫁女兒像灑菜花種，也就是「嫁雞隨雞，嫁狗隨狗」，女人在婚姻中失去了自我，變成男性的附屬物，這是傳統倫理加諸女人的枷鎖，要她認命忍耐，且同時剝奪了女性再追求幸福的權利。

再看〈最後一場婚禮〉（1979），小說中的林雪貞是少數在日據時代能到日本留學的年輕女性，她在哥哥口中是「不輸男性，又具女性美德」的妹妹，但是出國後才發現她自己就讀的學校只能算是一所新娘學校，就學禮儀、服飾、持家……等等，她失望極了。傳統的社會總是希望女兒找個好婆家就算了，送她去日本的母親私下以為：「女兒能到日本一趟總是光彩，然後找婆家也等於一份拿得出去的體面嫁妝。」（《她們的眼淚》，頁138）原來母親不是希望她留學能增廣見聞，而是有此特殊需求 —— 學歷當嫁妝。

但林雪貞還是因著這趟留學機會，深切地認識到自己是台灣人，而有了民族意識並參加反日組織。只是好景不常，

林家以雪貞年紀不小，必須回台作婚姻準備只好中途輟學返台。由此可見，在那樣的傳統社會，受教育的女性也難逃被安排結婚的命運，甚至連受教育都是為了嫁人而做的準備，將女性物化。這也是文本呈現的另一問題，值得讀者思考。

還有〈戴貞操帶的魔鬼〉（1995）這篇小說，女主角代夫出征成為民意代表，但隨著丈夫被監禁，她也得守活寡，就像陳芳明所言：「一方面她身上有魔鬼的欲望，另方面她精神上又有道德的貞操帶。」[48]李昂塑造的這個角色提醒女性參政者不需要為民主運動犧牲自己的情欲。陳芳明揣摩李昂的心意論到：「她越來越發現，伴隨著民主運動成長的台灣意識，在其形塑的過程中女性一直是缺席的。女性的缺席，並不意味女性拒絕參加，而是在此運動中掌握權力的男性領導者從來就沒有考慮過具體的女性議題。在〈魔鬼系列〉中的同名短篇小說〈戴貞操帶的魔鬼〉，便是在揭露男性政治運動中為女性帶來道德枷鎖的事實。」[49]這是李昂藉小說對男性喊話：女性也有自己的需要及自己的意識。代夫出征的女民代是否真正的想擔任民代一職，她是否需要為丈夫守活寡不顧自己的真實情欲。社會上多的是不斷替她戴貞操帶的父權體系，這就是加諸女人的傳統倫理觀念——女人要從一而終，也是小說中極力反抗的傳統思想。

此外，〈空白的靈堂〉（1996）中的玉貞母女，因為政治事件失去了丈夫及父親，一位男記者想寫「政治受難者家屬」的故事，他訪問了玉貞母女，卻怎麼也沒料到她們的反應卻是異常的坦然自在：

男記者感到自己陷入一個忽冷忽熱的漩渦。他是一家

傾反對陣營報紙的重要記者，幾年來一直從事有關反
對陣營的報導，他寫過太多政治受難者血淚交織的故
事，他不願相信這對母女能活得像她們外表顯現的坦
然。他用自己的經驗設定她們（特別是女兒）是害怕
傷害才逃避回憶，更覺得對她們有所虧欠希圖能彌
補。（《北港香爐人人插》，頁107）

男記者覺得失去父親的女兒可能是強忍悲傷，以他男性的眼
光來看，女人失去男人簡直無法再存活，怎麼可以活得這麼
自在，這有損男性的尊嚴，男人在玉貞母女來說已變得可有
可無，小說藉由她們的反應來凸顯男女經驗的不同。男記者
根據傳統思想建立的女性經驗是女人必須依附著男性才能生
存；可是真實的女性經驗卻不一定如此，就像小說中的玉貞
母女，也許沒有男性還活得更自在。

　　還有〈彩妝血祭〉（1997）中的王媽媽，是出身家世良
好的大稻埕美女，可惜她新婚第二天，丈夫就因政治事件被
捕而後槍斃，可憐的她此時才發現自己已懷有身孕，她本想
藉著「挽面」結合自己在日本新學的化粧賺錢養家，卻遭到
無情地批評：

自己少年就守寡，死尪的查某，命如此硬，不要說福
分，免帶衰運來就好。這款剋夫的查某，還敢要替新
娘挽面化妝！（《北港香爐人人插》，頁171）

這是什麼樣的傳統思想，她丈夫的死亡竟被解釋成是自己剋
夫，而且連「挽面」的工作都不能做，這還不打緊，因為她

丈夫的身份，人們刻意地逃避與疏離，才更令她傷心，彷若雪上加霜。

面對這樣的悲劇，它透露出什麼訊息呢？它告訴我們，女人出嫁後注定的只有與丈夫榮辱共存，她失去了自我。不論王媽媽是否出身家世良好，只要她的丈夫是政治犯，她也變成了政治犯，因為她是從屬於丈夫的。這也是作者要批判的所在 —— 女人應該是獨立的，她不屬於任何人，她屬於自己。但這樣的心聲千百年來被刻意隱藏沒人聽見。

從以上幾篇小說，我們看到李昂精心設計的傳統社會女性的真實樣貌：有色陽的認命 —— 女人嫁人就像花的種子隨處生長；還有必須中輟日本學業回台待嫁的女主角；另外戴貞操帶的魔鬼系列小說敘述著女性必須為受政治迫害的丈夫守節或悲傷，甚至王媽媽還得背負著丈夫冤死的罪名 —— 剋夫並不能做「挽面」的工作。這種種情節看來像是在宣揚父權思想，其實不然。它是藉由女性受擺佈的命運來凸顯女性意識，要女性更堅強不再依附男性生存並要在婚姻中成為自己的主人。李昂藉由這樣的書寫提醒女性注意自己的家庭位置，要反抗傳統思想，活出自己的一片天，不再以丈夫為天。

第二節　自我解放

女性在知曉「父權社會」對女性的壓迫後進而反抗，接著便是要「自我解放」。劉慧英曾在〈走出男權傳統的藩籬〉一書中對「女性的解放」有如下的期許：

由於婦女解放是從女人向男權社會要求與男人平等起
步的 —— 走出家庭，與男人同工同酬，爭取參政權
和選舉權……等等都是婦女解放的初步努力和基礎目
標。50

婦女首要的工作便是要走出家庭，爭取經濟獨立，並藉此達
到與男人平等的地位，向男人要回「權力」，而「身體的權
利」更是不可忽視的一環。

一、掙扎權威的象徵：情欲解放

自古以來，婚姻前、婚姻外的「性」是不被父權社會容
許的，女性甚至連「性幻想」都會被譴責，可是李昂以她大
膽的文筆書寫女主角的愛慾情事，她的小說呈現不妥協的態
度。父權越反對的觀念，她寫得越熱中，綜觀她小說中的女
主角，多數叛逆任性。婚姻前、婚姻外的性行為在李昂的作
品中已成為一種常態，「性幻想」的題材更是隨處可見，這
是作者藉「性欲解放」來表達她對權威的抗爭。

李昂的文本除了表現女性在經濟、政治方面企圖和男性
一較長短外，她還有一個很大的特色，便是「情欲」解放，
這是一種掙扎權威的象徵，也是她的作品極力彰顯的女性意
識，所以本節先梳理這個主題。情慾，是指對異性的強烈慾
望和精神需求，它使人獲得肉體上的滿足，也獲得精神上的
滿足；既是生理活動，也是心理活動的。51然而這種情欲在
傳統的婦女空間被當做最為禁忌、避諱的事情來看待。52女
性長期被「性壓抑」，對此西方女性主義學者希望能夠追求

女性的「性自由」：「Rich並未放棄性自由的目標，但她更希望將性特質（sexuality）從父權體制的掌握中解放出來，使其回歸女性慾望的母體──母性的身體。」[53]女性可以「自我開發」，正視自己身體內的渴望，從「父權體制」中解放出來，但要如何解放？如何呼籲現代女性呢？且看90年代的台灣文學盛況：

> 九十年代的台灣文學已大膽突破情色的禁區，情色課題成為最熱門的文化課題，在各種媒體和創作文本裡正廣泛地被討論、閱讀。[54]

90年代的台灣作家已經大膽突破文學的禁區，大膽披露肉體與文字之間的生死愛慾，李昂就是其中之一，這種「性解放」有它的特殊用意：

> 性解放的意思並非一般人所以為的濫交，而是鬆解社會片面加諸女性的桎梏，讓女性從性的盲目與曖昧中步出而走向性的啟蒙與大明大白，從而能與男性一樣享受性愛之樂。[55]

這就是女性的情欲解放，目的是要掙扎傳統父權加諸女人的禁錮，爭取和男人一樣的權力──「享受性愛」。

（一）婚姻外的性

婚姻本是男女雙方互相約定一生互信互愛的承諾，但在現實婚姻中男方卻對女方要求「片面貞操」，呂秀蓮就曾

說：

> 婚姻生活之所以能維繫，完全在於「夫妻互負貞操的
> 義務」，如果各有外鶩，便要離心離德，分崩瓦解
> 了。然而在男性中心社會之下，婚姻的鞏固其實端賴
> 女子單方面的容忍和貞節。[56]

男性中心的社會對女性的出軌不能諒解，對男性的三妻四妾
卻縱容不管。因此我們看到李昂的文本藉由女主角的「婚外
情」來做為一種「抗爭權威」的手段。

　　先看〈生活試驗：愛情〉（1982）這篇小說的女主角丹
丹，在丈夫外遇後，對自己婚姻外的性行為沒有不安，還有
著狂喜，她對情人宋瑞淇的著迷在作者筆下赤裸地呈現：

> 與丈夫長年的相處，使本來就發胖的丈夫身體只成一
> 堆累長的肉。而宋瑞淇當然是不一樣的，是經由宋瑞
> 淇的年輕美麗，他對身體的坦然毫不覺羞恥，才幫助
> 她第一次能完全由觸發及探視去接近自身與另個軀
> 體。她於是發現，在活過那許多年，在近二十年的婚
> 姻生活後，卻是由著另一個男子，她才真正感到自身
> 被開發並贏得了肉身的自由，同時，她明顯的感覺到
> 新臨身上另種豐艷的美麗。（《愛情試驗》，頁152）

男人是這樣經不起比較的，也只有大膽的李昂，才敢在字裡
行間坦白承認女性的情欲。無論古今中外，兩性間的強烈情
欲吸引著男人和女人，而女人對異性比男人更大膽。由神

秘、好奇造成的誘惑，使女人產生出深刻纏綿的柔情和嘔心
瀝血的慾望。[57]所以我們看到丹丹對宋瑞淇有著狂熱的慾
望，因為女性長久受壓抑的情欲一旦解放會比男人更深刻纏
綿。而丹丹在紅杏出牆後，第一次感覺到身體獲得自由而有
了美麗與自信，這些多是掙扎權威的象徵，解構傳統社會加
諸女性的道德枷鎖，女人也是歡喜著較自己年輕男人的身
體，喜愛年輕身體不再是男人的專利，女人也可如此放縱自
我、解放自己。

再看〈假面〉（1985）這篇小說，C.T.有個克勤克儉的
丈夫並且完全信任她，他會因自己可接受公司免費招待國外
旅遊，而要妻子一人獨自出國觀光以節省金錢。他們像大多
數夫妻一樣付錢買房子、車子、跟會，然後再換更大的房
子、車子。這樣一成不變的日子讓她的心靈充滿了空虛，直
到那一次的聚會，她和G.L.有了微妙的感情變化：

> 卻是必然的要到臨那個夜晚。G.L.，我永遠記得那天
> 正巧是農曆七夕，朋友們聚在一起吃消夜。我的丈夫
> 由於工作，例常的不會加入。
> 那是一家簡單的，價格便宜的小日式料理店，鋪設榻
> 榻米的房間使我與你緊鄰靠坐在一起。在大夥專情笑
> 鬧的時候，我不意中將手放在榻榻米上，你則在變換
> 坐姿中偶從桌面收回手，右手放下時正巧壓在我手
> 上。（《一封未寄的情書》，頁62-63）

「缺席的丈夫」間接地促成了這次愛戀。

作者也細膩地舖敘這情愛過程：「在那樣的仲夏夜晚，

在有冷氣的室內，我感到你的手暖熱，我的全身起了一陣溫柔的顫慄，有片刻我不願縮回手，直到一會兒後意識到不妥當，心中經過一再掙扎終於決定該有所行動，卻是稍一有動作，你的手立即加大力量，更緊地壓覆住我的，那手的壓力與溫熱感觸，竟使我無從抗拒與掙扎。」（《一封未寄的情書》，頁63）後來G.L.才極自然地將手移開，往桌上拿煙，真是擒其所當擒，止其所不可不止，面對這樣可敬的對手，C.T.全無招架能力，尤其是她對他又非全無感覺。

　　就這樣，我們看著女主角一步步走向情欲的深淵不可自拔，且看她的告白：「我走到沙發前去向你告別，你愣愣看著我一會，突然拉住我倒向你懷裏。當你壓在我身上並開始吻我，我發現我全然無從閃避與抗拒。為著的或是前刻中我已使盡力氣來阻擋你，其時已不再有精力來重複先前的一切；而最重要的我知曉該為著相信你說的你不會再怎樣，因為當自洗手間出來，我整個心神放鬆，全然毫無戒備中你吻了我後，一切即觸發不可收拾，我已無從凝聚任何心力來抑止接下發生的。」（《一封未寄的情書》，頁65-66）G.L.終於突擊成功，繁複的「情感煎熬」在作者筆下簡潔處理，足見李昂小說的功力所在。從此女主角C.T.任由自己的情欲解放，一次又一次地與G.L.發生關係還想拋夫棄子同他永遠在一起，由此我們看到女性情欲解放後的力道比男性還大，因為積壓過久，潛伏的欲望洪流才會如洩洪般強烈。

　　還有〈暗夜〉（1985）中的李琳，原本是一個保守的家庭婦女，因得知丈夫在外頭有個叫夢夢的女人後便和丈夫的好朋友葉原有染，她和葉原做了這樣的決定：「兩人決定到眠月灣的海邊別墅。喝了許多酒，一切變得十分自然，李琳

讓葉原有了她，兩人都知曉夢夢可能是個最好的藉口，但誰都不曾說破。」（《禁色的暗夜》，頁178）有了第一次，就有了後來的無數次，之後李琳更趁著丈夫出國（當然也帶著某個女人）及兒女在電腦夏令營，她邀請了情人到自己家裡，在丈夫的國度裡妻子縱情地享受：

> 那下午葉原更興致的帶領李琳在屋裡所有的地方歡愛，在客廳的沙發、餐桌、浴室，甚至兒女們的房間。李琳感到赤身在家中不該出現的地方歡愛的奇特與不自在，只有畏縮的迎承。（《禁色的暗夜》，頁185）

女子的復仇可以是這樣，作者筆下柔弱的女性竟會做出如此有違傳統婦德的事，而且愛得火熱大膽不可自拔，李琳為葉原付出了真愛，正如劉介民所言：「女性追求愛情是要與愛人在精神上相結合，以達到靈肉一致的境界。可這畢竟是理想的，與現實相距甚遠。」[58]李琳正是如此嚮往「靈肉合一」境界的女人，但葉原辜負了她。然而李琳在「丈夫外遇」後不甘示弱，將「外遇情人」帶回丈夫家中尋歡作樂，這種行為顛覆了男女的主從地位——通常是男人帶著外頭女人回家過夜，這回在作者筆下變成了女性主動，改變了傳統女性受支配的命運，有其象徵意義，象徵柔弱女性也可掙脫傳統權威的限制。

此外，〈空白的靈堂〉（1996）中也表現了女人的情欲。添進嫂（玉貞姐）和「台灣國國父」的遺孀有著同樣的際遇及情欲——兩人的丈夫都是政治受害者及情人都是司

機。不同的是台灣國國父的遺孀總是極力隱藏自己的情欲唯
恐旁人知道，而添進嫂卻大膽主動追求情愛並處處模仿「台
灣國國父」的遺孀。

　　添進嫂雖然想追求情欲自主，過程卻比別人辛苦，為什
麼？因為她得背負「受難丈夫」的「神聖光環」，扮演純潔
的女性：

> 〈空白的靈堂〉中的「添進嫂」林玉貞，雖沒有〈戴
> 貞操帶的魔鬼〉中「她」的神聖光環於繫於身上，但
> 她同讓得背負受害者家屬的名聲，以及扮演著受害者
> 家屬的角色（即聖潔無瑕的形象），即使這也不是她
> 要想的身分與生活。事實上，「添進嫂」的稱呼亦是
> 磨滅她身分的一個象徵。[59]

人們關心「寡婦是否使丈夫蒙羞」，卻不關心她的真正需
要，而喊她「添進嫂」，還夾著「丈夫名字」的稱謂，彷彿
提醒周遭的男人 —— 添進嫂已嫁作人婦不可再追求她。

　　然而這位寡婦卻不甘於「男權文化」的安排，我們來看
看這個開放寡婦的穿著：「時序進入早夏，『玉貞姊』穿一
件薄料連衣裙，寬寬的裙襬隨著細跟高跟鞋移步波浪洶湧，
裙內盡是細腰豐臀風情，露出的胸臂潔白如凝霜。」（《北港
香爐人人插》，頁104）這樣的穿著使她吸引了第二個情人
—— 男記者。記者原本是要採訪受政治迫害的家屬 —— 玉
貞母女，沒想到一步步走入玉貞姊設下的愛情陷阱。玉貞姊
藉著關心「國父遺孀」的誹聞，打電話暗示男記者她想要擁
有愛情：「『玉貞姊』有著篤定的心安。雖是最後一次能以

女兒為由通電話，也算把該說的都說清了。如此即便就此沒有下文，至少能較不感到缺憾，不至於往後總想是自己努力不夠，沒讓對方清楚自己的意思。」（《北港香爐人人插》，頁111）接著她就開始等待他的電話，終於皇天不負苦心人，男人來電話說要約她和女兒一夥去打保齡球，以關心女兒為名義邀請玉貞，「玉貞姐」興奮地打扮自己且無盡地幻想：

> 她將穿緊身運動上衣，俏皮的短褲去赴約，那會露出她多年悉心保養的身材與最足以自豪的如凝霜肌膚。讓他看到足以引發遐思又不致一覽無遺絕對必要，這個約會對他們而言十分重要。……下一次，將只有他同她。（《北港香爐人人插》，頁112）

如此撩人的情欲在玉貞姐胸臆騷動不安，赤裸地呈現，暗示著女性的身體不需為著政治運動而犧牲，丈夫已死，已婚事實卻未隨著丈夫死亡而消逝，失去了再婚的機會，因為沒有人敢娶烈士遺孀，但玉貞姐另尋出路——不需婚姻的自由愛戀，彷彿在鼓勵著這樣的女性去勇敢追求自己的情愛。

還有《自傳の小說》（1999）也有類似的情欲解放。謝雪紅在李昂筆下不同於男性作家筆下的她，而有著女性的真實需要，且讓我們尋著作者的筆觸來探索謝雪紅內在的情愛世界。首先，從她是洪家的媳婦仔說起，她忍受不住養母極盡殘忍的虐待而私逃，之後又成了張樹敏的小妾，真要講起來她一生都沒有正式的婚姻關係，所以她的男人很多，從張樹敏到林木順，還有後來的楊克培、楊克煌。這是否意謂謝

雪紅是一個具自由意志的女性個體？能夠自由選擇自己的伴侶。

她在和林木順第一次的情愛前講出內心的話：

> 我的際遇使我被鼓勵述說台灣女性在殖民統制下悲慘的人生，我用在「文化協會」學習來的一套詞語，我說著「現在的婦女是男子的玩具、男子的附屬品、男子的奴隸」、「我們的社會制度不好、專制家庭、吃人的禮教，男人還有一點自由，女人只有絕對服從」。
>
> 而我做為「媳婦仔」、「細姨」，做為舊式婚姻制度下的犧牲者，成為最好的佐證，我早歲悲苦的經歷成了最佳的控訴。我說著說著，一切全成為對他的傾訴。
>
> （《自傳の小說》，頁97）

在這裡我們看到謝雪紅的委屈，而後他們才在同有張樹敏的船上成為一對通姦者。

由此可知，女性內心是渴望被了解的，而非全然只為了肉體的情欲，這也正印證了吳錦發對李昂性描寫的評論：「她的性場面的描寫卻常常帶給人一種極苦悶的感覺，也就是說李昂小說中的性描寫，有一大部分好似只是為了在發抒主人公苦悶的心靈而已。而他們（或她們）的苦悶是什麼呢？造成這些苦悶的來源又是什麼呢？這就是李昂真正要我們思考的東西了，也即是李昂性文學中真正旨意的所在啦。」[60]這真是為李昂的性描寫下了最好的註腳，替李昂辯證她性描寫的必要。

謝雪紅所有的男人中應屬楊克煌對她最深情也陪伴她最久，他拋棄了自己的妻女隨謝雪紅到大陸，李昂用了這段話來描寫謝雪紅心中的感動：「我無需辨識即已知曉，你何以有一雙美麗至此的雙眼皮大眼睛，因著那雙眼皮是一道我前世的咬痕，留下清楚的月牙形印記，深長的插在眼臉鬢間，再來包藏住你今世深沉的眼瞳。」（《自傳の小說》，頁193）他們是前世注定的愛人。在逃亡中，她曾問他：「『你為什麼一直跟隨著我？你自己也被通緝，跟著我目標更大，豈不是更危險？』他則回答：『當然是為了保護妳，妳是群眾領袖，革命的領導者，人民需要妳活下去。』」（《自傳の小說》，頁267）可見楊克煌是崇拜她的，他們的情愛是因著共同的「政治理想」而結合，當楊克煌在鬥爭大會上被詢問他和謝雪紅的關係時，他坦然地回答：「夫妻關係」，多麼深情的一句話。這些情節都在述說著李昂筆下的女性情欲並非只為了肉體，而有著更高的愛情及理想蘊藏，這也才是屬於女人真正的情欲解放。

綜觀以上的小說，〈暗夜〉的李琳，〈生活試驗：愛情〉中的丹丹以及〈假面〉的C.T.都有著一個共同的際遇而出軌發展婚外情，那就是「丈夫的缺席」，李琳和丹丹的先生都有外遇女子相伴，而C.T.則是有個沒有生活情趣的老公常常不在家，所以間接促成這三個女人外遇的幫兇竟是自己的老公，作者這裡要批判的應是男性的沙文主義——以為妻子就會乖巧的在家守候而自己則可任意遨翔，飛累了再回到老婆身邊。然而作者毫不留情地安排這樣的結局，既解放女性也懲罰男性。再看〈空白的靈堂〉中兩位遺孀在丈夫的政治光圈下無法再婚卻取得實際的情人做反擊，也算成功走出自

己的情欲牢籠，而《自傳の小說》中的謝雪紅更是精采，男人換過一個又一個，積極尋找自己情愛的歸宿，發現錯誤則放棄毫不留戀也沒有腳踏多條船，最後贏得了楊克煌至深的情愛，是可以成為女性追尋自我情欲的楷模。

（二）婚姻前的性

情欲是根植於每一個人身上的資源與力量，它富有提供女人力量與資訊來源的無限潛能；但是有人對女人情欲壓制，這種壓迫者極盡所能去腐蝕、扭曲被壓迫者足以從事改革的各種力量。[61]這個壓迫者便是「父權體制」，它壓制著女人的情慾，等於是壓抑「女人的無限潛能」並且還防止女人改革。所以李昂小說對此呈現反抗姿態，將「父權社會」禁止的「婚前性行為」大量書寫來表達對權威的抗爭；而女人在婚姻前的性行為是不被父權允許的，因為女人在男性沙文主義者的眼中，是婚姻中丈夫的所有物，尤其需保有完好的處子之身。

先看到〈人間世〉（1974）這篇小說，故事裏的大學女生是在懵懂中犯下禁忌的，但從這兒可以看出李昂的企圖——解放大學女生的性自由，作者畢竟是接受過外國教育的，她能坦然地面對婚前性行為，可見她對性的開放態度。在女主角被男朋友「性啟蒙」時有如下的描寫：「以後一起他常吻我，並要我回應他的吸吮，大半時候我雖不很喜歡，也不厭惡，再想沒多大關係也就由他。只有些時，尤其在某些特殊日子裏，他的確深讓我知覺到身體內有種奇妙的醉麻騷擾，很使我難過不安，但也不知道為什麼，只有緊緊環抱住他。」（《李昂集》，頁62）女人潛伏的欲望在作者的筆下

即將被牽引出，終於在男主角的帶領下他們在男生宿舍做了
那件事：「在宿舍還沒開亮燈他就又吻我，開始解我衣服，
我躲著說不要，他說他不會怎樣，我什麼都不懂他要教我，
還問我是不是愛他，我回答是，他說是就該答應他，我不知
道答應什麼，任他脫下衣服才知覺到些，我說不行，他說只
要我們彼此相愛就可以，我問是否別的情人也這樣，他回答
多半是，我就沒再多說。」（《李昂集》，頁63-64）就這樣女
主角一再地和他發生關係，雖然她並非很喜歡這件事但事實
上也不討厭，作者若隱若現地交待年輕女人的情欲心事。

再看〈莫春〉（1975）這篇小說，相較於〈人間世〉，
〈莫春〉的女主角唐可言就顯得主動大膽的多了，她一心想
放棄自己的貞操，她連初夜的對象都不甚了解就給了他：

> 唐可言清楚那無疑是有幾分自棄，她一向知曉的李季
> 僅自哥哥偶爾的談論，對李季的聰明，他被埋於工作
> 中的惋惜，他處事上的不在乎，以及唐可言自身見過
> 他幾次，除此可說毫無所知。可是在那個遠離家中的
> 異地晚上，她卻答應了他。（《禁色的暗夜》，頁87）

可言對自己的清白並不十分珍惜，她不在乎，也覺得沒什麼
大不了：「在那小鄉鎮他們唯一能找到看來較乾淨的旅館陳
舊不平彈簧床上，唐可言始終閉著眼睛，甚至當李季進入時
引發出相當的疼痛，仍未有任何表示，只於闔上眼睛感到一
切俱是黑茫裡，接受伏在身上男體的蠕動，心底不知怎一再
無可避免回想起，那麼多年來的清白已然斷送，以及幾分無
趣意識到：『這就是在「作愛」[62]了。』」（《禁色的暗夜》，

頁87-88）女主角對自己的身體掌有主控權，這是掙扎權威的象徵，讓自己在婚前有了性行為，之後她還離開李季，等待另一個男人，她認為性經驗是曾經滄海，一切不過如此。對這件禁忌的事，她看得很淡，而且依舊保有她少女的純真感情：「茫然中，她等待著自身被澄清。確切的說，她等待著另個男人，用另種方式，激發出潛藏不自覺的女性，而該直到那時，她才算真正被完成了。她如是希望著。」（《禁色的暗夜》，頁105）她並沒有因為做了那件事而心懷羞愧的感覺，甚至天真地以為她還可以有另段唯美的戀情。最後她由性而愛，和李季藉由「性」溝通而非言語，這裡點出現代人的情愛過程是藉由性去了解彼此的需要，寫得很諷刺卻很真實。

還有〈回顧〉（1975）這篇小說，女主角珍是教會學校的女學生，她對小說中的「我」坦白承認自己有過婚前性行為：「珍點頭，這次有陣紅潮湧上，在膚色較暗的臉上形成兩團沱紅，唇上的紋溝因坐得十分靠近清楚可見，也染上些許嫣紅，我又再度感到成熟女人特有說不出的魅力，讓她的手緊握我的，稍有些心不在焉。」（《李昂集》，頁95）珍在性愛中變得如此美麗，卻使從未被性啟發的「我」從此逃避和她往來，彷彿珍做了不可饒恕的事。情欲本身無罪，而且情愛會撫平一些傷痛，所以當珍處於低潮時，小說中的「我」終於了解到，珍可以在正常的情愛中度過那時期，女人的情欲一旦解放，可以無所畏懼，她可以為了情愛忍受別人異樣的眼光——被記大過、被同儕刻意疏離，這是女人的情、女人的愛。

此外，〈轉折〉（1982）裏也提到婚姻前的性。女主角

暗戀上未婚夫的老師，三番兩次找機會接近老師，還做了老師的免費助理，老師是一位中年很有家庭責任的男人，他雖知道女助理的愛戀但為了不傷害妻子假裝不知道。可是，女主角竟然選擇在結婚前夕要求和老師共度一夜，他們彼此愛戀也做了那件事，事後她還要他趕快回到他的妻子身邊，男老師隱約記得：

> 我伸出手去拿煙，點著後深深吸一口，她仍維持原有的姿勢凝望著我，我避開她的視線，卻聽得她說：
> 「我想你應該回去了，你太太會等你。」
> 她的聲音很平淡，甚至沒什麼含意，也全然不是裝作，我不免要抬眼看她，她回望著我，接續說：「而且我不願意你看到我明天睡醒的樣子。」（《愛情試驗》，頁93-94）

女主角雖深愛男老師，但她很懂得「節欲」，藉口說不願他看到睡醒的樣子要他離開，不傷害另一個女人也不為難她的愛人。

　　這個角色頗令人疼惜，事實上她也不是百般忍耐型的女子，她主動要求心儀的對象過了一夜，要了僅屬於她自己的那一夜後，便消失無蹤影不再糾纏男主角，這是李昂描寫女人情愛細膩委婉的地方，而就因為如此，男主角對她的懷念特別多，這場情愛戰爭究竟是誰輸誰贏很難判定，畢竟愛情是「只在乎曾經擁有，而不在乎天長地久的」，這篇〈轉折〉真是名符其實，主人翁的愛情轉了好幾個彎，是個纏綿淒美的情欲故事。

還有〈誤解〉（1982）這篇小說，故事中有一個大學女生叫林欣，穿著火辣大膽，而作者安排這個女生到保守的鄉下度假，引來種種衝突和不和諧，形成強烈的對比，但更可突顯新舊女性的思想差異，且看保守鄉下的母親對林欣的批評：

　　⑴怎麼穿得那個樣子，褲子還長鬚邊。（《愛情試驗》，頁185）

　　⑵她一個女孩子居然單獨跟個男人出來四處遊玩，她家裡怎麼答應的？（《愛情試驗》，頁191）

　　⑶真是下賤，不知見笑，妳知不知道昨天晚上那兩個人幹了什麼？如果不是我早上起來要叫妳小弟上學，看到房門半開兩人摟著睡一起，我還不知道妳交這種下三濫的下賤朋友。（《愛情試驗》，頁195）

　　鄉下保守的舊時代女性無法接受林欣暴露的穿著和自由的行徑，最不能接受的是她開放的性態度，不怕眾人看到她以一個未結婚的女人和男人做了那件事，令鄉下女性大罵：「那女的也真不知見笑，在人家家裡，居然也好意思作這種事。」（《愛情試驗》，頁195）這樣的衝突不僅令人印象深刻，更令人想要揣摩作者的用心 —— 藉此呼籲女性要自覺到時代的改變，勇敢解放自己的情欲，不要再受限於古老的想法，畢竟新女性是活在現代的。而作者選擇用這種「側寫」的方式來描寫女性的情欲故事，很具張力及說服力。

　　另外，〈假面〉（1985）這篇小說穿插著一個女性讀者寫給女作家的懺悔記，信中寫到女性讀者在婚前的複雜情愛生活，首先她大學時和教授在茶藝館除了沒有真刀真槍的發生性關係，其他什麼都做了；之後她和在美國通信的筆友越洋結婚，又因認識本國電機碩士而解除婚約，沒想到碩士在和她發生關係後又拋棄她，只好重找大學講師並有了超友誼關係……。就這樣，這位女性讀者周旋在眾多的男人之間，令人咋舌，有一回，還碰到前後兩個不同的男人帶她到同一家賓館休息；而且她不停的結婚又不停的離婚，男人換過一個又一個，現在她又要結婚了，因此寫這封信對女作家懺悔並希望主能賜給她幸福。若不是經由李昂的筆，寫下這故事，我們真不知有女性可以自我解放到這等境界，而這位女讀者勇敢坦白地敘說著自己的過往，誠實勇敢。但女讀者選用「懺悔記」表白，則略顯遲疑姿態，她的心底深處還是認為女人只該屬於一個男人，所以她想重新做個賢妻良母。這是李昂真實表白的另一種女性情欲 —— 女性可以自由選擇自己想扮演的角色。

　　這種赤裸告白，讓我們見識到女性的情欲可以如洪水猛獸般一發不可收拾，有別於傳統文學，作者任性誠實地書寫新時代女性的故事，令人大開眼界。但這也是衛道之士批評的所在，作者對婚姻前的性描寫如此細膩，極可能引起不良影響；可是若站在文學為表現真實人生的立場又有何不可呢？況且李昂的性描寫是為了表達女性心中的苦悶並藉此來抵抗權威，有其文學價值，不能單以道德的角度批判她。

　　還有〈暗夜〉（1985）中的丁欣欣是一位「情欲自主」並有著一百六十八公分的高挑美女，她同時交往眾多男人來

滿足自己不同的需要，這其中有出手大方能帶她過著極度逸樂享受生活的葉原，以及能幫助她進上流社交圈的未婚博士——孫新亞，當然還有默默暗戀她的哲學系學生陳天瑞。就某種程度而言，丁欣欣大玩愛情遊戲頗有「性政治」的味道，就像米勒的論點：

> 米勒特提出了「性即政治」（sexual is political）的論點，指出人們長久以來視性為自然形成的事，但事實上它的背後是「政治」的結果。她主張兩性關係就像是「種族之間的關係」一樣，最好是以政治的角度來理解，而不是把它當作一個天生自然的定律。[63]

所以丁欣欣用自己的美貌、身體換取男人的「金錢」及「權力」；前者使她擁有葉原的「出手大方」，後者使她獲得「出國留學」的機會。男女關係中，丁欣欣是主動地位，與傳統社會男尊女卑、男先女後的價值觀念相反，她代表新興社會的活力，有自主經濟權，絕對的外在條件，她肯定女性在情欲上的需要，她的部分是新興女性主義代言人。[64]丁欣欣有著「情欲解放」的新女性形象，但是也跳進了「自我物化」的陷阱。

她的情感生活多采多姿，來去自如，她大膽赤裸地坦誠自己的欲望，小說中她和葉原在第一次親愛過後說了這一段話：

> 「本來也覺得應該慢一點，我們才認識多久，一個多月？可是給你一弄，真受不了，我又很喜歡你，就很

想要嘛。我已經好幾個月沒那個了。」

說完將臉埋在葉原胸膛，哼哼哦哦的笑起來。

葉原不是不曾聽丁欣欣說過，她原來的男朋友幾個月前被調到金門，要服完兵役才能回台。完事後那片刻聽得丁欣欣如此坦然的在述說，倏地湧現的厭惡與憤怒使葉原尖刻的道：

「原來我成為妳解決的工具了。」（《禁色的暗夜》，頁217-218）

多麼直接的女孩呀！她傷害了葉原的男性尊嚴，葉原無法忍受自己成為女性的洩欲工具。不少男性讀者讀到此可能要心驚膽跳，或是憤憤不平，李昂的文筆真是辛辣。自古只有女人成為男人的洩欲工具，那有男人成為女人的解決對象，化「客體」為「主體」，改變主從地位，無怪乎李昂會受到文壇的注目及批評。

　　最後，《迷園》（1991）這篇小說也提到婚姻前的性。朱影紅因得不到林西庚，為解決自己的生理需要，她主動找了Teddy，而且把「性」和「愛」分開，這是很少女人做得到的事，小說中有一段精彩的性描寫：

　　　　由著熟識，兩人一進賓館房間，便開始自己動手脫下身上衣物，即使是性學理論信仰者的Teddy，久了後也不耐做事先的撫觸或為朱影紅除去衣物。那臨夜的黃昏裏，兩人一躺入床裏，朱影紅翻身向上壓住男人。（《迷園》，頁161）

做愛位置的轉移「女上男下」正象徵著主從地位的互換，李昂藉由性描述是為了表現他心中的女性意識 —— 爭取平等，反客為主。

我們再看女主角和他心愛的林西庚又是如何發展性關係的：

> 他顯然深具技巧，他掠奪式的吸吮讓她迷醉，同時他擴展他的侵占地盤，移向她的耳朵、脖頸，朱影紅不曾也無力抗拒，倒是模糊中還意識到，從來沒有一個男人，能僅只用嘴，引領她達到如此驚心動魄的快感。（《迷園》，頁166）

女主角和心愛的人在一起根本無需做那件事，就夠她心神蕩漾魂牽夢縈了，這是李昂深刻描寫女性情欲的地方，而且用前後兩組對照的方式——Teddy和林西庚，更顯清楚。

女人不同於男人，她對自己深愛的人是可以犧牲情欲的，林西庚因在外荒唐已久有點性無能，但朱影紅完全不在意還是深愛他。更有甚者，林西庚為追求性刺激，在溫泉旅舍找來按摩女促進情趣，她也答應他的要求，於是整間溫泉旅舍顯得春意盎然：「那明明有著一個第三者在場，因著不能看見，恍若不曾真正存在，使朱影紅無有負擔。然那按摩女在林西庚身上的拿捏，卻寸寸處處俱是春情撩撥。有若三個人同在一起嬉戲，尚不是真正的歡愛，更由於互相牽制，抑遏下愈發不可收拾，便另有著一番春情激引、歡妙刺激。」（《迷園》，頁222）朱影紅在這裡原本羞澀不安，最後卻轉為放任、主動，女人情欲的轉折變化在李昂筆下巧妙地

呈現。彭小妍也說：

> 小說的第三人稱主敘事線是朱影紅的獨白。她的獨白
> 系列自始至終是自省的語言，兩個「我」（一是理
> 性，一是情欲？）掙扎交戰，有時情欲充沛難當，而
> 最後是理性浮出。整個獨白系列有意安排成一個女子
> 的情欲書寫，書寫她情欲的發生、震撼、壓抑、愉悅
> 及恐懼被負的痛楚。[65]

由此可知女性是有情欲的，只是未到適當時機，所以無法解
放，而女主角經由作者筆下真正達到情欲自主。

綜看以上的小說，婚前的情欲是她極力贊同的，在小說
中的婚前性行為場面火辣而且女主角鮮少有羞怯的表現，大
都積極主動：〈莫春〉的唐可言「主動」放棄貞操給身邊最
近的人 —— 哥哥的同學李季，〈轉折〉的女助理在婚前
「主動」獻身給自己暗戀的對象，〈誤解〉的林欣在友人家
穿著性感「主動」誘惑男主角，《迷園》中的朱影紅「主動」
找尋Teddy解決「性需要」並且還經過評估——Teddy已婚
而且無意離婚。這些李昂筆下的女人都坦然誠實地面對自己
的情欲，十足的現代豪放女 —— 永遠懂得自己要什麼而不
要什麼。她們的性解放多是作者抗爭傳統權威的象徵——
鼓勵女性應有自主的情欲。

（三）性幻想

長久以來，女人從不為性而性，或為己歡愉而性，她的
性被視作為男人服務的物品。[66]甚且是「性幻想」也經由

「男權社會」的三令五申而被傳統女性視為「禁區」,但李昂卻大膽書寫,正如江寶釵所言:「台灣這些年來,從無數的有關道德與藝術的論爭,特別是歐陽子與李昂所引起的,我們看到性意識形態的由壓抑到開放,就不僅代表了女性的自我成長,也代表了台灣社會在發展中形成的長足進步。」[67]台灣社會女性「情欲自主」意識的提昇,大膽書寫這個主題的女作家 —— 李昂,功不可沒。而「性」在古代來說是個禁忌,非但不能做,連想都不行,但李昂筆下的女主角「性幻想」大膽冶艷且筆法更是豐富多變。

首先,〈回顧〉(1975)這篇小說中的女主人翁「我」在她的回顧日記中有這樣的記載:「於是,在活了這些年之後,突地發現所要追求的或僅是美麗青春的肉體,一副可以為它沉醉,耽沉的男人的肉體,也許,假如可能的話,伴隨著這軀體引發出來的愛情,那或是真正可以要求,甚至是唯一能持有的。」(《李昂集》,頁80)她坦然承認自己的思春情事,幻想有個俊美男人的肉體與她相伴,甚且可因此「由性而愛」,發展出一生一世的愛情 —— 少女的告白。

再看〈雪霽〉(1977)這篇小說,女主角宋言研執意要和她的男人蘇枋到蘆山過夜,在上山的途中遇到欲搭便車的年輕警察,在這封閉的車內空間以及年輕警察的歌聲中,女主角開始了她的性幻想:

> 因而,她該是為著這潛藏在歌中的奔放激情能引發的強烈震撼才被引到此地,她來此為著要遇到他,遇到這個來自荒天僻地裏的年輕警察,而經由他身上,在這蠻荒的山野裏,在人類最原始的基準上,她將重獲

新生，也才能從羈絆她多年的情愛中真正脫身。
（《她們的眼淚》，頁79）

她本是為著遺忘其他男人才到廬山來度假，然而她愈逃避就
愈無法掙脫自己潛藏在身體內的欲望，尤其山歌中赤裸的曖
昧慾情更激盪心中的奔放，她想同那年輕警察有肌膚之親，
因著他的純樸粗獷可以解放女主角的渴欲，甚至重獲新生，
她繼續幻想著，甚至想到也許自己會被危害被侵擾，但無來
由地有著一股刺激感，這樣的心情讓女主角紅了雙頰，而我
們也看到了作者筆下的旖旎風情，春色無邊，這是真實顯露
年輕少女情欲的篇章──藉由「性愛」去忘記「真愛」。

　　還有《迷園》（1991）也有「性幻想」的描寫，朱影紅
在第一次與林西庚的會面中，因著夜裡的縱情享樂氣氛，林
西庚請她跳舞時兩人近距離的擁抱中，女主角感到未有過的
快樂及放縱，小說中這樣描述朱影紅的幻想：

　　恍惚中我止不住的想，那片刻中只要林西庚知曉並懂
　　得，我會願意同這高壯美麗的男人，到任何地方做任
　　何事。
　　從來不曾，我對一個剛認識幾個小時的男人有如此強
　　烈的渴求。過往我不是不曾為男子的美麗著迷，但絕
　　不是像這片刻，我止不住自己心中酩酊的縱情渴望，
　　這般想望著男人懷抱的感覺、撫觸與重壓。（《迷
　　園》，頁47-48）

她感到整個人在飄浮四散，有著狂亂的激情，她內心渴望同

這男人到任何地方，甚至渴望重壓，裸露的情欲想像，一個受過良好教育的朱家大小姐可以有此想法，配合著古老保守的鹿城背景，格外引人遐思。

此外，〈戴貞操帶的魔鬼〉（1995）中，代夫出征的女立委和國大代表在一次往歐洲的「黑名單」會議中，有著似有若無的情愫在蘊釀，先是他在夜晚送她的白色小鈴蘭，讓她重拾遺忘已久的溫暖，那赤鼻的花香使她無法成眠，更確切地說是引發她的情欲：

> 白色鈴鐺飽含熱息，張開的小口些微倦累了，便略捲起一逕張開承接的小口。然翠綠闊葉片仍挺直如新，硬挺的葉片穿過絲薄睡衣，棲在乳溝處（躺下來胸平坦了，也更貼近了），稍一轉動身體，長葉片的葉面貼撫著乳房，葉尖劃過乳頭，隨後葉緣會持續的搔動著乳頭（甚且有若微微的疼痛，那長葉片硬挺如此），而不堪騷擾的乳頭會徐徐豎起（撫觸的如是身體他處？）。（《北港香爐人人插》，頁74）

這段性暗示寫得真是精采，恰到好處不致太露骨又處處顯露女主角難捺的欲情，而清晨醒來白花小鈴蘭分泌出濃稠的黏液，象徵著她在夢中已和心儀的男人有過親密接觸，這是「哀傷的國母」的性幻想，狂熱的激情與她的名字實在不太和諧，正是李昂慣用的書寫筆法，更添無限春情。

而描寫到他和她之間的微妙情感，作者寫到：「她建議用她的乳液，歐洲的天氣如此乾燥，與海島潮濕溫暖截然不同，他的唇乾裂，他的臉面因緊繃輕微刺痛。然他同意使用

乳液……。他便有著她的氣息，或者說，他們呼吸著相同的氣息因著彼此有相同的香味。」（《北港香爐人人插》，頁73）用嗅覺來描寫情意的相屬別有一番韻味，花香和著彼此身上相同的乳液味道，要想不墮入愛情的深淵，恐怕很難呢！這和朱天心的《匈牙利之水》用嗅覺保存記憶有異曲同工之妙，在女人靈魂的深處──嗅覺也是情欲的渴望。

還有《自傳の小說》（1999）中描寫謝雪紅被囚禁在監獄時的情欲渴望，極富想像力。她在獄中看著月亮的陰晴圓缺，情欲也跟著起伏變化。我們看到作者如此書寫獄中朱影紅的自慰：

> 且讓我轉涼的手暫到別處棲息，我往上遊移，在這裏，我必然停留，百世十代裏，不用任何最微略的提示，我都知道，那豐美的隆起裏有生命的汁液，我永恆的記憶，做為約誓辨識所在的永遠印記。
>
> （即使在『移山倒海』的消失與陷落裏，我都要回來，以我生下來即為女人的手，重新喚回那新起的雙峰連連，峰上櫻桃豎立……。）
>
> 便再回到那藏覆的小東西，瞧，它已被上面雙峰上的櫻桃催動，也躍躍欲出，我已暖熱的手指，只消淺引鉤揉，便得以撩撥盡致。
>
> 如此，我方將手指進入，啊！有這樣軟膩溫暖的所在，還已濕舐包裹！那濕與熱，會浸潤我的光滑冷涼，我必然要被牽引，為著在這隱匿陰密的包覆中，我第一次知覺含熱的潮意濕濕的甜蜜。
>
> 我從不知道，潮濕可以如此溫柔。（《自傳の小說》，

頁225）

作者混合著月經、血的意象和自慰以及古老的禁忌——「不可以手用手指月亮，否則會被割耳朵」等。寫出了這一篇謝雪紅的「性幻想」，春色無邊。犯罪的手指，不只指向月亮，還指向女人自己最深的內在，用來挑戰權威，傳統上愈不能做的事，作者筆下的女性總是躍躍欲試，屬於李昂特有的叛逆情懷，一覽無遺。

綜看以上的小說：〈回顧〉的女主角幻想有個俊美少男和她繾綣纏綿，〈雪霄〉的宋言研希冀藉由另一個男人的性愛解放自己的苦戀，《迷園》中的朱影紅在和林西庚的第一次會面就一見鍾情想以身相許，還有〈戴貞操帶的魔鬼〉中的女立委按捺不住的情欲呼之欲出，連《自傳の小說》中的謝雪紅身陷囹圄也都情欲飽滿。人是沒有情欲的嗎？當然不是，只是被傳統父權壓抑得太久了，所以李昂幫助這些女性解放自己，任她們在她筆下馳騁想像。而女人也只有真實面對自己的情欲解放，她才有力量去做更多偉大的事，否則欺騙自己壓抑自己將是妨礙自己前進的絆腳石。

二、經濟獨立

在人類生命的各個方面女性同男性一樣無所不在，這就是所謂的第三類女性的模型；而家庭婦女已不再是人們心目中理想的女性形象，女性已在工作學習上獲得與男性均等的機會。[68]這種女性是「不受限制的女性」，她因為爭取到「經濟獨立」而有自由揮灑的空間，代表女性的「自我解

放」，是李昂文本中相當鼓勵的一種「女性自由意識」。藉著
「工作」肯定自我，不再依附男性的經濟而有自主權。

（一）事業有成

這些走出家庭的女性，在「工作」中獲得成就感。當她
們事業有成時，臉上的光彩便迷人耀眼充滿自信，這是女性
解放的重要工作。藉此獲得「自我肯定」，更可在職場與男
性一較高下，凸顯女性的特質及能力。因此李昂文本也對這
種「事業有成」的女性多所著墨，來刺激現代女性追求自
我。

先看〈回顧〉（1975）這篇小說，在故事中「我」的回
顧日記裡，對賀萱這位事業有成的女性有著這樣的記憶：

> 我無意強調賀萱所有的誘惑力，然而她的確十分迷
> 人。在那個時候，她已是很出名的記者，於許多聚會
> 中，都可以成為成功的中心人物，巧妙展開極融洽的
> 話題，順利維持場面的良好氣氛，在哥不能陪同她
> 時，我總是跟隨著她，一次次發現到女性無比的魅
> 力。也展示了我從未觸及的一個世界：一個成功、美
> 麗、受到歡迎的女性世界。（《李昂集》，頁82）

一個經濟獨立、事業有成就的女性可以是如此迷人，她自然
散發的魅力讓同樣深為女性的〈回顧〉女主角深深著迷無法
自拔。

西蒙・波娃也對「事業有成」的女性下了註腳：「她們
享有的好處是，職業上的成功——就像男人一樣——增加

她們性別的身價；能夠像人類一樣去自我實現，她們同時也實現女人的角色。」[69]由此可知，女人的確該有事業，而且這是相當重要的，惟有不依附男性的經濟，才能做自己真正想做的事，也才能獨立思考。所以跨出男權傳統的行動便是要能有工作及金錢，就像張岩冰所言：

> 婦女要想寫作，就要有一間自己的屋子和一些維持日
> 常生活的錢，這是弗吉尼亞‧伍爾夫所說的保障婦女
> 進行創作的基本條件。然而，廣大婦女實際上在很長
> 一段時間裡，無法得到這一間屋子所象徵的寫作環境
> 和那些錢所象徵的經濟獨立。[70]

這個觀念是源自弗吉尼亞‧伍爾芙（Virginia Woolf, 1882-1941）所著《一間自己的屋子》。的確，不論是否寫作的女性都該有自己的屋子所象徵的自由空間能從事自我理想的工作，從中獲得自我認同，更需要有獨立運用的錢不用看丈夫的臉色度日，而且也才能像賀萱一樣受到同性的尊重與仰慕。

再看〈域外的域外〉（1984）這篇小說，女主角林文翊本來為了丈夫放棄在較好地區發展自己歌唱事業的機會。有一天，她的老師安排她到電視台唱藝術歌曲，林文翊的神情經由小說中「我」的眼睛產生這樣明顯的變化：「我第一次在林文翊眼中看到那股明澈激烈的光輝，剎時間輝耀了平寬臉面，揮除去以往的抑鬱與枯瘠神情……。」（《她們的眼淚》，頁98）也唯有在自己工作中重拾信心的女性臉上，才能展現如此光芒。女性的工作是個人價值和身份的要求，是

為了實現自我證明自我，不再是權宜之計而。[71]這再度証明女性要有自己的工作舞台並尋得經濟獨立。

　　林文翊本隨著丈夫決定自己的工作地點，那時的她在同學會中，心有不甘眼裡有淡淡哀愁；而後聽得朱師母要安排她到電視台演唱，眼神即轉為清亮明澈的光輝，作者安排女主角前後大幅度的改變，正是鼓勵女性要走出傳統，擁有自己的工作舞台，不要再一味犧牲配合，那只有換來淡淡屈怨，對男女關係的未來發展也不見得是一件好事。

　　還有《迷園》（1991）中的女主角朱影紅，深深迷戀林西庚，當她發現自己已懷有身孕時，她慶幸於自己的經濟獨立：

> 至少，到此時此刻為止，我還未住進林西庚為我準備的房子，我的生活費用來自我的工作。我之於林西庚，仍然是追求的對象而非他豢養的女人。
> 我必須維持目前的情勢，一當我成為林西庚豢養的姨太太，他再怎樣鍾愛於我，我也將永遠不得翻身。
> （《迷園》，頁243）

如此聰明的女人，她知道成為男人的姨太太就等於成為他的物將永遠無法翻身，她要的是和男人平起平坐的愛情而不要被男人當金絲雀豢養在他的牢籠。《女太監》一書曾有如下的論點：「女人懷抱的目標越高，她在她自己選定的環境中越顯得與眾不同，她似乎就越有可能獲得成功。」[72]因此我們看到朱影紅的「與眾不同」深深吸引著林西庚，她不甘於做一個男人附屬的「姨太太」而有著遠大的目標——靠自

己的工作能力讓林西庚沒有她不行。所以這場「性政治」，女主角朱影紅才有「籌碼」繼續同男主角周旋下去。

　　她也沒有要藉著肚裡的小孩纏住他，甚至在衡量一切條件不利於己的情況下她拿掉孩子並通知林西庚，男主角反而緊緊擁她入懷並說：

> 「我會對妳有補償，我會安排的。」
> 林西庚顯然對女子那無所欲求的沉靜，霎時間反倒不知如何回應，只有慌亂中本能的喃喃說。
> 幾天後他暫時擱置下公司所有的事務，陪同朱影紅回「菡園」暫住。在「菡園」旁小山的相思樹林裏，林西庚以他一慣誇耀的語氣，要朱影紅嫁給他。（《迷園》，頁260）

女人的無所求反而更添魅力，讓林西庚深深欣賞而決定娶她，而且她的外語能力讓林西庚在工作上必得仰賴她。李昂文本如此呈現，應是要女性自立自強不要想在經濟上依附男性；相反地還要男性仰賴女性的才能，否則女性將得不到男性的愛及尊重，可能還會自取其辱並下場淒涼。就像朱影紅如果真成了男主角眾多姨太太的一員，極有可能一年見不到男人三次而終此一生，所以愛情的最後贏家是屬於不貪圖男人財產而能夠自力更生的女性，這樣的愛情也才更純淨。

　　綜看以上三篇小說，〈回顧〉的賀萱因為事業成就有著迷倒眾生的風采，〈域外的域外〉林文翊因暫時的舞台生命令她抑鬱的眼神為之一亮，而《迷園》中朱影紅的獨立想法非但沒有使她失去愛人反而還獲得更多寵愛憐惜。由此可

見，女性在經濟獨立時散發的自信是多麼迷人，有著讓女性
男性都抵擋不住的魅力，此種「自我獨立」是女性極需擁有
的，也是小說中鼓勵女性去努力爭取的。

（二）嘗試就業

女人原本是待在家庭的，但應努力走出家庭爭取就業。
為什麼？正如李小江所言：「一份職業就是一個社會崗位，
是社會認同的起點，也是女人走出家庭、走向解放的基
石。」[73] 由此可知，女性的「嘗試就業」便是一個起點，更
是一個「自我解放」的契機，藉此爭取到「經濟獨立」，揮
別傳統女性的包袱——禁錮在家庭內。傳統的父權社會，
婦女是沒有經濟能力的，她必須依附男性才能生存，劉慧英
在《走出男權傳統的藩籬》這本書中有一段話：

> 然而歷史又沒能為女性的這種雙向發展提供足夠的基
> 本條件和可能，因此絕大多數女性只能選擇其一，女
> 性實際上處於一種最為典型的兩難處境：要麼犧牲獨
> 立意識和人格將自己的智能和生命全部奉獻給某個男
> 人或家庭，成為傳統意義上的賢妻良母；要麼為了在
> 人格和事業上的獨立與成功，放棄個人的家庭和感情
> 生活，成為一種「同男人一樣的人」。[74]

由此知道，女性只有兩種選擇，要不為家庭犧牲；要不就犧
牲家庭成全自我，後者應是作者較為鼓勵的方式。

先看到〈殺夫〉（1983）這篇小說中的女主角林市，一
開始也是以「性」換取「食物」，而當她終於自覺「不願被

物化——不願以哀嚎聲滿足陳江水的快感」後，經濟來源被斷絕，於是她開始尋求經濟資源嚐試就業，扮演獨立的婦女。

1. 養小鴨以求自保：林市想養十隻母鴨仔，她心想等鴨仔長大後生了蛋，就可以拿去換來和番薯籤回來吃，很有經濟生產的概念：「人們不明白林市何以興起養小鴨的念頭，只在陳厝莊慣有的廟前市集裡，看到有一天林市一大早已來等著挑小鴨，她告訴賣鴨的鴨販：『我要十隻鴨仔，都要母的，養大後一天生一個蛋，可以生十個蛋。』」（《殺夫》，頁170）從此，林市滿懷希望地孕育著小鴨，夜裡還怕小鴨受寒帶進屋裡，這是作者鋪敘的母性孕育生物的本能，雖然最後這些小鴨也難逃陳江水的毒手——血肉模糊，但對這樣一個農村社會的怯懦女性而言，能有如此念頭，已是尋求經濟獨立的挑戰，也是一種「女性的自覺」。在陳江水以陰慘慘地眼光瞅著林市問：「哦，妳是嫌我飼不飽你，還要自己飼鴨去換米？」（《殺夫》，頁174）更可見林市的女性自覺使得陳江水的「男權意識」受傷，所以陳江水才會失去理智地揮手砍鴨，他無法忍受自己的女人竟然想要靠養鴨養活自己，這意謂著她不再需要他這個丈夫，「男性自尊」受到傷害，老羞成怒。

2. 外出謀工作的再次挑戰：波娃認為婦女解放的有利契機就是女性出外就業[75]，且看李昂如何經營林市這一角色來做婦女解放。鴨仔死後，林市並沒有因此而絕望，她更想尋求經濟獨立，而且持續地反抗陳江水的性虐待：「在陳江水持續的不帶吃食回家，林市亦不再順從陳江水，她挾緊兩腿，不讓他進入，在力氣不及不得屈從後，仍找尋任何時機

打咬踢壓在上面的男體，特別是陳江水擺動時，她每每有機會掙離。」（《殺夫》，頁183）由此更可見作者此時安排的林市已不同以往，是個具有獨立個性的女性，並且外出找尋工作：「終於有個黃昏，看討海人紛紛回家，林市走出屋子，沿著陳厝莊一條石子路朝前走，沿門問詢是否需要幫手。『好心的阿伯，我什麼事都願意作，只要有口飯吃。』林市喃喃的一再重複。」（《殺夫》，頁184）她什麼都願意作，願意憑著自己的雙手洗衣、打掃，就是不再依附丈夫——陳江水。

雖然最後沒有人願意雇用她，因為她是殺豬仔陳的妻子，甚至只能換來別人的施捨：「我們目前不欠人，這碗飯拿去吃，吃飽了回去。」（《殺夫》，頁185）她依然要求工作權，在被施捨的同時喊著我會洗衣、會打掃。這就是傳統社會對女人的傷害：一方面，女人無所依傍，家庭經濟地位的懸殊使男人成為高高在上的君王，女人只是他用錢買來的商品，他的私有財產，由他任意玩弄。另一方面，它不給女人創造任何獨立的機會，使得女人只有依賴男人，處於被「飼」的地位。[76]所以不論林市如何努力嘗試就業，代表「傳統社會」的陳江水始終不讓她有「獨立」的機會，然而林市依然努力爭取就業機會，不到最後關頭不輕易放棄，足見作者之苦心安排，經營這個角色來爭取經濟獨立。

再看〈彩妝血祭〉（1997）這篇小說中的王媽媽，因婚後第二天丈夫被槍斃而被傳統社會批評為沒有福份的女人，眾人拒絕她作「挽面」的工作，她並沒有因此頹喪，反而更積極地嘗試就業，小說中如此描述她的積極就業：

> 畢竟聰慧且如人所說的「見過世面」，她搬離居住的
> 大稻埕，到那都市正興起的新市區，在巷道裏租得僅
> 供容身的所在，幫人縫製衣服。
> 靠著一架陪嫁的「勝家」縫紉機，以她在日本「新娘
> 學校」所學，她夜以繼日裁縫衣服，獨力養大孤子，
> 為年老多病痛的公婆送終。（《北港香爐人人插》，頁
> 171）

王媽媽改用陪嫁的縫紉機幫人縫製衣服，並得以養大遺腹子
且替她的公婆送終，如此堅強的女子並沒有因此被打倒，反
而愈挫愈勇，還參加反對運動並在反對陣營中得到大家的尊
重與支持。如果反過來她沒有堅強的意志力而就此放棄成為
別人施捨的對象，也沒有站出來為大家服務實現自己的理
想，她今天就不會有受人尊重的待遇，而且會被人嘲笑度過
一生，所以經濟獨立對一個女人而言是非常重要的。

　　還有《自傳の小說》（1999）也提到了女性的「嚐試就
業」。謝雪紅嫁作張樹敏作妾，但是張樹敏每天在外吃喝嫖
賭，令謝雪紅無法忍受搬離張家，暫住二姐家並開始她獨立
的生活，她的工作是教他人使用縫紉機、推銷縫紉機……等
等，此時她心中想到：

> 這個時候，我心中的理想是希望能做一個歐美式的職
> 業婦女——據說那種職業婦女依靠自己的勞動在經
> 濟上能夠獨立，免受男人的束縛，自由自在地掌握自
> 己的命運。（《自傳の小說》，頁69）

她勇敢地擺脫自己細姨的身份找到一份工作，使自己免受男人的束縛，從此抬頭挺胸。

她在小說中自信地想著：「如是，我抬起頭、挺起胸，搭配我的二吋帶絆釦粗跟高跟鞋，一路昂揚走來。更何況，這『米信』車出的洋服，還給了我生存之計，那現今流行說法的成為『經濟的人員』呢！如是我販賣洋服。」（《自傳の小說》，頁88）女人在經濟獨立後，散發出的光彩格外迷人，她是經濟人員，因著出國的眼界擴大，她學習歐美的職業婦女有一份穩定的工作並自由控制著自己的命運，這和珍・貝克密勒所描述的「就業女性」相同：

> 珍已為人母，以前靠社會福利過活，現在在工廠上班。她說：「現在我覺得生活有了重心，那就是我自己。我可以清清楚楚感覺到自我的重要性，這跟過去完全不同。有時候的確很難以自己的意願為意願，但是每當我做到這點時，感覺上與過去完全不同。」[77]

珍能夠感受到「經濟獨立」後的「自我意願」，謝雪紅也靠著自己的力量賣洋服、機器以及她的縫紉技術。女人也可以如此，不需在男人的豢養下，可憐地任男人擺布而逐漸失去自我的聲音，謝雪紅改變了自己的命運，後來能夠從政並享有名聲，應該是源於「經濟獨立」的自信，也才有之後的「政治理想實現」。

綜述，不論是〈殺夫〉中的林市一再嘗試就業不向命運低頭，或是〈彩妝血祭〉中的王媽媽不能作「挽面」的工作就改做「縫製衣服」，甚至是《自傳の小說》中謝雪紅掙脫

男人張樹敏而經濟獨立，這些不被命運打倒的女性，一再相信一個原則：那就是女性要能「經濟自主」。所以她們不怕「父權社會」的打壓與輕視，一再嘗試就業養活自己，這是女性的特質——外表溫柔內心堅強，她們也因此得到讚賞。雖然〈殺夫〉中的林市最後瘋了，但無損於她在婦女心目中的地位：曾經抗爭過的必留下痕跡，莫以成敗論英雄，她畢竟也啟迪了婦女的女性意識。

三、積極參與社會，爭取兩性平等

女性自我解放的時代即將來臨，《第三類女性》一書中就曾說道：「女性最終擺脫家庭婦女的束縛，意味著新的歷史階段的形成：她們的職業得到了社會認同，並且她們的社會作用和教育程度比起以前有了很大的提高。」[78]在這樣的歷史背景變動下，我們看到李昂的文本除了以「性解放」描寫女性意識的提昇並強調女性「經濟獨立」外，她還鼓勵女性走出家庭，積極參與社會。不論是接受教育、社會服務或是參與政治實際運作，李昂鼓勵女性藉此主動出擊，爭取兩性平等的機會。

（一）接受教育

鼓勵婦女們爭取發展智力、接受教育應該是女權運動的一個主要目標。[79]只有在婦女接受教育後，她才能具備理性去分析社會現狀，就如女性主義者的主張一樣：

人之為人是因為具有推理能力，而非因徒具人之形

體，所有人在接受教育以後都具備同等的理性，故應
平等對待。[80]

所有的人都應互相尊重平等對待，也只有在「接受教育」後
的女性才能感受社會對她們的不平等對待，進而追求與男性
相同的平等待遇。

首先，〈最後一場婚禮〉（1979）這篇小說中穿插一個
日據時期的新女性 —— 林雪貞，她有著強烈的求知欲，而
且功課一直很好：

> 林雪貞在學校一直表現出強烈的求知欲望，數學方面
> 尤其在班上遙遙領先，高女畢業後，林雪貞比照兩個
> 兄長要求到日本讀書，父母亦沒怎麼反對……。最後
> 決定送林雪貞到東京一家女子專科學校，所以選此
> 校，也是考慮到在東京的雪貞二哥可以就近照顧。
> （《她們的眼淚》，頁137-138）

自古以來，女性總是不被鼓勵受教育，因為她愈無知則愈容
易控制，但李昂筆下的林雪貞在那樣的保守社會下積極要求
同兩位兄長所受的待遇一般 —— 到國外讀書，也順利成
功，實在是難得的恩寵。

如果不是受教育，她也不能了解到「新自由主義」、
「台灣文化協會」……等名稱，就這樣她意識到自己「台灣
人」的身份，加入了反日組織，就這樣她被啟迪了智慧，對
她的生命有了交待做了有意義的事；相反的如果今天她繼續
留在大稻埕而不出國求學，眼界短小極可能一生只是為人妻

為人母而無法知道歷史的真相，故可了解作者鼓勵婦女接受教育，啟迪婦女智慧的用心。

再看〈年華〉（1988），這篇小說可以說是作者「情書系列小說」的前身，它是作者年輕時的創作，直至1988年才整理出版問世。其中的女主角蘇水雲一直被男主角李珂鼓勵著到國外進修，李珂說：「我不是崇洋媚外，妳知道，生命中有一個過程，是在異鄉渡過的，真會不同……。」（《年華》，頁71）女主角在聽完後很傳統的回答她害怕分離，像多數傳統女子該表現的那樣，但在李昂化身的男主角鼓勵下，在那個兩人最後見面的夜晚她告訴李珂她即將出國。二人來到蘇水雲住處，李珂道了再見，蘇水雲方接道：

> 「再見啦，我家裏在幫我申請到美國，大概最近就下
> 來了。」稍略遲疑。
> 「辛秀、林青原，還有你都到過國外，我想，大概很
> 值得出去走走。」
> 「出去一趟，妳一定不會後悔的。」
> 李珂真摯的鼓勵的極力連連點頭。（《年華》，頁113）

在李昂文本中鼓勵女性出國，原因是女性可以藉此擴展眼界並了解西方開放的程度，留在台灣這個封閉的空間將無法找到自己生命的其他可能，所以李昂筆下的女主角多到外國進修受教育，又因為國外的女權思想較國內起源得早，這些學成歸國的女性也可做為啟迪台灣女性意識的先鋒。

還有《自傳の小說》（1999）中，女主角謝雪紅原本是不識字的「媳婦仔」，由於她的不認命，她要她的男人張樹

敏教她認字，而後還到莫斯科大學接受教育，小說中謝雪紅提到自己的感動：「當馬車在莫斯科的大街飛跑時，我的心裏湧上一股極其榮幸的感覺！因為，這是全世界人民羨慕的國家、嚮往的城市，我多麼幸福啊！莫斯科的馬路是用方形木塊鋪成的，到處都很乾淨，我感到很稀奇，見到什麼都覺得很新鮮。」（《自傳の小說》頁130-131）她覺得來俄羅斯讀列寧主義是一件多麼幸福的事，能夠擺脫她在舊式社會「私逃的細姨」的身份，重新開始自己的新生命，也就是在這樣無拘束的空氣中她興奮地告訴眾人她決定替自己改名謝雪紅：

> 「在莫斯科的兩年學習、生活是我一生中最難忘、最快活的。」
> 說這話時，謝雪紅的表情像回到少女時代陶醉的喜悅之中。兩頰顯現出深深的酒窩。
> 「所以妳改名『雪紅』是嗎？」
> 「對，是莫斯科冰雪中的一點紅。」
> （如若有一個名字，必然要有那新生的白雪。
> 如若有一個名字，必然要有那革命的紅色。）
> 「每一個人可以過著自由、幸福的生活是我多麼渴望的社會啊！」
> （《自傳の小說》，頁144-145）

謝雪紅替自己改名，意謂著揚棄舊有的對她不公平的指控，也代表著摒棄父權文化開始自己的新生活，更藉由名字象徵她的政治理想。

謝雪紅也因為自己不幸的「媳婦仔」與「細姨」的遭遇，使她對勞苦的低下階級人民有著深深的了解與同情，所以將「社會主義」尊崇為一生的信仰，她要解救別人，如果不是受教育，她如何解救別人呢？在此可看出「知識是力量」的道理。

　　這篇小說中穿插著另一篇小說《她要往何處去》的故事：「名喚桂花的十八歲台灣女子，是女學校即將畢業的學生，與雙方父母憑媒妁之言，許配給在日本讀書的清風。但清風與同留學日本的女同學阿蓮已相戀近兩年，並不知父母替他訂下這門婚事。」（《自傳の小說》，頁85）深愛清風的桂花被男主角要求解除婚約，她因此大病一場，也如大夢初醒，她不再沉迷於愛情，決定到日本求學，開始自己的新生命，而且她經由此事看到一個事實──雙方父母沒有權利替兒女決定終身大事。桂花嚮往自由戀愛並且心中暗自許下願望──她要到內地為被虐待的台灣婦女努力讀書。桂花化自己的傷痛為求學的力量，真可敬也真聰慧。

　　故事中的故事，李昂對女性讀者深化了「求學受教育」的重要，也傳達了她的理想：婦女接受新知才能免除被擺布的惡運，更可以因此解救別人，加強婦女團結。這是作者仁道精神的表現，藉由小說潛移默化的作用無形中去影響婦女及大眾的思想，改變社會不平等的現象。

　　回顧以上三篇小說，〈最後一場婚禮〉的林雪貞到日本求學以意識自己台灣人的身份，而〈年華〉的C.T.在G.L.鼓勵下出國進修開展視野，《自傳の小說》中謝雪紅積極識字又到俄羅斯求學改變自己的命運。這些故事都在告訴我們一個道理：女子必須接受教育才能自我追尋，也才能發現自己

生命中無限的可能。

（二）社會服務

　　女性在「接受教育」後了解到自己的處境竟是如此不平等。她們除了企圖改變男女間主體／客體的位置外；有更多的女性轉而從事「社會服務」，一方面貢獻自己的能力，一方面也是向「父權」展示自己的價值並非只在「家庭」中得以証明。所以李昂文本中的女主角也作了這樣的嚐試，藉此爭取兩性平等，使女性走出家庭、參與社會。

　　婦女被壓迫的事實及故事，古今中外一直不停地重複上演著，但悲傷流淚是無繼於事的，尤其這些無知的可憐婦女有些還以為自己的悲慘是命定或自己造成的，這是婦女必須要擺脫的觀念。天賦人權，每個人生而平等，所以李昂筆下的婦女在受傷後多能勇敢地轉而服務人群，開拓自己生命的新境界。

　　首先，〈她們的眼淚〉（1979）這篇小說中的女主角，在失戀後決定打電話給雲阿姨：

> 　　我終於給雲阿姨打了電話，告訴她我很想參與收容所的工作，雲阿姨在電話那頭朗笑了起來，說我選擇的真是一個好日子，正是他們最需要幫忙的時候，要我隔天就到收容所去，有重要的事情要我作。（《她們的眼淚》，頁164）

女主角化自己的悲傷為力量轉而服務社會，這是相當正面的女性意識。她服務的對象是收容所裏的女生，這些女孩是一

些可憐的雛妓，她們被父權「物化」，最後還被父權嘲笑
——羞愧地抬不起頭來。連到台上唱歌，聲音都發不出
來，看到電視鎂光燈更是躲躲閃閃，試問她們到底做錯什
麼？沒有，但卻要忍受異樣的眼光。此時，女主角適時伸出
援手幫助她們，給予她們心中些許溫暖及愛，令人倍感溫
馨，這是婦女給婦女的相互關懷。

　　而小說中另一個角色——「雲阿姨」[81]更令人感動，她
沒有結婚以一個出身良好家庭的貴族小姐身份，奉獻她的一
生給收容所，無怨無悔地去關心弱勢團體，照顧社會邊緣人
物，這是李昂所極力讚揚的典範。小說畢竟是反映社會的，
藉由小說我們了解到婦女要走出禁錮，必得自己先有信心且
要努力就像雲阿姨，那麼這個社會將會在女性的努力下重獲
平等合理，兩性相處將更和諧，這也是李昂小說所呈現的女
性意識——走出陰霾重創美好生命，積極參與社會、政
治，解放自己也解放別人。

　　再看〈愛情試驗〉（1982）這篇小說，故事中的女主角
因才華洋溢不易掌控被男主角拋棄，也自我棄絕地過了一段
低靡消沈的生活。她自我墮落地周旋在眾男人之間，還因此
傷心地結婚又離婚，可是後來，她也堅強地認清事實勇敢站
起來參與社會服務：到加工工廠、礦區以及山地進行訪問。
《台灣新文學概觀》有如下的評點：

> 〈愛情試驗〉中的女主角最終擺脫了個人的呢喃，主
> 動決然割斷了與男主角情感上的藕斷絲連，在參與社
> 會服務中肯定了自己的價值。[82]

女主角走出悲情，重對社會有了貢獻，也經由社會服務達到
自我追尋的目標。

作者以她女性特有的敏感，總能在筆間自然地提到這些
被邊緣化及被社會遺忘的地方，展現她的細微觀察，提醒讀
者也去關懷他們，這是女性書寫不同於男性的地方，也是李
昂小說的特色。

還有〈一封未寄的情書〉（1984）也提到女性的「社會
服務」，女主角C.T.是愛情失意的婦女，她在寫給她暗戀已
久無緣的情人G.L.中談到她的理想及新近的努力：

> 我深入到北門去探尋黑腳病的根源；我同山地服務隊
> 到山地去，看到少數民族的文化如何被摧殘；我到精
> 神病院，體會到什麼是 —— 非人的生活。（《李昂
> 集》，頁256）

又是一個化悲痛為力量的婦女在李昂筆下呈現。

作者經營的婦女形象總有著溫暖的心及關懷大眾的力
量，僅管C.T.的所作所為沒有得到丈夫的支持：「走出窮困
的山地部落，為了能及時趕回家，從南部搭飛機返台北，回
到我坐落在敦化南路、有傭人的家，我無法立即變換出另一
種情緒和扮演另一個角色。同時我發現，我同我的丈夫之間
越來越少相同的話題，我對如何將台灣的產品推廣到非洲毫
不熱衷，他則盡心事業，不耐煩聽我談孤兒、雛妓。」（《李
昂集》，頁256）女主角沒有丈夫的支持依然堅持理想，這代
表著男女思想的差異。大部分的男性關懷的是如何在偏遠地
區賺錢如同資本主義者，而多數女性關心的是偏遠地區的人

權，這應是男女基本上的不同。

　　孤兒、雛妓不能引起丈夫的興趣，但她依然堅持走自己認為對的路——服務大眾。另外，值得玩味的是小說中透露另一個訊息：為何急著趕回家的是婦女而非男性？女人對自己扮演的角色如此執著，李昂輕描淡寫的一筆卻是意味深長的，值得思考，女性究竟如何做才能避免傳統意識的束縛。

　　綜述，不論〈她們的眼淚〉中的女主角失戀後決定從事社會服務，或是〈愛情試驗〉中的女主角在自我棄絕後重新投入社會服務的工作，抑或是〈一封未寄的情書〉中的女主角在婚姻不如意下轉而關懷弱勢團體，都是作者苦心經營的女性形象，為了傳達一種女性意識——即是在反抗父權不平等之後，女性應該站出來去服務社會，讓社會更祥和，這才是積極正面的女性意識。

（三）參與政治

　　李昂筆下的女性總能化悲痛為力量勇敢站起，不論做社會服務或從事政治，都有傑出的表現，讀來令女性深覺自己有價值。女性要走出男權傳統，必有得便是進入政治核心，改變不合理現狀，因此我們看到李昂近期的創作多以「政治女性」為書寫對象並對她們投注較多的關切。從早期的《最後一場婚禮》到近期的《北港香爐人人插》及《自傳の小說》都是書寫跟從政女性有關的議題，讓我們一一探索：

　　首先，〈最後一場婚禮〉（1979）這篇小說，可以說是李昂小說首次的「政治試寫」，透露了李昂也關心政治議題，作品中的女主角林雪貞在留日期間，以她女性的身份參

加了「反日組織」並在被迫回台相親時在台從事祕密工作，
小說中對她的第一次工作有如下的描述：

> 那是他們第一次會面。她得了他轉述的口訊後，立即
> 告辭出來，他沒有送她，僅下到走道上站著。她就原
> 先路線出去，卻不知為何剛才所見走道上的破裂紅
> 磚，這時齊感到十分凸凹不平起來，她步步小心的下
> 樓，及至下得好幾階樓梯，恍惚的，她才聽到紙門關
> 上的聲音。（《她們的眼淚》，頁142）

這樣柔弱的女子，竟敢在這危險的旅舍從事祕密「傳口訊」
的工作，步步為營的樓梯彷彿在訴說這工作的危險性。經由
李昂的文章，我們看到女性也可以有不同的生命選擇，像文
中的林雪貞她可以不接受父母的相親安排而朝自己的「政治
理想」前進，去實踐她身為台灣人的義務——保衛家園，
免受外族侵略。女性也可以做「偉大」的工作，而不是被父
權緊鎖在繡房。

再看〈戴貞操帶的魔鬼〉（1995）這篇小說中「哀傷的
國母」，在丈夫被捕後「代夫出征」參與立委選舉，高票當
選並有出色的表現——質詢擲地有聲，我們來看看小說中
她精彩的表現：

> 從這時候開始，她端麗的臉上永遠有著一種絕望的剛
> 毅，她沉穩的、依著稿子（自然是她的幕僚代擬）質
> 詢，溫婉甚且淒涼的聲音問的是最尖銳的生命、人權
> 問題，便有著迫人的悲情氣勢，聲勢奪人。因同情投

> 票給她的人們，不曾預料她會有如此出色的表現，一
> 時，「哀傷的國母」、「悲情的國母」這一類的名稱
> 紛傳。（《北港香爐人人插》，頁59）

她本是中學音樂教師中的柔弱女性，在議會中也可以有如此
傑出的風采。可見女性參政是有其潛力的，而走出丈夫被捕
的悲戚，站出來說話並希冀能救援她的丈夫，又是何等雄心
壯志——巾幗不讓鬚眉。

　　還有〈空白的靈堂〉（1996）這篇小說也有從政女性的
身影。女主角的丈夫投入反對運動多年，不惜以身自焚要喚
醒島上人民的民主意識；而她則快速地走出喪夫的痛並當選
為監委，甚至比〈戴貞操帶的魔鬼〉中「哀傷的國母」有更
出色的表現：

> 連親反對運動的女作家都同意，那「台灣國國父」的
> 遺孀，在她做監委的任內，較她反對陣營裏的男性同
> 儕不僅一點不差，還有更出色的表現。
> 那遺孀如此快速的走出丈夫自焚的悲情，讓所有的人
> 訝異又感佩。她不像那些「代夫出征」的妻子們，用
> 淚水和控訴來問政，她和所有從政的人一樣，仔細的
> 鋪排自己的人脈、建立關係。（《北港香爐人人插》，
> 頁102）

這裡作者一再讚揚這些因丈夫死於政治因素而守寡又從政的
婦女有出色的表現。她們的確不負眾望，是文本中投射出女
性應走出傷痛的情節呈現——自謀出路、改變不合理現

狀。所以女性化身為「包青天」，問政績效卓著，打擊貪污、腐化，得到正義、公理，這樣的小說增加女性從政者的信心，它證明一點：女性只是沒有舞台而已，若有了政治舞台，一點也不輸男性。女人從政在現實社會總是受到重重阻礙，可是在李昂筆下卻都做得有聲有色。

再看〈彩妝血祭〉（1997）這篇小說。本篇女主角王媽媽新婚第二天丈夫就因政治因素被抓走了，而她在往後的日子則成為反對運動的精神支柱：

> 她的勇敢、堅持、無私，贏得反對陣營所有人的尊敬，人們齊聲摯愛的喊她——王媽媽。
>
> 她陪著持連的逮捕中各式的受難者家屬絕食、靜坐；她為爭取海外「黑名單」返家一整個月在街頭露宿抗議；她散盡兒子行醫賺取的所有金錢，支助需要的異議分子。她是所有被傷害者可以依賴的母親，反對運動的精神支柱，有她的地方就有愛、寬容、支持與撫慰。（《北港香爐人人插》，頁175-176）

又是一個迅速走出悲情的勇敢女子典範，走出喪夫之痛成功地在政治上有傑出的成就，贏得眾人支持與喜愛。

可是就在那第一次公開弔祭二二八受難者的放水燈活動上，王媽媽自殺了：「在眾人皆凝目注視那身繫二二八事件全體冤魂的大型水燈，火樹銀花般的起火延燒時，沒有人留意到王媽媽如何將整個身體仆向水面。直到身體重量觸及水面噗一聲巨響並濺起大片水花後，身邊才有人驚覺移回視線，王媽媽已整個臉面、前身浸入水中。」（《北港香爐人人

插》，頁219）一輩子的冤屈，丈夫的冤死、兒子受情報人員強暴，彷彿都在這次活動中得以平反，所以她選擇結束自己的生命，也將她最黃金的人生階段奉獻給「政治」。

　　另外，《自傳の小說》（1999）中的女主角謝雪紅，是一位傳奇性人物，她的一生亦是獻給政治。而且她懂得權謀，更懂得男女之間微妙的從屬地位。從她和林木順合作時，她就懂得「男尊女卑」的傳統觀念——在人前人後給他面子藉以維繫自己在他身邊的位置，而取得更大的力量——確保自己的政治地位。

　　之後謝雪紅利用她「女性」的身份不易被起疑，開設「國際書店」，私下賣的卻是進步書籍。還有在台灣霧社事件中她以自己女性的獨到眼光，認為尚不宜武力支持「霧社事件」，而不惜因此被共產黨員「鬥爭」。更有甚者，她在弟弟開設的「大華酒家」以酒家女的身份從事政治工作。多變的女性政治人物總以不同的面貌掩飾自己的真實身份。謝雪紅的政治高峰由著那次二二八事變被注目：

> 　　謝雪紅的勇敢、膽識與謀略，使她成為「二二八事件」帶領中部地區人民起來武裝起義的「女英雄」，而當地方仕紳與政治領導者籌組「處理委員會」，欲透過「妥協的方式、和平解決事變」，謝雪紅仍繼續她的武裝對抗路線。（《自傳の小說》，頁250）

不過，也因為這種天生具有的女性特質——不做無謂的犧牲，她成了「二二八的逃兵」，可是因此得以繼續從事她的政治理想——逃到大陸參加共產黨。最後因支持「台灣高

度自治論」被鬥爭，還是堅持到底。

李昂所寫的這個謝雪紅故事，處處彰顯她女性的特質：
小心謹慎，委曲求全以鞏固自身地位。所以她的政治身涯可
以持續這麼久；相對的我們看到〈戴貞操帶的魔鬼系列〉小
說中的男主角——大砲被關、台灣國國父自焚。男性在李
昂筆下選擇「壯烈成仁」相較於女性謝雪紅的「苟且偷
生」，不知何者完成的政治理想較實際？這是作者刻意設計
的朝弄，或是她凸顯男女差異的寫作方式？筆者認為應是前
者，李昂有意輕視男性實力抬高女性能力。

綜合以上小說中的從政女性，筆者也觀察到一個有趣的
現象，那就是無論是〈戴貞操帶的魔鬼〉中的「哀傷國母」
或是〈空白的靈堂〉中的「台灣國父遺孀」，甚至是〈彩妝
血祭〉中的工媽媽，她們的共同背景便是身邊的男人缺席，
作者安排這些女人有出色的從政表現而丈夫卻都不在，是否
意謂著女人的政治舞台必須身旁的男人消失才得以盡情揮
灑，如果真是這樣，那作者算是重重地反擊父權，讓男性死
亡女性取而代之。

第三節　自我成長

一、自我救贖

女性在父權層層的壓迫下，常生活在禁錮的空間無法喘
息，但她們也會想辦法自我救贖。有的女性嚮往「身體自主」

不再「自我物化以身體交換物資」；有的女性則追求「性救贖」；有些反應強烈的婦女則選擇各種方式的「出走」對「父權」抗議。這些女性的「自我救贖」也在李昂文本中呈現，藉以展現「女性的成長」，此時的女性已具有自覺意識，不再只是男性的附屬物。

（一）身體自主

《完整的女人》一書中曾提到：「一個女人的肉體就是她為自由而戰的戰場。壓迫就是通過女人的肉體來實行的，把她具體化，把她性感化，把她當成犧牲品，使她失去戰鬥力。」[83]而女性的身體是男性權力宰制的空間。[84]女性的「身體」長久以來被男性視為他的所有物，所以女性要爭取自由，必得先爭取「身體的自主權」，達到一種「自我救贖」的目的。

先看到〈蔡官〉（1977）這篇小說，女主角是一個傳統的鄉下女性，但她剛毅的個性使她作了如此決定：

> 蔡官獨力做了十年來吳家的媳婦，在丈夫興起偶爾回家住宿的夜晚，也為吳家產下幾個孩子，可是一當翁姑去世，分了家產各房獨立門戶後，夜裡蔡官強硬的將房門反鎖，拒絕與丈夫同房，宣稱是怕被染上丈夫由那些女人身上傳來的疾病。那時候，蔡官也不過三十幾歲。（《殺夫》，頁41）

女人的身體在中國傳統社會是屬於男人的，她應是任男人何時想取得便得守候著他蒙受恩寵，而小說中的蔡官在那樣的

社會背景下竟然將房門反鎖，實在是需要勇氣，而且年紀輕
輕還不到三十歲，但她愛惜自己不願跟其他女人分享丈夫，
寧為玉碎不為瓦全。

這樣的女子「拒絕和丈夫同房」象徵著她的身體已得到
解放，她可以完全擁有自己身體的自主權，而且聰明如蔡
官，是在分得家產後經濟上不再仰賴男人時才有此一動作，
也充分說明了女人委屈求全的權謀，利用女性特質有所為有
所不為，替自己長久忍耐丈夫外遇的事實出了一口怨氣，並
保有自己身體的自由。這是李昂筆下違反傳統的舊時代女
性，很具女性意識而且很特別，在那樣的傳統鹿城背景下竟
產生具有先進觀念的女性。另外，同一系列的鹿城故事中，
西蓮之母也因丈夫在外頭有女人而堅持離婚，可見女性生來
是帶有反骨及潛力的。然而按照小說中的時代背景及邏輯來
推斷，不應有如此女性出現才是，而且一口氣出現了兩位，
小說的真實藝術性稍受打擊，是作者的「概念先行」導致的
結果，但藉此可看出李昂文本極力強調的女性身體自主意
識。

再看〈殺夫〉（1983）這篇小說，女主角林市自從被叔
父以豬肉為代價嫁給陳江水後，一直是被「物化」的角色。
她像商品一樣被男人利益交換，從新婚之夜，丈夫就將她當
成洩欲的工具，還使她痛苦地哀嚎，像是豬隻被宰的聲音，
突顯了陳江水的控制欲，聽到林市的慘叫聲，陳江水才能感
覺他真實地擁有林市，就如同殺豬時的快感一般，在小說中
有如下的描述：「饒是這樣，喝醉酒的陳江水要履行作丈夫
的義務，仍使得林市用盡殘餘的精力，連聲慘叫。叫聲由於
持續不斷，據四鄰說，人們聽伴隨在夜風咻咻聲中的林市乾

嚷，恍惚還以為又是豬嚎呢！」（《殺夫》，頁82）林市就這樣反覆地過著被虐待的生活，並以此換取食物，起初她很認命，能夠忍耐陳江水要她後所留下的痛楚，並很高興他會在要她那一天帶回豐富的食物：「還好不管怎樣，時間再長再短，這事情總會過去……。起身整飭好衣服，雖仍有殘餘的痛楚，但不嚴重，而且累積多次的經驗，林市知道，這痛楚很快會消失，只要陳江水不再侵襲她。」（《殺夫》，頁106）她為了食物，可以出賣自己的身體：

> 因而，幾近乎是快樂的，林市走出房間，趕向灶前。
> 這已經成為定例：在陳江水要她的那一天，他會帶回來豐富的魚、牡蠣，偶爾還有一點肉片……。（《殺夫》，頁107）

林市在此時甘心將自己物化，以「性」換取「食物」，還不以為苦，筆者以為這是李昂在一開始突顯所有女性會犯的錯誤──自我貶抑。

　　直到阿罔官自殺那晚，她對丈夫有了第一次的反抗，因為林市受到過度地驚嚇，開始有了自覺，不願意配合陳江水：「陳江水那般拼了命似的需求使林市驚恐，加上阿罔官頸上束著草繩的形狀歷歷在眼，林市不知那來的力量開始極力的反抗。她咬、抓著陳江水，雙腳並亂踢，可是只換來陳江水更大的興致，他一面連聲幹、幹的咒罵，一面遊戲般的抵擋林市的攻擊。」（《殺夫》，頁122）這是林市女性意識覺醒的時刻。

　　之後林市還是屈服於暴力之下，且愈掙扎就會愈激發陳

江水的獸性。不過這已經是一個好的開端，是作者苦心經營女主角能有自覺成為自己身體的主人，更是反抗父權體制的初試啼聲。而最精采的反抗，應該是林市在那午後，偷聽到阿罔官和一群女人在背後論議自己的是非，評論自己被丈夫虐待的叫聲，還惡意曲解：「那裡要每回唉唉大小聲叫，騙人不知以為有多爽，這種查某，敗壞我們女人的名聲，說伊還浪費我的嘴舌。」（《殺夫》，頁158）這使得林市從此噤聲，因為她知道她不想被人笑，尤其是一群女人，一群具男性思惟的女性，她更不想被踐踏自尊，就算沒有食物，她也不願再淪為「物化」的工具供陳江水享樂：

> 陳江水有許久一段時間只斷續的回家，隨手總帶來一些吃食，他也一定會要林市，林市則是無論如何都不肯再出聲哀叫，陳江水每每極力、持久的凌虐她，但由於陳江水在家的時候不多，總不像過往那般無時無刻。林市是不再偶有魚、肉吃，也經常餓肚子。
> （《殺夫》，頁173）

作者這樣的安排，不禁令人讚嘆，林市終於能坦然面對自己不需要的，勇敢地去反抗，就算是沒有食物，她也能保有自己女性的尊嚴，真正拒絕被物化，而顛覆父權結構。而小說中從一開始的忍氣吞聲到最後奮力反抗，亦十分合情合理，因為林市所生長的背景是在農村——鹿港，以她的出身，初嫁人婦自是不敢有太大作為，所以她一開始仍盡妻子的義務，只是有所為有所不為，更見其真實的女性面貌。

李昂因為參與社會，寫作專欄，對女性有更多關懷，尤

其是關心到下層社會女人的悲哀而寫下〈殺夫〉，使女性有自覺不再受壓迫。在小說中也可看到這樣的場景：「陳江水在有一會後方發現林市不似往常叫喊，興起加重的凌虐她，林市卻無論如何都不出聲，在痛楚難以抑遏時，死命的以上牙咬住下唇，咬嚙出一道道齒痕，血滴滴的流出，滲化在嘴中，鹹鹹的腥氣。」（《殺夫》，頁163）作者筆下的林市會反抗，她知道陳江水喜歡聽她的叫聲，她則忍住痛也不再叫出聲，是女性自尊的顯現。

　　另外，小說也強烈地暗示女性不該再以「性」來換取「食物」，要跳脫傳統封建社會加諸於女人的枷鎖。〈殺夫〉裡林市的母親和穿軍服的男子被發現時，嘴裡啃著白飯團，她以身體換取食物，到了女兒林市的新婚之夜，陳江水在履行作丈夫的權利之後，從廳裡取來一大塊帶油的豬肉往林市嘴裡塞，也是以「性」換取「食物」的例證，母女兩人都以「性」換取「食物」，這是傳統封建社會女性的宿命，傳統的女人無法逃脫這種命運，因為她們沒有經濟基礎而且必須依靠父權才得以生存。然而在小說後段，林市開始有了自覺，她不再以「性」來滿足丈夫換取食物：「甚且用食物來威脅與引誘，林市始終不肯就範，陳江水只有以一次次更甚的凌虐來折磨她，可是無論如何，林市就是不肯出聲。」（《殺夫》，頁181）此時的林市已能感受到自己受到丈夫的欺凌而有了尋求「身體自主」的意識，這是「林市的女性意識」[85]抬頭，正是作者巧心安排的主角反應，藉此抵抗封建傳統——「以食物控制女人的自主權」。

　　還有〈一封未寄的情書〉（1984）中，女主角C.T.在寫給G.L.的信中坦承自己在婚後這幾年的改變，尤其是想法上

的改變，以前的她不敢和有婦之夫的G.L.有身體上的親密關係，可是現在由著她已婚的身份及她的丈夫有外遇，她想和另一男子「夏」有一段轟轟烈烈的婚外情，她思索著：

> 而在那片刻中，另個奇異的意念排除所有的紛亂思緒清晰浮現，我不能不再想起，當年只為聽聞你結婚，在巨大的心神摧折下，我立即想到該離開你，而幾年後，已婚的身分，我卻曾想不顧一切地同有妻、子的夏相戀，這當中該是怎樣的改變！（《李昂集》，頁261）

女人的情欲解放後，想法也跟著改變，她認為自己的身體是可以自我控制的，她是自由的，並不會因為「婚姻」這世俗的禮教而束縛自己的身體。

如果丈夫可以在外拈花惹草，為什麼自己需要苦守空閨寂寞度日呢？藉著這種想法使她想起年輕時暗戀的G.L.，彷彿在後悔著那時的矜持，也想彌補當年的遺憾。就道德而言，作者的思想極可能會引起家庭問題──「因為男人外遇一向都是由女性去承擔忍耐」[86]，如果雙方都出軌那麼婚姻關係一定破滅。但是就女性意識而言，這樣的情節安排對女性有相當大的啟發，值得喝彩。而且女性讀者經由作品的敘述可以得到「文學的淨化」效果，洗滌自己的不幸得到抒解的管道，文評家何不樂觀其成，不需有太多道德責難。且女人在身體自主的同時，也可達到自我救贖的目的，她相信自己並非天生有罪，她的身體是可經由自己控制，不論在任何社會制度下，她是自由的。

另外，《迷園》（1991）中的朱影紅，雖迷戀林西庚卻理性得保有身體的自主權，代表她已從這次戀愛中獲得成長。陳淑純曾對朱影紅的成長做如下的評點：「朱迷失於愛戀與情慾，意謂兩性關係中身份的迷失，但朱終究成為成熟自主、脫離男人束縛的女人，可謂身份迷失後又重建。另一方面，在情慾中迷失並不只是負面經驗，它也具正面意義。本來女人成長就必須經過學習……。」[87]朱影紅成熟地面對兩性關係並學習到「身體自主」，這包含她分得清「性」與「愛」的不同，所以她和Teddy發生性行為解決自己的生理需要，但不接吻、擁抱，因為接吻擁抱在朱影紅的觀念中，是要保留給愛人林西庚的：

> 朱影紅真正不能忍受的是翻身下來後的男人事後溫存，那男人想必是坊間性學書籍的忠實擁護者，事後還要求擁抱與撫觸。朱影紅極端厭惡著這些，就如同她絕不讓男人親吻她。對於朱影紅，撫吻與擁抱真正是親密的愛與關聯，而性器官的接觸可以只是需要，以及，被滿足。（《迷園》，頁157）

朱影紅在這裡的表現跟著名的女性主義法國電影「羅曼史」有雷同之處：電影中的女主角無法從丈夫處得到性滿足，她轉而外求解決性需要，但絕不讓情人擁抱或親吻她，因為她深愛自己的丈夫。無獨有偶，李昂的朱影紅也是如此，可見女性多有這種想法。

朱影紅的身體自主還包括分手前夕林西庚渴望得到她，她卻拒絕，甚至是重逢後，林西庚要求在車內做愛，她也不

答應：

> 在台北，林西庚喜歡在他勞斯萊斯的車後座挑逗她。
> 他的手摸索著伸入她各式的裙中，短裙，即使是窄
> 裙，也極容易下手，長的窄裙他便得要她移動坐姿才
> 探觸得到。朱影紅總是半推半就，林西庚再進一步的
> 要求她一定拒絕。（《迷園》，頁226）

朱影紅在這裡成功的扮演一個能控制自己身體的成熟女性。
男女之間的那件事發生與否，全由她控制，最後她在洛杉機
一次洽談公務的行程中安排了與林西庚在車內的性愛，讓他
永難忘懷。但別忘了，這竟是朱影紅一手主導的，化被動為
主動，女人朱影紅此時不但扮演身體自主的女性，更可以說
操控了男人林西庚的身體，這是小說中所反映出的顛覆父權
意識。

回顧以上幾篇小說，蔡官因丈夫在外頭有女人而拒絕和
他同房，西蓮之母更激烈——堅持離婚，而〈殺夫〉的林
市使自己的身體由「物化」到「拒絕被物化」，這對鹿城鄉
下的婦女是多麼進步的女權思想。再看〈一封未寄的情書〉
中女主角的成長——改變婚姻中女人對丈夫外遇的忍耐順
從而解放自己的身體出軌，到《迷園》朱影紅竟能在悄悄中
進行對男體的控制，李昂對身體主控權的移轉遊戲，玩得大
膽刺激，讀者也算開了眼界，一睹女人的自我成長。

（二）性救贖

江寶釵說：「兩性關係的建構始於太初，在古老的神話

祭典裡，交歡是神聖的，可以立時發生，對象是誰並不重要，重要的是在交歡的歷程能否水乳交融。」[88]兩性的交歡是神聖的，這對女性而言是一種新的認知，傳統的父權文化教導女性：「性是邪惡的」。她又說：「其實惟有把性視為信仰，它才能產生救贖的意義，而這種救贖，與宗教儀式舉行時自我洗滌，從而超凡入聖，進入真正忘我境界的歷程相通。」[89]「性」在此時已變成女性「自我救贖」的工具，惟有到了「忘我」的境界，女性才能無所顧忌地發揮潛能，達到「自我成長」的目地。

前面幾篇小說的女性只是經由「身體自主」得到自我救贖，而〈莫春〉和〈回顧〉這兩篇小說的女主角對「性」真正樂在其中而達到一種自我救贖。簡言之，後者的「性」投入程度大於前者，並非為了反抗父權而「身體自主」，而是藉著深入「性」得到一種快樂與解放。

首先看到〈莫春〉（1975）這篇小說中的唐可言，她在和李季纏綿後有一個念頭來到心中：「她因而更相信自己的抉擇 —— 那在最無望時刻裡依然懷抱的信念 —— 男女間的性愛才能達到真正完滿，以及可以是一種救贖」（《禁色的暗夜》，頁100）女性經由「性」到達一種全然忘我的境界，真正樂在其中，享受身體的快樂而不羞愧，讓精神層次昇華，對自我是一種解放，也是一種救贖。女性只有破除掉身上一切男權話語的文化積澱，只剩下作為主體性的身體存在，並從自我主體性的身體存在出發時，才能夠徹底地捍衛自己女性話語的純潔性，而且女性真正的覺醒在於女性向著自己身體的還原。[90]因此我們看到李昂文本以女主角的「性愛」作為一種「身體還原」，顛覆男權文化，讓女性覺醒。

　　尤其當女主角唐可言，長期處在一種苦悶，對愛情的真相找不到解答時，她便相信著性愛是一種救贖。更確切地說，當男主角李季答應要娶她時，她覺得這很輕率也不實際，還不如用實際的性愛表達，就在那個時刻，她才能感受到真實地擁有而不再虛無。這篇小說有一種「存在主義」的思惟在貫穿，也可以說是現代男女無法藉由語言溝通彼此而改由「性」來建立關係。

　　再看〈回顧〉（1975）這篇小說，女主角珍因為在校外和男友過夜被記兩支大過，而且同學還因此疏遠他，小說中的「我」原本以為珍應該是很難過的，可是最後卻有了新的想法：

> 然而，直到如今，我仍願意以為，珍並不似我處於那麼巨大的糾結中，她畢竟仍有著她的男朋友，也因此，我得以安然度過那段時期，並相信了正常的情愛可以是種救贖。（《李昂集》，頁101）

正常的情愛可以是種救贖，在李昂的小說中一再出現，女人可以在性愛中忘懷一切的不愉快及煩惱，愛情可以療傷止痛、性愛更是男女交付彼此身體的儀式，由此珍可以忍受同學的刻意疏離，她還是活得自在，因為她擁有正常的情愛可以為她洗滌傷口，留下快樂。本篇的主題可以說是「高中女生」性意識的覺醒。[91]

　　而小說的另一名女主角「我」，正處於情愛朦朧期，她對「成人世界」的「性」懷著一種複雜的心情，呂正惠對這樣的「意識」有如下的說明：

在這一篇「性啟蒙」的小說裏，李昂充分的掌握一個
內向的高中女生的心理，讓她的意識在朦朦朧朧之中
感受到誘惑與衝突，但卻從來也沒有讓她把問題弄清
楚。這種高明的心理呈現方法，是本篇所以成功的主
要原因。92

「我」雖然在小說中常處於自我矛盾中，但筆者認為她最終
還是相信「正常的情愛可以是種救贖」，為這篇小說畫下完
美的句點。

　　另外，〈昨夜〉（1977）這篇小說也有「性救贖」的意
識呈現。杜決明和何芳在一次不期然的聚會中，兩人遠離塵
囂到了宜蘭並發生了一夜情，男主角在事後說道：

杜決明未曾接話，兩人默默來到大街，等車時杜決明
極自然伸過手拉住何芳的手，微含笑意低聲道：
「兩人一好過，感覺上都不同了。」
就著那樣一街璀璨陽光和人群，何芳低下頭，手微略
一動，但仍讓他執握住。（《愛情試驗》，頁69）

這種不穩定的情愛說明了現代男女的苦悶 —— 無法用言語
溝通只好以「性愛」來了解彼此。而「性愛」這時也發揮了
它該有的功能，它使陌生的兩人心靈得到救贖而熟悉彼此，
將兩人的距離拉近，並暫時解除心中的苦悶，而何芳也藉此
機會企圖忘掉心中所愛的另個男人。何芳在和杜決明一夜溫
存的第二天早晨一個念頭來自她心中：

> 翻轉個身，體內似還殘留昨夜裏的記憶，第一次那般
> 刻意知曉，能和一男子相知相惜配合得很好在床上似
> 比其他地方容易，一隻手禁不住伸過摟住他的肩。
> （《愛情試驗》，頁68）

何芳對於現實生活中的挫折無法克服，轉而投入性愛的沈
溺，並以為性愛要比生活來得容易，失意中的何芳與僅見過
二次面的杜決明才會有一夜歡愉，由此可知李昂強調女性的
情欲，要突破保守社會對女性情欲的壓制。[93]作者藉著何芳
這個角色來完成「性」的自我救贖。

綜述，〈莫春〉的唐可言藉由「性」來溝通達到救贖；
〈回顧〉中的「我」也以為珍的「情愛」可以救贖珍，使她
不再憂傷；〈昨夜〉中的何芳以「性」忘掉生活中的不如意
來救贖自我。這三篇小說傳達了李昂對「性」的正面肯定態
度，也抬高了「性」的地位，某種可以救贖人類靈魂的崇高
地位，此時李昂文本中的性可以救贖女性的靈魂，女性樂在
其中到達真正忘我的境界。

（三）出走

女性除了以「身體自主」及「性」的方式來達到「自我
救贖」的目的外，另一種方式便是「出走」——去決定自
己的人生位置不再安於「男性文化」安排的刻板位置。女性
覺醒了才知道自己有主動追求幸福的權利，每個時代的女性
能否擺脫限制與困境取決於自我覺醒，如此一來個人才可能
被尊重。[94]所以當現實環境無法滿足女性追求自我的要求
時，女性便得要用「出走」來表達抗議及「自我救贖」。

先看到〈假期〉（1973）這篇小說，女主角李素是個學生，在假期中回到傳統的鹿城小鎮，她看到鹿城婦女依然執著傳統的父權觀念對新女性多所批評，而有「出走」的打算，首先，她看到西蓮的遭遇，感嘆地想著：「也許陳西蓮的確已在鹿城可能的範圍內為她的過去作了一番報復，但這一切又有何用呢？即使陳西蓮今日能使丈夫坐在縫紉機前，能隨意的責罵母親，今後卻必須陪同他們的永遠拘限於鹿城中，也大概得如此過完一生。」（《殺夫》，頁37）西蓮受母親控制嫁給母親的情人卻無力反抗，而母親害怕傳統社會的流言做此決定害了女兒一生，歸結到底應是「傳統父權觀念」作祟。而另一方面，李素又想到遠在異鄉的姐姐：

> 走出陳西蓮家，冬天早臨的夜已昏黑了望洋路，李素
> 憶起姊姊臨出國前從陳西蓮家出來的那個夏日黃昏，
> 許久以來，心中那份別離的哀痛第一次真正的平撫。
> 姊姊是無論如何應該走的。（《殺夫》，頁37）

姐姐的出走也無形中鼓勵著李素要走出鹿城。

　　而另一位在小說中被提及的舞蹈家林水麗不見容於傳統鹿城，因為代表父權發聲的蔡官批評她「有其母必有其女」——認為她的職業如同她的母親「藝旦」一般。殊不知時代已改變，林水麗是個藝術工作者，但在民智未開的鄉下卻被誤解。在這種環境下，李素心中暗自作了決定：她要離開鹿城。離開這個充滿是非的鹿城，因為這將不是她想要過的生活，雖然人生有所得必會有所失，就像姐姐在異鄉要受苦一般，不過她覺得這一切都是值得的。

　　再看〈誤解〉（1982）這篇小說中的女主角，她因為新
結交的大學友人在自己鄉下家做了那件事被父親發現，使她
得忍受父親無情地鞭打以及母親的咒罵，最後選擇了自殺，
這種自殺在筆者看來也是深具反抗精神的，何以見得？作者
塑造的這個女學生膽小保守，應該是會忍氣吞聲才是，但是
她沒有，她認為自己沒有錯所以轟轟烈烈地選擇「自殺」，
充滿戲劇效果，也處處暗示她的不平。

　　她不平的是何以只是朋友做了那件事，她就必須被無情
地打罵，所以她選擇了離開人世，離開這個令她充滿不解的
人間世，這也是一種「出走」，而且走得還更遠。既然人間
的倫理教條如此複雜，還不如離去。當然就道德層面而言，
遇到困難自殺是不對的；但就小說的藝術效果而言，這種無
言的抗議，極具張力，可以令讀者留下深刻印象並會反省傳
統倫理的真確性。著名英國小說家佛斯特（Edward Morgan
Forster）在其所著《小說面面觀》一書中對小說家處理「死
亡」的用意提到：「對死亡的處理則可車載斗量且五花八
門；這顯示出他甚合小說家的胃口。它之所以如此，原因是
死亡可以簡潔整齊地結束一本小說。」[95]筆者認為李昂的
「死亡處理」不只如此，她是希冀藉由小說人物自殺的死亡
方式來表達對人間世的抗議。也就是說當社會依然用傳統倫
理的標準要求女人時，小說主角只有用「死亡出走」來自我
救贖。

　　還有《自傳の小說》（1999）也有「出走」的主題呈
現。故事中的謝雪紅以一個私逃細姨的身份不斷地自我漂流
到各國，先是日本、後來是俄羅斯、大陸。她被輕視的「女
性自我」極欲找到出口證明自己，但往往不如願，因為她身

為女性又有著過去，所以只有不停地尋尋覓覓，但總是受傷，最後只好選擇遷移、換過一個又一個地方。這也是一種「自我放逐」更是一種「出走」，對現實不滿就選擇逃離。

在小說中有一句話一再地出現：「我究竟害怕著什麼？」這句話往往在謝雪紅即將前往一個不知名的地方時，它就會出現。原來在女主角的內心對這樣的飄泊遷移也有著擔憂，但又不由自主地隨著時間的流逝轉移空間。為的是心中有一個信念，更美好的會在前面等著她，就算充滿荊棘、充滿擔憂，也好過現在的際遇，所以她選擇到另一個陌生的國度開始她全新的生活，企盼能自我救贖，靠著這樣的勇氣，她在生命中展開一次又一次的新旅程。

綜觀以上的小說，從〈假期〉中的李素眼中看到鹿城新女性的逃離鹿城；到〈誤解〉中的女主角以「自殺」抗議莫名的指控；以及《自傳の小說》中謝雪紅一再地自我漂流到異地，這些都是女性在禁錮中所做的反抗及出走，惟有出走才能找到一線生機，否則只有任「傳統父權」凌遲至死還不如主動地選擇離開，達到一種「自我救贖」的目的，而這也象徵著女性的自我成長——因為她有自覺必須反抗出走才能重獲新生。

二、自我實現

女性之所以依附於父權，是因為沒有自己獨立的生存空間，然而覺醒的女性向父權制社會索還原本應屬於她們的「房間」，這不僅指建築學意義上的空間，更重要的是指在心理上和社會意識形態方面的女性生存空間。[96]這種心理上的

女性生存空間，可以幫助女性「自我實現」，當女性相信自己肯定自己，便會有無窮的潛力發揮並具備堅強的韌性，思想也會變得更成熟。

（一）展現女性的韌性

女性在被支配的傳統命運中，總能找出一線生機，去企圖超越內在的自我，展現女性的韌性，她們克服逆境在困境中求生存，甚且咬緊牙根不向命運低頭，「抵抗父權」的精神十分明顯，這就是一種女性的「自我實現」，而李昂文本也書寫這種女性的成長。

首先看到〈回顧〉（1975）這篇小說中的女主角珍，因為大膽的行徑——在外和男友過夜，被校方處罰又被同學刻意疏遠，但她憑藉著自己的韌性重新喚回友誼，雖然她也曾在同學的疏離中暗自流淚，但經由小說中「我」的描述，我們看到珍的成功：

> 她性格中這種顯著母性的溫柔總適時伸展出來，撫著傷痛而不致被認為憐憫和佈施。由於這個性，在一段不長時間內，她又重得到許多同學信任和愛戴，後來她甚至成為解決困難的中心，幫助同學出主意去應付。（《李昂集》，頁99-100）

因為珍與生俱來的女性特質為她被「父權楊打壓的後果」贏得了最後勝利，她細心關懷眾人，所以日子一久，同學也逐漸淡忘在校方口中她的不檢點行為，而願意接近這個善體人意又替大家解決困難的女孩，由此我們看到一個受傷的女孩

獨自承受眾人的奇異眼光，忍受嘲弄堅持地等待被諒解，而最後終於成功，足見女性的確有著不可忽視的韌性與堅持。

再看〈色陽〉（1977）這篇小說，色陽是鹿城的傳統女性，原本是一位藝旦，後來嫁作人婦，但她的先生王本一輩子不爭氣，都是靠著色陽做些零工養活他。可是時代在改變，眼看色陽就快要維持不下去了，她依然咬緊牙根。首先是她的端午節「香囊」生意，被一些化學海綿做成的香囊給替代了，色陽心想沒關係還可以「紮草人」供拜拜，沒想到冥紙店以近來人們已不相信這種風俗而拒絕收購，色陽還是一逕認為還有能供生計的「糊花燈」工作。

就這樣，色陽不被現實打倒，一直等到八月十五日，才發現市面上又出現了統一的塑膠花燈，至此完全斷了她的生計。因為生活困難，她和王本大吵一架並怒罵他，第二天出海捕魚的人發現她先生的屍體蜷縮在堤岸下。事已至此，筆者想再怎樣堅強的女人終究要倒下吧！可是小說中的色陽卻這樣想著：

> 她只不過是說出一句隱忍了二十餘年的話，也許還只是一句甚重要的話，但甚至在這樣小小的鹿城裡，這樣的一對夫妻間，都承受不起，事實上，什麼是因？什麼又是果？而整個世界化形在鹿城生活上的變遷，又曾怎樣加諸於她身上來導致這樣的結果？然而這一切或都不重要，重要的是她知道是她自己無可避免的說到它，既已無從挽回，她也只有承受它。（《殺夫》，頁55）

如此認命堅強的女性形象令讀者不禁佩服，她真是一朵壓不扁的花朵，在這樣無以維生的環境裡，甚至丈夫也自殺身亡了，她竟然有著豁達的心胸想到：既已無法挽回只有承受它。又見一堅強具韌性的女性代表。

還有〈她們的眼淚〉（1979）也有這樣的角色呈現。小說中的雲阿姨，在故事一開頭是個愛跳茶舞穿著低胸晚禮服的女人，可是她後來卻會要求自己的姪女在餐宴裡唱「老烏鴉」為孤兒院募款，還因此被親妹妹指責。這個姪女長大後發現雲阿姨用她的一生奉獻給慈善事業，心裏非常感動也跟隨雲阿姨到收容所服務他人。當姪女在收容所看到這些雛妓的遭遇時，她很難過並思索著：

> 我感到十分茫然。
> 而每在這時候，我總會想到在那演唱會裏同女孩們站在一起的雲阿姨，不能自禁的淚水盈眶。只是，我仍不知道我是否有雲阿姨當年立定的決心。（《她們的眼淚》，頁200）

雲阿姨終身不嫁選擇這樣的工作，在很多時刻裡她也得忍受外界奇異的眼光。因著集體權威，當她和雛妓站在一起時，好似她同雛妓一般要因此感到羞愧，可是雲阿姨依然無怨無悔。這需要多大的毅力，更難得的是她本是有錢人家的千金小姐，卻能體會民生疾苦，為社會盡心力，連做為姪女的她都自嘆不如，也相對地更敬佩她的雲阿姨有如此決心，有如此韌性可以完成一輩子的理想堅持下去。

此外，〈彩妝血祭〉（1997）中的王媽媽也具有女性的

韌性。故事中的王媽媽在新婚第二天丈夫就死亡，還懷著政治犯的遺腹子，若沒有堅強的毅力早就自殺結束生命了，但她沒有如此選擇還生下兒子並奉養公婆。工作不好找，她也繼續忍耐、不斷嘗試，最後租得一間小屋子並從事縫紉的工作養家活口。

這樣的女性如此堅強，最後還參加反對運動，包括絕食抗議她也不動聲色。可憐的是她的兒子在二二八事件得以平反的當天去世了，白髮人送黑髮人何等淒怨，但堅強的王媽媽含住淚水替有同性戀傾向的兒子化上女粧並說到：「不免再假了」，雙重暗示台灣人終於可以自己做主了而醫生兒子也可坦誠自己的情欲。

更有甚者，作者暗示王媽媽就是那個「死の寫真」的作者，何謂「死の寫真」？那是冷靜的妻子將被政治迫害的丈夫遺體，重新修補並拍下相片做為日後的證據，小說中這樣寫著：

> 更有傳聞由於屍身遍體殘破，巧慧的閨閣女子，就廚房鍋子裏的白米飯，壓捏搓揉成眼球大小的丸子，填進丈夫被尖刀戳去失散不見的左眼，好能使眼眶看來不至凹陷成窟窿。
>
> 傳言巨細靡遺的指出，為了使白米飯搓圓製成的眼球逼真，妻子還以眉筆在飯球中心畫上像瞳孔大小的黑仁做為眼瞳，希圖丈夫在陰間能以此視物。（《北港爐人人插》，頁213）

這樣的女子歷經一生風暴，堅強地活著卻選在二二八受難者

首次被公開弔祭的放水燈活動上投水自殺，而且是先閉住氣
再落水，足見死意堅定。這位奇情女子用自己的方式結束自
己的生命，並且是在她替丈夫平反冤情及替兒子送終後自
殺，這樣的自殺也可以算是一種「自我實現」，因為王媽媽
已完成她今生的理想，所以無所留戀地走了。並且毫無商量
餘地——自己決定自己的生命長度。

還有《自傳の小說》（1999）中的謝雪紅，是一個具有
毅力的女子。她一生從養女、細姨變成知名女性政治人物，
這是歷經重重考驗與困難得來的。小說中的她自述到：「我
是不是一直懼怕著離去與到抵，才每回在感到火車將要靠站
時厭著醒來，因著火車一停止，必是離去一個地方、到抵另
個地方，而離去與到抵，意指的就是我得起身去面對……面
對的誰知道會是什麼？」（《自傳の小說》，頁128）她像凡人
一樣有著對未知世界的恐懼，也正因如此，她的勇往直前更
能襯托她的女性韌性，如此堅強。

在這樣的政治生涯中，她並非一帆風順，也曾被捕，也
曾多次被鬥爭，但依然挺拔站立不畏艱難，無怪乎被稱讚為
「落土不凋的雨夜花」[97]而且深得李昂的激賞，所以在小說
最後，李昂寫到：

> 望向日落西沉的海峽盡端，止不住的淚水潸潸滑落，
> 我不禁出聲輕喚——
> 謝雪紅。
> 我要找尋的，又豈只是妳的一生。
> 謝雪紅，
> 妳的一生、我的一生……

我們女人的一生。(《自傳の小說》，頁347)

從這段話我們知道，作者所要書寫的不僅是謝雪紅，還是我們所有女人的一生，因著女性的共有特質──深具韌性毅力，所以她完成了《自傳の小說》，也像是在寫自己。

回顧以上的小說，〈回顧〉的珍雖然被父權處罰，但是因為天生的母性特質──照顧眾人，最後贏得了友誼；〈色陽〉中的她不論時代如何改變用盡各種方法賺錢，依然努力活下去；〈她們的眼淚〉中的雲阿姨將自己的一生奉獻給慈善事業；〈彩妝血祭〉中的王媽媽忍辱偷生，完成了丈夫及兒子的心願；《自傳の小說》中的謝雪紅，能突破自己的命運開拓屬於自己的天空。這些女性都能展現女人的韌性，做一種超越內在的自我實現，完成不可能的任務，令人敬佩，這是一種自我成長的女性意識。

(二) 發揮女性的潛能

女性是擁有潛能的，只是尚待開發。張岩冰曾說：「女權運動同其他階級鬥爭的不同之處，在於它的非暴力特色，它的目的在於提高婦女自身對自我地位和潛力的認識⋯⋯。」[98]所以女性利用她與生俱來的特質，發揮她的潛能並以和平的姿態展現。而李昂小說正是基於這種認識，而塑造出具有潛能的女性，來刺激讀者思考。

首先看到〈殺夫〉(1983)這篇小說，故事中的林市雖然所嫁非人，她還是想著要同陳江水好好過日子，林市是那般認命地忍受丈夫的打罵及需索無度。實在是忍無可忍，她才會自己嚐試要工作，但一再地被丈夫破壞，養小鴨被老公

把小鴨給殺了，她還是另謀出路，就這點而言就可以說她是個很能發揮潛能的堅毅女子，忍人所不能忍，而且以她一個柔弱女子竟然還能出外找工作，不會平白地被餓死，女人若被逼到絕境，她生命中的能量會引導她做出許多不可思議的事，這就是女性的潛能。

再看〈戴貞操帶的魔鬼〉（1985），這篇小說的女主角是一位中學音樂女教師，小說中這樣描述她當時的形象：

> 她則原是個美麗的小妻子，來自中產的島內人家，培養她做中學音樂老師，育有乖巧的一子一女。她主修的小提琴是一般音樂科系水準，但她還愛好所有美麗的一切：日本花道、茶道、文學作品等。（《北港香爐人人插》，頁53-54）

溫婉賢淑的小女人形象，替丈夫做好家務並能給丈夫的朋友一個好印象——將家裡佈置得典雅有致。可是在丈夫入獄後，她也能夠跟著眾人競選立委並高票當選，還在立委工作上有出色的表現，令人刮目相看。

她為何可以變得如此？為了要救援她的丈夫，所以以將女性的本能發揮到極致——以一位柔弱的小女子形象，用著迫人的悲情氣勢去質詢政治問題。雖然她當選後才發現，就算能當眾發言也無法救出丈夫，但至少她勇敢地改變自己去做最後的努力。這點精神就值得嘉許，困難的人生磨練使她成長成熟並發揮了潛能，做到不可能的任務。

還有《自傳の小說》（1999）中，謝雪紅在小說中也將女性的潛能發揮得淋漓盡致。首先，她不願被養母虐待，私

自逃離洪家，知道生命是屬於自己的，僅管她當時不識字，
她也做了對的選擇改變了自己的命運。後來嫁給張樹敏作小
妾，她更深刻體悟到不識字只能任人擺佈，而努力討好張樹
敏教她識字，使自己讀懂報紙，當時的她已十幾歲才重新學
習基本文字卻能學成，也是潛能的展現。若不是依靠著她的
堅持，不可能以一個細姨的身份讀書識字，這令人更加佩服
她的遠見及頭腦。

　　後來她還加入共產黨並到俄羅斯留學，才有機會接觸到
高等知識份子所學 ——「列寧主義」。雖然眾人嘲笑她文化
水平低，但她卻能夠跟那些嘲弄她的人平起平坐一起求學，
更顯出謝雪紅的突出。最後她成為台共的領導人充分發揮潛
能。

　　綜看以上三篇小說，〈殺夫〉中的林市以一個柔弱女子
想辦法出外工作不致餓死在家；〈戴貞操帶的魔鬼〉中女主
角能夠從音樂教師當選為女立委改變自己；甚至是《自傳の
小說》中謝雪紅坎坷的求學經過，都在在證明一點：女性是
有潛力的，只是需等待時機才能發揮，也才能超越自我的極
限。

（三）成熟女性的思想

　　李昂作品中的女性，不但有著堅強的韌性能夠發揮潛
能，最值得讚許的應是這些女性 ——「思想的成熟蛻
變」；尤其是在生命中因為「環境」的琢磨而成長，更令人
感動。這些女性有的是在情愛受創後，能重新面對人生且對
情愛有著新的看法；有的則是面對社會無情的考驗依然笑著
接受。這些可以說是新女性的典範。

先看〈曾經有過〉（1983）這篇小說，故事中的女主角C.T.在與年輕時暗戀的對象G.L.重逢後，能冷靜地把持情欲，只是和G.L.純散步、談天、看電影並寫下一封信給他，信中這樣寫著：

> 我也將執意與你維持這樣的關係，我將不願跨越你我間最終的界線，並非害怕因此無法輕易離開你，而是只有如此，我才能不干犯世俗的道德標準，你我間的戀情也方能圓滿無缺，在你我心中，在世俗的定義下，我們將始終無需承受任何負擔與不道德的罪名。
> （《一封未寄的情書》，頁45）

C.T.能夠不傷害別人，而談了一次年輕時禱仕的純潔戀愛。在走過大半人生後，女主角能夠擁有一段最初、也是最終的愛，是自我成長的表現。既不傷害G.L.的妻子，又能對過往的自己有個交待，算是成熟女性的作為。

再看〈一封未寄的情書〉（1984），C.T.在寫給G.L.的情愛告白中出現了這一段文字：

> 也許夏的確與你相類似，那並不重要，我們每個人心中都有著某種執意的愛戀對象，只是幸或不幸地，夏與你一樣都屬這類型，因而在我心中引發如此激情。另一方面，G.L.，我知道我也不會忘懷或忽視與我相互扶攜，共同生活多年的丈夫，及那樣長時間培育起來，我一向給予最崇高認可的感情。
> 我知道終有一天，我必須有所選擇，也知道我將有一

段漫長的路要走。可是，G.L.，如同我對你至今無悔
　　的愛，我知道不管作何選擇，我都會毫不後悔地、堅
　　確地走下去，我對自己有這樣的信心。（《李昂集》，
　　頁263）

女主角成長了，歷經了這麼多年的苦戀，她覺醒了，雖然她
的心中有暗戀多年的G.L.還有初識的夏，但道義上不會忘記
與她生活多年的丈夫，而同時她更承認自己依然深愛G.L.並
不會打擾他，而且有信心可以走完未來人生的路。若不是先
前苦痛的情愛磨練，那有今天蛻變後的自己，但痛苦是有代
價的，使她成熟了。

　　這樣積極正面的女性意識在李昂小說中是難得一見的，
讀來令人清新愉悅，女性的自我救贖源自女性的思想，當她
自我覺醒的那一刻，便再沒有任何外在的力量可以束縛她的
意志，而這一切的契機全掌控在女人自己的手裡。

　　還有〈給G.L.的非洲書簡〉（1990），故事中C.T.一直暗
戀著G.L.，連到非洲都會想在煤油燈下給他寫信，此時的
C.T.已非當年的小女孩，她已步入中年，想法上也有了改
變，她寫到：

　　　即使是給你寫信的現在，G.L.，我對你的太太從來不
　　　曾有過敵意。在過往，當我只能無盡尊崇的找機會駐
　　　留在你身邊，她代表的是我所羨慕的成長女性，我希
　　　望自己有天能成為的。十幾年後，我自己步入中年，
　　　再見到已然開始老去的她，更從來不曾感到敵對。
　　　可不可能有一種情愛，能夠不傷害到第三者？可不可

能有一種情愛，雖有第三者，仍能感到較少有缺憾、
少卻嫉恨，也不至想要全然占有？（《禁色的暗夜》，
頁129）

她已然不會再對C.T.的太太有著嫉妒，而是想到如何能保有
這份感情又不致傷害到她，這是蛻變後的成熟女性才會有的
想法，此時的愛情已非全然佔有，而是一種奉獻，只要對方
快樂自己就快樂，這也是G.L.的一種內在自我超越。

　　另外，《自傳の小說》（1999）中也有「成熟女性」的
思想呈現。謝雪紅是一朵落土不謝的雨夜花，她在被補坐牢
的六年五個月後竟以這樣的形象出現：

　　照片中的女人剪了極短的、見耳的短髮，但仍錯落有
致的由寬廣開闊的前額往後撥，這短髮添增了幾分帥
氣，但仍見嫵媚。便是略低著一張大眼挺鼻、露齒的
笑臉，明眸中有神且笑意漾然，煥然的有著生氣。
　　身上穿的想必是自做的衣物，像皮件套似的條紋外
衣，簡單的立領剪裁打開豎起，可見內裏單色衣服，
脖頸處一條圍巾，愈發襯得整個人英姿瀟灑，艷色美
麗。
　　截然不像正在坐牢的女人（破壞了被凌虐的形象？）
（《自傳の小說》，頁231）

被捕的女人如此有自信有生氣，真是勇敢的女性，她對自己
做過的事無怨無悔，依然堅持自己的政治理想，所以她可以
笑得那麼坦然。謝雪紅藉由肯定自我救贖自己，不管是否被

關，她依然是謝雪紅，那雪裡灑著革命熱血的女人。

　　回顧以上幾篇小說，〈曾經有過〉中的C.T.能在與情人重逢後克制情欲不傷害對方妻子只談一場純純的戀愛；〈一封未寄的情書〉中C.T.的成熟想法——她保有心中另一個男人的愛並盡她妻子的義務；以及後來的〈給G.L.的非洲書簡〉女主角重新表明不想傷害別人做為她的愛情宣言。這些情書系列小說很有層次地展現C.T.的成熟蛻變，是女性超越內在而出現的思想。再看看《自傳の小說》中謝雪紅被捕出獄後的神采飛揚，屬於女性的自信美自然地在小說中展現，也訴說著女性的自我成長正在悄然蘊釀，女性的覺醒時刻即將到來，這也是女性意識發展的極致。

註　釋

1　見劉霓：《西方女性學》（北京：社會科學文獻，2001年）引，頁44-45。

2　洪鎌德：《女性主義》（台北：一橋，2003年），頁101。

3　蕭義玲：《台灣當代小說的世紀末圖像研究——以解嚴後十年（1987-1997）為觀察對象》（台北：台灣師範大學國文研究所博士論文，1998年），頁152。

4　詳閱紀宗安：〈中國歷史上的女性角色〉，《文化雜誌》第24期（1995年秋），頁59。

5　詳閱西蒙・德・波娃著，郭棲慶譯：〈婦女與創造力〉，收入張京緩主編：《當代女性主義文學批評》（北京：北京大學，1992年），頁144。

6　李小江：《解讀女人》（南京：江蘇人民，1999年），頁150。

7　李仕芬：《愛情與婚姻：台灣當代女作家小說研究》（台北：文史哲，1996年），頁148。

8　卡倫・霍尼（Karen Horney）就曾指出婚姻制度可能只是一個假象（illusion），它根本沒法與人類生存的某些現象調適。詳閱李仕芬：《愛情與婚姻：台灣當代女作家小說研究》（台北：文史哲，1996年），頁45。

9　這段話出自弗里德里希・恩格斯《家庭的起源》一書，見傑梅茵・格

里爾（Germaine Greer）著，歐陽昱譯：《女太監》（天津：百花文藝，2002年）引，頁269。

10　可參見李昂：〈寫在書前〉，《殺夫》（台北：聯經，2001年），頁viii。

11　可參見劉毓秀：〈李昂與女性之謎〉，收錄於楊澤主編：《從四〇年代到九〇年代——兩岸三邊華文小說研討會論文集》（台北：時報，1994年），頁316-317。

12　可參見李昂：〈自序：誰才是那戴貞操帶的魔鬼？〉，《北港香爐人人插》（台北：麥田，1997年），頁46。

13　男權中心的批評策略使女性作家的作品難以進入男權中心的文學殿堂，但女性主義批評家可以對女性創作力重新正名。見唐荷：《女性主義文學理論》（台北：揚智，2003年），頁65。

14　李昂：〈寫在書前〉，《殺夫》（台北：聯經，2001年），頁viii。

15　女人不僅是男人暴力下的受害者，而且對於暴力犯罪的恐懼，更被用來當作控制女人生活的有力藉口。見Pamela Abbott and Claire Wallace著、俞智敏、陳光達、陳素梅、張君玫譯：《女性主義觀點的社會學》（台北：巨流，1997年），頁238。因此我們看到林市一開始屈從於丈夫的暴力以換取生活的食物。

16　儘管經過了多年的艱苦工作，但男性對女性的暴力問題仍在持續增長。女權主義者常常認為這種暴力與這個社會中的其他暴力形式是不同的，因為它明確地與性別歧視見和男性至上——即男性統治婦女的權力——相聯繫。見貝爾·胡克斯著，曉征、平林譯：《女權主義理論——從邊緣到中心》（南京：江蘇人民，2001年），頁136。

17　可參見鄭至慧：〈存在主義女性主義〉，收錄於顧燕翎主編：《女性主義理論與流派》（台北：女書，2000年），頁97。

18　參閱洪鎌德：《女性主義》（台北：一橋，2003年），頁82。

19　李小江：《解讀女人》（南京：江蘇人民，1999年），頁37。

20　宋美瑋：〈女性意識與婦女運動的發展評論〉，收錄於中國論壇編輯委員會主編：《女性知識份子與台灣發展》（台北：中國論壇雜誌社，1989年），頁137。

21　西蒙絲及班雅明對波娃的大部頭理論著作《第二性》（The Second Sex）之意義及影響曾有如下評論：「我們至今尚未有第二部論著能像《第二性》這樣刺激我們去以這麼多的領域——文學、宗教、政治、勞動、教育、母職、以及性——來分析、窮究我們作為女性的處境，卻也是不爭的事實。」引自羅思瑪莉·佟恩著，刁筱華譯：〈存在主義女性主義〉，《女性主義思潮》（台北：時報，1996年），頁345。

22　西蒙·波娃著，楊美惠譯：《第二性·第二卷：處境》（台北：志文，1999年4月），頁81。

23　張金墻：〈台灣文學中的女性空間——以呂赫若、李喬、李昂的小說為主〉，《台灣新文學》（1997年8月），頁315。

24　張金墻：〈台灣文學中的女性空間——以呂赫若、李喬、李昂的小說

為主〉，《台灣新文學》（1997年8月），頁316。

25　此段話參考瑪麗・沃爾斯通克拉夫特：《女權辯護》一書，見張岩冰：《女權主義文論》（濟南：山東教育，2002年）引，頁26。

26　女性的所謂臣服，有時只是表面的現象，潛藏於內的，可能是一種壓抑的怨恨……。見李仕芬：《愛情與婚姻：台灣當代女作家小說研究》（台北：文史哲，1996年），頁161。

27　見Pamela Abbottand Claire Wallace著，俞智敏、陳光達、陳素梅、張君玫譯：《女性主義觀點的社會學》（台北：巨流，1997年），頁108。

28　西蒙・波娃著，楊美惠譯：《第二性・第二卷：處境》（台北：志文，1994年4月），頁11。

29　見Pamela Abbottand Claire Wallace著，俞智敏、陳光達、陳素梅、張君玫譯：《女性主義觀點的社會學》（台北：巨流，1997年）引，頁204-205。

30　吉爾・里波韋茲基著，田常暉、張峰譯：《第三類女性》（湖南：湖南文藝，2000年），頁191。

31　傑梅茵・格里爾（Germaine Greer）著，歐陽昱譯：《女太監》（天津：百花文藝，2002年），頁256-257。

32　此段話是西蒙・波娃所言，見張岩冰：《女權主義文論》（濟南：山東教育，2002年）引，頁48。

33　西蒙・波娃著，楊美惠譯：《第二性・第二卷：處境》（台北：志文，1992年），頁68-69。

34　此段話是西蒙・波娃於1949年的言論，見約瑟芬・多諾萬著，趙育春譯：《女權主義的知識分子傳統》（南京：江蘇人民，2003年）引，頁163。

35　焦玉蓮：〈論李昂小說《殺夫》的反封建主題〉，《山西師大學報》第24卷第2期（1997年4月），頁53。

36　參考呂秀蓮：《新女性主義》（台北：前衛，1990年），頁105。

37　吳錦發：〈略論李昂小說中的性反抗〉，《愛情試驗》（台北：洪範，1982年），頁219。

38　參考呂正惠：〈性與現代社會——李昂小說中的「性」主題〉，《文學評論》第3期（1988年1月），頁114。

39　陳芳明：《後殖民台灣——文學史論及其周邊》（台北：麥田，2004年4月），頁157。

40　見Pamela Abbottand Claire Wallace著，俞智敏、陳光達、陳素梅、張君玫譯：《女性主義觀點的社會學》（台北：巨流，1997年），頁265。

41　詳見王曙芬、程玉梅：〈從性禁區透視女性生存——淺析李昂小說中的女性與性〉，《遼寧大學學報》第1期（1999年1月），頁9。

42　所謂內化，必須經過思辯的過程，思辯後接受才算內化，不能只是一味地禁止，這樣是達不到效果的。見李文冰紀錄整理：〈撕去的第十三章——李昂「人間世」的情欲初探〉，《幼獅文藝》（1995年6

月），頁84。

43　凱特‧米利特著，鍾良明譯：《性的政治》（北京：社會科學文獻，1999年），頁53。

44　參考康原：〈愛情與性慾──小論「愛情試驗」〉，《台灣文藝》第84期（1983年9月），頁151-152。

45　呂秀蓮：《新女性主義》（台北：前衛，2000年），頁107。

46　紀宗安：〈中國歷史上的女性角色〉，《文化雜誌》第24期（1995年秋），頁59。

47　引自李仕芬：《女性觀照下的男性》（台北：聯合文學，2000年），頁83。

48　陳芳明：《後殖民台灣──文學史論及其周邊》（台北：麥田，2002年），頁120。

49　陳芳明：《後殖民台灣──文學史論及其周邊》（台北：麥田，2002年），頁119。

50　劉慧英：《走出男權傳統的藩籬》（北京：生活‧讀書‧新知三聯書店，1996年），頁189。

51　參閱劉介民：〈台灣女性詩歌中的「情慾主題」〉，收入鄭明娳主編：《當代台灣女性文學論》（台北：時報，1993年），頁215。

52　詳閱洪謙德：《女性主義》（台北：一橋，2003年），頁86。

53　Patricia Ticineto Clough著，夏傳位譯：《女性主義思想；慾望、權力及學術論述》（台北：巨流，2001年），頁73。

54　許俊雅：〈肉體與文學之間的生死愛慾──九九六年台灣情色文學研討會反思〉，《島嶼容顏──台灣文學評論集》（台北：台北縣政府文化局，2000年），頁192。

55　李娜：〈豪爽女人的呼喚：解放情慾書寫──論90年代台灣女性情欲小說〉，《世界華文文學論壇》（2000年4月），頁69。

56　呂秀蓮：《新女性主義》（台北：前衛，2000年），頁123。

57　劉介民：〈台灣女性詩歌中的「情慾主題」〉，收入鄭明娳主編：《當代台灣女性文學論》（台北：時報，1993年），頁219。

58　劉介民：〈台灣女性詩歌中的「情慾主題」〉，收入鄭明娳主編：《當代台灣女性文學論》（台北：時報，1993年），頁217。

59　伍寶珠：《從反思到反叛──八、九零年代台灣女性主義小說探究》（台北：大安，2001年），頁166。

60　吳錦發：〈略論李昂小說中的性反抗〉，《愛情試驗》（台北：洪範，1993年），頁207。

61　參閱奧菊‧羅德著，孫瑞穗譯寫，顧燕翎刪修：〈情欲之為用〉，收錄於顧燕翎、鄭至慧主編：《女性主義經典》（台北：女書，2003年），頁265。

62　「作愛」之意義在藉由素樸的身體活動，使禁錮憶久的「慾念」釋放出來，讓「慾念」所到之處重新接上創造、想像，乃至於生命的真實，讓情欲生命在源源流動中，展現其不可被任何有限性之「理論制

度」拘囚之強勁本色，藉此打破所有父權制度上的封鎖。見蕭義玲：
〈女性情慾之自主與人格之實現——論蘇偉貞小說中的女性意識〉，
《文學台灣》（1998年4月），頁202。

63 引自唐荷：《女性主義文學理論》（台北：揚智，2003年），頁58。

64 陳姿蘭：〈性與救贖——李昂的小說世界〉，《傳習》第13期（1995年4月），頁128。

65 彭小妍：〈李昂小說中的語言——由「花季」到「迷園」〉，收錄於鍾慧玲主編：《女性主義與中國文學》（台北：里仁，1997年），頁267。

66 陳淑純：〈《殺夫》、《暗夜》與《迷園》中的女性身體論述〉，《文學台灣》（1996年7月），頁130。

67 江寶釵：《論「現代文學」女性小說家——從一個女性經驗的觀點出發》（台北：台灣師範大學國文研究所博士論文，1994年），頁287。

68 吉爾・里波韋茲基著，田常暉、張峰譯：《第三類女性》（湖南：湖南文藝，2000年），頁210。

69 西蒙・波娃著，楊翠屏譯：《第二性・第三卷・正當的主張與邁向解放》（台北：志文，1994年4月），頁119。

70 張岩冰：《女權主義文論》（濟南：山東教育，2002年），頁87。

71 參閱吉爾・里波韋茲基著，田常暉、張峰譯：《第三類女性》（湖南：湖南文藝，2000年），頁197。

72 傑梅茵・格里爾著，歐陽昱譯：《女太監》（天津：百花文藝，2002年），頁152。

73 李小江：《解讀女人》（南京：江蘇人民，1999年），頁176。

74 劉慧英：《走出男權傳統的藩籬—文學中男權意識的批判》（北京：生活・讀書・新知三聯書店，1996年），頁84-85。

75 可參見鄭至慧：〈存在主義女性主義〉，收錄於顧燕翎主編：《女性主義理論與流派》（台北：女書，1996年），頁85。

76 參考趙繼紅：〈女性的尊嚴——從女性主義角度解讀李昂的「殺夫」〉，《河南教育學院學報》第20卷第1期（2001年1月），頁105。

77 珍・貝克密勒著，鄭至慧、劉毓秀、葉安安、顧效齡譯：《女性新心理學》（台北：女書，2000年），頁111。

78 吉爾・里波韋茲基著，田常暉、張峰譯：《第三類女性》（湖南：湖南文藝，2000年），頁205。

79 詳閱貝爾・胡克斯著，曉征、平林譯：《女權主義理論——從邊緣到中心》（南京：江蘇人民，2001年），頁135。

80 顧燕翎：〈導言〉，《女性主義理論與流派》（台北：女書，1996年），頁IX。

81 《她們的眼淚》則塑造了一個更為豐滿的女性形象——雲阿姨，她放棄了一向習慣的舒適生活，把自己的一生奉獻給慈善事業，奉獻給收容所裡的失足少女，幫助她們走向新生之路。見黃重添等著：《台灣

新文學概觀》（台北：稻禾，1992年），頁604。

82　黃重添等著：《台灣新文學概觀》（台北：稻禾，1992年），頁604。

83　傑梅茵・格里爾著，歐陽昱譯：《完整的女人》（天津：百花文藝，
　　2002年），頁128。

84　詳閱張金墻：〈台灣文學中的女性空間——以呂赫若、李喬、李昂的
　　小說為主〉，《台灣新文學》（1997年8月），頁313。

85　李昂就是抓住了這個問題，認清了吞噬婦女生命和幸福的性的本質，
　　把性這根捆綁中國婦女命運的最粗最長的繩索解開，還女性一個明媚
　　的天空，用女性視角讓女人本體的生命意識和文化內涵得到痛快淋漓
　　的舒展，使她們不再受性掠奪、性欺凌和性迫害，使她們的女性意識
　　覺醒……。見王曙芬、程玉梅：《從性禁區透視女性生存——淺析李
　　昂小說中的女性與性〉，《遼寧大學學報》第1期（1999年1月），頁
　　9。

86　台灣女性要改變這種男女的地位的不平等，在身體上必須以自我的意
　　志為中心，去塑造一個以自我為主體的身體空間，而不是一個以男人
　　的意識型態為標準的身體。見張金墻：〈台灣文學中的女性空間——
　　以呂赫若、李喬、李昂的小說為主〉，《台灣新文學》（1997年8月），
　　頁315。

87　陳淑純：〈《殺夫》、《暗夜》與《迷園》中的女性身體論述〉，《文學
　　台灣》（1996年7月），頁139。

88　引自江寶釵：《論「現代文學」女性小說家——從一個女性經驗的觀
　　點出發》（台北：台灣師範大學國文研究所博士論文，1994月），頁261。

89　同上註。

90　參考王韜：〈向著身體的還原——關於歐陽子與李昂小說中的身體哲
　　學傾向〉，《世界華文文學論壇》（2000年4月），頁68。

91　呂正惠：〈性與現代社會——李昂小說中的「性」主題〉，《文學評
　　論》第3期（1998年1月），頁106-107。

92　呂正惠：〈性與現代社會——李昂小說中的「性」主題〉，《文學評
　　論》第3期（1998年1月），頁107。

93　參考陳姿蘭：〈性與救贖——李昂的小說世界〉，《傳習》（1995年4
　　月），頁126。

94　參考陳瑗婷：〈論林海音婚姻與愛情小說中的女性意識〉，《弘光學報》
　　第33期（1999年4月），頁256。

95　佛斯特（Edward Morgan Forster）：《小說面面觀》（Aspects of the
　　Novel）（台北：志文，1990年），頁44。

96　參考嚴明、樊琪合著：《中國女性文學的傳統》（永和：貿騰發賣，
　　1999年），頁225。

97　這個讚詞見於陳芳明著：《謝雪紅評傳——落土不凋的雨夜花》（台
　　北：前衛，1991年）。

98　張岩冰：《女權主義文論》（濟南：山東教育，2000年），頁29。

第四章

李昂小說中女性意識的「書寫策略」

第一節　去勢模擬

　　台灣女作家書寫男性的懦弱愈來愈大膽，邱貴芬就曾經指出：「在蕭麗紅、蕭颯、廖輝英、李昂等等當代台灣女作家創作的故事裏，女主角往往自幼失父，傳統中的父親影像自始至終未曾出現在她們的生命裏。而這些女性角色所遇到的男人往往是無法自力更生，必須『吃軟飯』方得生存的軟骨人物。換言之，當代台灣女性小說裏充斥著被閹割去勢的男人。」[1]這樣的男性形象一再地出現在當代女作家的作品中，並非作家有意攻擊男性，應該是藉著這種「去勢模擬」的書寫策略，來顛覆「男權中心」文本中「堅毅正面」的男性形象，將真實的人性呈現，也企圖打破男性／堅強、女性／柔弱的刻板印象。

　　自古以來，女性總是處於被觀看、被支配的命運，而李昂反其道而行，她化被動為主動去觀看男人的心理狀態，因

此我們看到李昂塑造的男性充滿了「去勢模擬」的意味。李昂小說中的男性總是表現欠佳，通常只有生理需求、不負責任，沒有自我反省的能力，這是為了凸顯女性意識的書寫策略，對女性長期受壓抑的反擊，技巧高明，而且不落於低俗的謾罵男性，現在筆者就其觀照的男性形象一一說明。

一、缺席的父親

李昂小說為凸顯女性意識，而採取「去勢模擬」的書寫策略，其中第一項便是書寫「缺席的父親」。有的父親受到「政治迫害」而日漸消瘦；有的父親被「病痛折磨」而去世。不論死亡或苟且偷生，這些父親都不再是傳統「堅毅剛強」的形象而變為「軟弱無能」。這樣的書寫策略使我們見識到李昂的有意嘲諷，也是一種顛覆父權的書寫方式。

（一）受到政治迫害的父親

台灣的男性在現實生活中遭受到「政治迫害」，台灣婦女面對父權的崩潰，邱貴芬就曾說過：「傳統架構裡，男主外女主內，男人肩負保護家庭完整及其成員安全的責任。但是台灣歷經幾次殖民時期政治丕變的慘痛經驗，台灣的男人失蹤的失蹤，留下來的則學習在噤若寒蟬的情況下求命保身。台灣的婦女面對的是傳統男性權威的崩潰，她們見到的是他們的男人被有形或無形的閹割。」[2]女作家們書寫現實，便將這種現象表現在作品，而李昂更注意到：受到「政治迫害」的父親「缺席」對女兒的影響。簡言之，父親代表的是「父權」，而父親的缺席也是一種「去勢」的象徵。

　　先看到〈空白的靈堂〉（1996）這篇小說，它安排了兩位自焚烈士的女兒作對照，她們同樣失去了父親，卻有不同的反應，相同的是父親對她們而言是個名詞，自小失去的父愛好似沒有影響到她們的成長。小說中藉由男記者的採訪說明了兩個女兒的處境。

　　玉貞姐的女兒在被問及父親時，總是一付不在意的樣子，她在意的是男記者可否為她拿到偶像歌手的簽名海報，作者在此明顯嘲諷了「父權」，彷彿在訴說象徵「父權」的父親對「女兒」而言不如「海報」實際，這是一種對男權文化的抗爭。

　　而台灣國國父的遺孀之女，在作品中受訪時全然缺席而由母親代為發言，使男記者用盡所有感人的詞句說明母女的互相扶持：

> 　　他讚美當要談及丈夫自焚，做母親不忍女兒聽見，將她支遣開去，而秀麗的女兒事實上全然懂得大人的善意，但得體的退下。
> 　　連男記者本人也承認，他原帶著呵護最脆弱的心靈要彌補那「台灣國國父」的女兒於萬一，但女孩堅強與適度禮貌的感謝，只讓他更心疼，特別是做母親的所說：
> 　　「不要看她外表堅強，私下還是常哭的。」（《北港香爐人人插》，頁125）

母親替女兒代述她的難過，看來有點造假不真實，只是為了博取社會大眾的同情以鞏固母親自己的政治地位。言外之

意，這兩個女兒在受政治迫害的父親去世後在李昂小說中反而活得坦然自在，象徵女性沒有「父權文化」束縛會生活得更好，而〈戴貞操帶的魔鬼〉這一篇中男主角「大砲」被關，兩個孩子也是失去父親，更是能夠佐證李昂小說中父親的缺席現象是常見到的。

再看〈彩妝血祭〉（1999），小說中王媽媽的丈夫在新婚第二天被抓走槍斃後留下遺腹子，雖然這個遺腹子很上進聽話，長大後還當醫生並將賺得的錢交與母親做「反對運動」的基金，但是這位醫生兒子的「性屬」竟令身為母親的她大吃一驚：

> 兒子聽到開門聲，從鏡中轉過臉來時，手中也正拿著一隻口紅，只他的唇才畫好一半，口紅也是遠遠的塗到上唇外，如繼續畫好下唇，會是一雙豐厚肉感的唇，顏色還是嬌艷欲滴的鮮紅。
> 那夜原本到南部聲援廢除戒嚴後最終一條惡法：刪除刑法一百條。演講會通常十一、二點結束，本不打算當日回來，也打過電話告訴兒子明日才返家。（《北港香爐人人插》，頁200）

她的兒子性別是男，性屬卻是女的。「性屬」和「性別」是沒有必然的因果聯繫，本篇的醫生兒子他有著「男性的生理」，卻有著社會上「女性的屬性」。如果不是提早回家，王媽媽也不會發現她的兒子是同性戀。作者這樣的安排有何用意？一個從小失去父親的男孩，他愛戀的對象竟也是男人，父親的缺席不僅令他的童年被情報人員強暴，還使他改變了

一生 —— 從此只愛男人不愛女人。因為童年失去的父愛要從年長男性的懷抱獲得補償，而這個兒子實際上應是女兒，她的父親缺席使她重新找回自己的性別，是象徵「父權文化」的另一次消逝而贏得女兒身。

〈空白的靈堂〉中失去父親的女兒坦然自在地生活著；〈彩妝血祭〉的兒子失去父親後「性屬」變成「女人」；〈戴貞操帶的魔鬼〉中「大砲」父親只顧自己的政治理想不顧小孩；這些情節呈現顯「父親的缺席」現象常在李昂的小說中出現。而且這些受到政治迫害的父親，似乎對「父親」的角色無法勝任，象徵女性不需要父權保護，更是一種「去勢模擬」的書寫策略。

（二）受到病痛折磨的父親

傳統的父親形象應該是「健康勇敢」，甚至是不會生病的「堅毅」形象；可是李昂筆下的父親卻奄奄一息，不但無法照顧女兒，還要連累女兒「賣身葬父」。這種書寫方式是對「傳統父權」的一大嘲諷，因為父親由「主體」變成「客體」，還需要女兒保護。

先看到〈殺夫〉（1983），小說中女主角林市有一個悲慘的童年，因為他的父親染上肺結核，不能耕種，還把家裡的祖產吃藥花光，最後病死，留下九歲的林市這個小女兒。就這樣，失去父親的女兒長期處在飢餓裡，長大後還被叔叔下嫁給陳江水 —— 以「林市殺豬的丈夫」每十天半月就得送一個豬肉為條件。

這個女兒失去父親卻沒有得到解放，又被另一個「集體父權體制」給控制 —— 父親死了叔叔就可以替代父親的地

位，可以掌控林市的未來。女性的命運如此坎坷，這篇小說象徵女性解放的道路還有一段很長的路，而父親的無能早死也加速了林市的惡運，另一個替代性父親——叔叔，也是如此殘忍地對待她，這兩個父親在小說中呈現的是懦弱自私的形象。但是林市並不因此向命運低頭，她抗爭父權、爭取獨立。換言之，受到病痛折磨的父親無法照顧她卻使她更加勇敢，沒有父親的林市活得更好。

再看到《自傳の小說》（1999），作品中的謝雪紅是一個力爭上游的女性，她的童年亦是異常悲慘，小說中描述她的父親是這樣的：

> 長年做長途挑運的苦力，父親的一趟工作得挑重擔走
> 二十公里，嚴寒酷熱忍饑耐渴勞累過度，患了癆傷
> （肺結核），後兼得下消（糖尿病），生病缺乏營養品
> 又繼續做工，惡性循環下得不到適當的醫療，轉成重
> 病。（《自傳の小說》，頁26）

又是一個在李昂小說中病死的父親，然後又出現了一個代表「集體父權體制」的「三伯父」聲音。他說「查某人」要有用途，家裡沒錢葬父就要「賣身葬父」，所以謝雪紅犧牲了自己，成全了弟妹，賣給洪家做「媳婦仔」開始她的惡運——被虐待。

李昂在此塑造的父親形象是無能且生病的，非但不能保護女兒最後還拖累女兒，使得謝雪紅成為「媳婦仔」來償還父親的喪葬費。這是對「父權」的挑戰，父親這個陽剛的角色在傳統男性文學中是充滿能力、權威的形象，這下子被顛

覆成如此不堪，李昂的文筆真是犀利。而謝雪紅是愈挫愈勇，失去父親的她並沒有因此垂頭喪氣，反而突破自己的命運，逃離洪家開始到各國展開新生命，最後成了具有不凡成就的女性共產黨員，這就更加諷刺了父親的支配能力，原本父權要她當「媳婦仔」，但是她反抗出走，還走得更穩更好，反抗了父權對女性的不平等待遇 —— 將女性視為物品買賣。

　〈殺夫〉中的林市被殘暴的叔叔所象徵的「父權體制」買賣受盡凌辱卻激發出反抗精神；《自傳の小說》中的謝雪紅勇敢地逃離父權掌控 —— 拒當媳婦仔，這些情節的轉變是在呈現女性走出男權傳統而有自覺的女性意識，此種書寫策略是凸顯女性意識最好的註腳，也就是說父親的缺席促使女兒更加獨立。

二、受挫的男性

　李昂觀察男性的心理狀態俱細靡遺，小說中的男性是真實的血肉之軀，不同於傳統男性文本的虛偽剛強。這些男性總有受挫的一面，且為凸顯自己依然剛強還會出現歇斯底裡的反應 —— 異常兇暴，但只是更加暴露自己的軟弱而已，這是一種顛覆男強女弱的書寫筆法。

（一）憤怒的男人

　西方學者霍夫曼・海斯（Hoffman R. Hays）更進一步說明：「男性有懼怕女子的傾向之餘，同時指出男性如何創造一種能使這種恐懼合理化之解釋。他認為男性因為無法面對

內心的壓抑，於是把女性貶損成邪惡、低等犯法、及全無價值的人。」[3]而李昂在作品中還原「男性的恐懼」，使他們的「受挫」轉為「憤怒」來平衡男性內心對女子的懼怕。

首先在〈殺夫〉（1983）中可看到這種憤怒的男人形象。李昂筆下的陳江水其實是一個脆弱的男人，他從小失去母愛，所以把「後車路」的「金花」當母親一般，每次工作完總會去找金花：

> 陳江水沒有接話，將女人平躺的身子扳過來向他，整個臉面緊緊貼上女人肥碩的一對大奶間，深深吸幾口氣，晨間被叫醒的女人身上仍有著一股甜暖的身體與被窩的氣息，是一種夜裏的暖意。陳江水將頭在那對大奶間找到一個舒適的位置，說聲：我要先睡一下，果真沉沉立即入睡。（《殺夫》，頁141）

他總要在金花的懷中才能沈沈睡去而且不需要有性行為，只是像孩子般依偎在母親的乳房前才有安全感，彷彿這樣才能將滿手的血腥洗滌乾淨，重回母親的懷抱得到救贖與原諒。

傳統社會「男尊女卑」、「男強女弱」的觀念一直流傳著，但是檢視書中陳江水的角色，他對自己妻子殘暴來凸顯其男性本色，看似堅強實際脆弱，顧燕翎曾說：「過去許多研究指出，男性對女體的強暴除了具有性侵犯的意義，也是男性權力的展示，受挫的男人藉由侵入女性身體來發洩憤怒和不安。」[4]陳江水就是這種侵入女體發洩憤怒的男性，亦是傳統封建社會底下的犧牲者，他沒有知識只能以傳統觀念來對待妻子，在社會上的失意藉由凌辱林市得到發洩，最後

落得「被殺」[5]。

　　經由以上的描寫，我們就可體會何以每次林市不答應陳江水的要求時，他便會火冒三丈出手傷人，這是受挫男人的正常反應，證明他只是個孩子，再次顛覆男強女弱的傳統觀念，男人也可能是弱者。由此我們終於知道，何以林市拒絕他的求歡他會暴力相向，因為男性自尊受到傷害彷彿他是不被妻子鍾愛的，而林市的獨立更會再次刺傷陳江水的自信，所以他又打老婆了，因為脆弱的男性感覺不被需要而害怕，才會呈顯這種病態的自我防衛。總之，李昂藉由這種對男性弱者陳江水的描述來凸顯女性林市的堅強可敬，是一種「去勢模擬」的書寫策略。

　　相同地在《迷園》（1991）中的兩個男人林西庚和Teddy，也都有受挫後憤怒的情節呈現。首先是林西庚在分手前夕要求和朱影紅有一夜情，被朱影紅拒絕，朱影紅只是希冀他能因尚未得到她而選擇繼續留在她身邊，沒想到他的反應經由朱影紅的回憶竟是這樣：

　　　　他走前那般絕意的斷然神情，或許是因著那件事未曾做完，挫折中顯憤怒。可是會不會因此他反而有所留戀，會再回過頭來找我？說不定只消片刻，他即會按門鈴，他也可以出聲呼叫，讓我知道他一直站在門外，只不過為圍牆的高度阻擋。（《迷園》，90頁）

女人只是故作矯情想抬高身價，而男人求歡不成卻老羞成怒、憤而拂袖而去，更顯男人的脆弱及受傷。另外，再看看另一名小說中被朱影紅用來解決「性需要」的男性

——Teddy，他受挫後的兇暴更明顯，先是朱影紅避不見面，他在電話中揚言：「你終有一天還是會再來找我的，我太了解像妳這樣的女人，性飢渴、需要又這麼大，只有我才能真正讓妳滿足，妳以後會再回來求我的。」(《迷園》，頁204)這時的Teddy一改往日溫柔而謾罵朱影紅，因為他終於了解到自己並非朱影紅的愛人而只是她的洩欲工具。

後來朱影紅在愛情失意之餘又回頭想找Teddy獲得安慰時，反而自取其辱，那一次的幽會是這樣的慘不忍睹：

> 然後他昂揚著、粗暴的進入她裏面，也不管她全然未曾要接納，立即開始擺動，並在極短的一、兩分鐘時間內使自己達到高潮，再抽身出來。
>
> 「我說過，妳有　天，一定會再來找我。」
>
> Teddy站起身，俯下的臉面有著得意的惡戲。
>
> 「像妳這種女人，需要這麼大，每天叉開腿就欠幹，那個男人都可以上，看，妳不是又來求我操妳嗎？」他繼續說時語音響重，嘴角全撐曲起來。「不過，妳當我是什麼？給妳洩欲的工具？門都沒有！妳要搞清楚，一直是老子玩妳，不是妳玩老子。」(《迷園》，頁257)

李昂用了非常粗俗的字眼令人不堪入目，但很寫實也恰如其分地傳達男性受挫後的憤怒凶暴，只有在非常難過的情形下才會用暴力對付已然愛過的女人，小說在此表現出男人的脆弱與不成熟，是一種對男性的嘲諷。

男性為何總要設下那許多的教條，不許女人學習要女人

聽話順從，其實是一種男性沒有安全感的反射，深怕女性有
一天超越自己竊取自己的地位，那他就什麼也不是了，這是
一種極為缺乏自信的男性心理投射，才會如此地壓抑和限制
女性的種種。

　　還有《自傳の小說》（1999）中有一段張樹敏和謝雪紅
的情愛場面，正訴說著男女間微妙權力關係的轉移。身為男
性的張樹敏因為歡愛時謝雪紅的一句戲謔的話：「鎮住你永
遠聽我的話」，引來他莫名的害怕轉而憤怒地佔有她，像是
要奪回控制權成為這場愛情遊戲的勝利者。

　　另有一回，當張樹敏醒來發現自己身上滿是白粉寫成的
字跡時，憤而揮手：

> 　　男人則趨上前來，揚起那粉白的手心，一個巴掌重重
> 的擊打在她臉面上。
> 「巴格野鹿。妳真在我身上下符……」
> 她問他是否真相信她會持咒畫符、拘人魂魄、攝人元
> 陽；甚且會用草紮小人，包進指甲、頭髮，再在胸口
> 頭腦插針，才會如此怕她。
> 「誰知道妳們這些查某人會做什麼。」他理直的回
> 答。（《自傳の小說》，頁65）

張樹敏是如此沒有安全感，怕他的女人在他身上下符。象徵
男人對女人幾千年來的限制打壓是因為自身的脆弱沒有自
信，這該是多麼諷刺的事實，男性創造著一種文化符碼
──「男強女弱」，事實上是為了掩飾「男弱女強」的不堪
事實。

回顧〈殺夫〉中陳江水因得不到林市的身體而狂暴地毆妻；《迷園》中林西庚得不到朱影紅後憤而離去，及Teddy發現朱影紅從來沒有愛過他後轉而強暴她；到《自傳の小說》中張樹敏深怕女人在他身上下符。這些情節都暗示著男人受挫後的缺乏自信，所以他們用兇暴憤怒的外表企圖掩飾自己受傷脆弱的心，李昂的這種書寫策略，大大地打擊了男性在社會上的崇高地位，是一種矮化男性的書寫方式，嘲笑男性的虛偽矯情，凸顯女性的正面形象。

（二）忍情的男人

李昂小說中的男性不僅喜歡違反人性將自己武裝成堅強的鬥士，也同時喜歡隱忍情感作出違背心願的事來掩飾受挫的心。下面幾篇小說就讓我們來看看忍情的男人。

先看到〈愛情試驗〉（1982），故事中的男主角剛從國外回來，其實他很欣賞具文藝氣息的少女，但是他心裡卻盤算著：

> 回到家鄉，我想像中的對象是樸實的本地女孩，不需要任何出眾才華，只要肯安靜的守著我過日子就行。而她顯然不是這樣的，尤其幾次見面後，我瞭解到她在藝術方面的成就，都是她的家庭培養出來的，對如此一個自小給驕縱，又感染文藝氣息的女孩子，我知道得花很多心力才能相處。而在那一年，我剛自海外飄泊回到家鄉，實在相當倦累，這樣的情愛追逐，對我說來，是太過於複雜了。（《愛情試驗》，頁78）

他不能忍受自己的太太比自己才華出眾，寧可選擇樸實沒有
自主性的鄉下女孩安靜的守著他過日子就行，因為那種女孩
較好控制，這是「男性的脆弱」[6]在作祟。男尊女卑的傳統
觀念使得男主角掙扎後還是做了這個決定，可見他對自己是
沒有信心的，所以他放棄了一個自己心儀的對象轉而向父權
體制靠攏。憑心而論，這樣的男人也是個受害者，他可能因
此失去一生最鍾愛的對象，可見傳統封建思想的遺毒之大。

　　再看〈暗夜〉（1985），故事中的黃承德在聽完陳天瑞敘
述他的妻子和他生意上極為依賴的朋友葉原通姦後，心裡無
法接受卻又考慮著因為葉原才能獲得的股票利益，隱忍情感
不願揭發這個事實，任由陳天瑞謾罵：

> 「因此，我今天是來看你是否還有道德勇氣，來看你
> 是否為自己的自尊與羞恥，肯揭發太太與朋友通姦，
> 朋友因此會受到報社制裁，但你從此失掉朋友，無從
> 再炒股票賺錢，公司將面臨危機。還是……」陳天瑞
> 停下來，仔細、緊迫但狂亂的盯住黃承德。「還是，
> 你願意忍受太太與朋友通姦的恥辱，戴綠帽子不得張
> 揚，卻能繼續炒股票賺錢維持公司？」（《禁色的暗
> 夜》，頁270-271）

在某種程度上而言，黃承德的這種行為是「賣妻」的作為，
因著利益輸送的原則，他提供葉原自己的妻子供他享樂，然
後取得股票內線消息以維持公司營運。

　　這種男人是無能且齷齪的，將妻子等同妓女買賣，相對
地說其實也是受挫可憐的男人化身。怎麼說呢？他原本以為

妻子李琳安份守己，而自己可以在外頭風流快活，正如西蒙‧波娃所定義的已婚男人心理：「他要有一個溫暖的家室，卻又希望可以自由出入；他雖定居下來，卻仍懷著一顆流浪的心。」[7]沒想到妻子反將他一軍和他的事業夥伴葉原有婚外情，他又因為商業利益而不得不「忍情」。李昂小說又成功地塑造一個披著虛偽面紗的男人形象，去反抗傳統男權社會對男性過多的溢美之辭，揭示男性也有如此不堪的樣貌。

還有《迷園》（1991），小說中的朱祖彥受到政治迫害，一輩子只能關在菡園玩相機、音響、車子……等度過漫漫歲月，隱忍住自己的「政治理想」。他在寫給女兒朱影紅的信中說到：

(1)我過去總以為，甲午戰爭是台灣人的一個開始、也是結束，始自那時刻，台灣人的命運就已宿命的被決定。我的被抓與被關，同時台灣精英的被掃除殆盡，不過是另個延續台灣人宿命悲劇的必然方式。只是幸運或不幸，以為我重病將死，方放我出來，卻讓我苟延殘存這許多年，來親眼目睹，等待著台灣人的還不知是怎樣悲慘的將來。（《迷園》，頁32）

(2)綾子還太年輕，不會也不該懂得我這一輩子做個廢人、一事無成的浪費與絕望。不過綾子也不要太過擔心，我只是……
（《迷園》，頁203）

朱祖彥在作者筆下只能做個廢人，生老病死在菡園，死後別人對他的評價竟是——古蹟保護者。這跟他當年投入政治和創辦學校的名聲相比，真是一大諷刺。他的命運就像作者另一篇寓言小說〈渡〉中的小船一樣孤獨、無奈，只能在菡園等待死亡。

相反地，朱祖彥的妻子卻顯現異常的堅強，在丈夫終日玩物喪志中，她肩負起家裡的財務打理，精心計畫土地買賣讓丈夫有錢能玩相機、音響、車子，滿足他丈夫的娛樂，這真是顛覆了男強女弱的性別定規，凸顯了女性的剛毅果斷。朱祖彥妻子不惜把自己的嫁粧、夫家的房產田地都花費在丈夫的娛樂上；而身為丈夫的朱祖彥則不理經濟狀況，一味放縱自己於玩藝上，他的這種態度其實亦可看作是對自我的放棄。女性在這裡保護了心靈受創的男性，而男性的挫敗軟弱由是得到彰顯。[8]李昂對男女間權力關係的辯證玩得不亦樂乎，女性讀者讀得也心花怒放，這種書寫策略深能凸顯女性解放的自我意識——女人是堅強的，妳的名字不是弱者。更可突破「傳統男權文化」中溫柔嫻淑、柔弱依附的女子形象，而以堅強剛毅、獨立自主的女性形象替代。這種書寫才能刺激女性讀者的自我覺醒。

綜觀以上小說，〈愛情試驗〉中男主角對稍有成就的「文藝少女」無法掌控就放棄她；〈暗夜〉中的黃承德以利益賣妻寧願戴綠帽；《迷園》中的朱祖產政治受挫後忍辱在菡園玩物一生。這些篇章都在顯現受挫男人的無奈與妥協，忍受自己真正的渴望而去做較容易完成的選擇，李昂藉由小說辯証男性並非強者而是弱者，更相對地在這些男人身邊安排了堅毅果決的女子作比較，來彰顯女性是強者並非弱者的

意識形態，這種書寫策略是一種明顯抗爭父權的手段，更是一種「去勢模擬」的概念書寫，將男人的優勢貶低，還給女人崇高的地位。

三、被閹割的男性

由於婦女在經濟、政治、文化等等方面地位的提高，相應地越來越不能容納男人的粗暴、固執和專橫，也越來越敏感於男人的懦弱、萎縮和退卻，因為現實生活畢竟越來越偏離於傳統法則的指南，促使她們對男人挖苦、揶揄、甚至抨擊。[9]婦女地位的提高令她們看清楚了男性的弱點，更藉由女作家的筆對男性做一種「閹割」的揶揄。波娃曾指出：「所謂陽具崇拜並不因為男人先大有陰莖，而是由於社會賦予陰莖不尋常的權利。」[10]所以書寫「被閹割的男性」，並非專指實質的閹割，而是對於社會賦予陰莖的「權力」進行「去勢模擬」。

（一）外在不舉的男人

這些李昂作品中「被閹割」的男性遭受到無情的塑造，變成「外在不舉的男人」。然而他們多是「背叛女性」在先，才導致被塑造成「性無能」的形象，這是意圖處罰男性「將女性物化」及「外遇」所採取的書寫策略，可謂女性的復仇，使象徵男性自尊的陽物委縮，是一種貶抑與嘲弄。

女性不同於男性，是因為男性具有象徵剛強的陽物，所以女性總是有著「崇拜陽物」的心理，但是李昂在小說中卻將男主角寫成是「不能人道」的，這是一種閹割男性的筆

法，藉以凸顯女性的地位，貶抑男性自以為豪的「陽物崇拜」優越感。

先看到《迷園》（1991），故事中的林西庚以一個高商畢業的毛頭小夥子在房地產闖出一片天，女人不斷，縱橫在商場及風月場所，但就在她和朱影紅的幾次情愛中他發現自己竟是不能的：

(1)卻是耳邊聽得林西庚的聲音，自得的、誇耀的在說：

「看，我把妳弄得很舒服吧！妳一定沒有這樣被弄過。」

然後，以他一貫的開始說後便會再自動加以解釋的方式，繼續道：

「我最近那方面不太行了，以前玩太多。現在只有在這上面下工夫……」

迷離中朱影紅掙離林西庚的懷抱，抬起頭看到男人不見欲色的冷清臉容。（《迷園》，頁168）

(2)到真正的接觸，林西庚便無法像他的撫吻一樣的為所欲為，能由他的聰明、經驗與能力控制。這時候，他會顯挫敗，以他一貫炫耀的語氣告訴她，當年輕的時候，他經常有一個晚上睡好幾個女人的經驗，女人們或在一起，或走了一個另一個再來，有時候徹夜不曾闔眼，當時他剛開始他的事業，能連續的做幾十分鐘都不會有問題，而現在：

「大概是年輕時玩過頭了。」（《迷園》，頁208）

(3)兩人都未曾料到一陣風可以在相思樹林有如此驚人
聲勢，一時都停下動作，俟風稍去聲略止林西庚再
接續，那片刻間，朱影紅會意到在她身上的男人，
竟是不能的。

不安中男人一再嘗試，仍然不能，兩人原齊為這樣
的反應十分不安著。（《迷園》，頁280）

筆者不厭其煩地舉例，是為了強調李昂一再地在小說中明示
暗示朱影紅迷戀的男人林西庚是「不舉的男人」，有她背後
深沉的用意。林西庚是台灣經濟奇蹟下資本社會的典型男
人，自命風流、夜夜笙歌並視女人為玩物，雖然最後林西庚
被朱影紅狩獵成功，不過這個男人已然不具「陽剛氣息」，
充其量只是個人。這種書寫表達李昂對資本社會男人物化女
人的不滿，所以作者設計林西庚的最後形象竟是不能的，是
一種閹割男性的具體書寫，對男性不尊重女性予以懲罰，更
是一種極嚴厲的批判。

再看〈轉折〉（1982），本篇小說的男主角在「外遇」後
回家，看到妻子刻意顯露的性感，他感到愧疚想要有所補
償，於是他閉起眼睛親吻妻子，想像妻子就是外遇的情人：

然而妻只躺在那裏，任由我擺佈。感到頹然無趣但又
伴隨著對妻的歉意，絕望中我不顧一切的想要嘗試，
妻亦慢慢有了回應，然後我發現，那激情欺騙了我，
在那片刻中，我竟是不能的。（《愛情試驗》，頁116）

他成了「不舉的丈夫」，作者這樣的安排，再度懲罰了不忠

的男人，也是一種閹割男性的具體書寫。而自命非凡的男人，以為他的所作所為妻子完全不知曉，殊不知妻子全然知道，只是眷戀與他的夫妻之情不忍拆穿。

〈迷園〉中的林西庚在商業應酬活動中玩女人導致性無能，李昂暗批了資本社會將女人視為物品買賣的行為；而〈轉折〉中的男主角忍不住外頭的誘惑背叛妻子也成了「不舉的丈夫」。這些情節都是對男性霸權的挑戰，打擊男性一直享有的「齊人之福」，為女性的苦苦守候復仇，這也只有具備「新女性意識」的作者才會用此嚴厲的方式處罰不忠的男性。象徵男性陽剛的陽物不舉，正訴說著男性的優勢已受到動搖。

（二）內在無能的男人

李昂對男性的「閹割」冷酷無情，她的男性角色不僅「外在不舉」，連「內在」也無能，文本中的男性懦弱、沒有擔當，不願面對現實，更有依靠女性「經濟支援」而生存的男性，這又是一種顛覆「男強女弱」的書寫策略，將傳統男性高高在上的「堅毅」形象做一逆轉，還原男性的真實人性。

首先看到〈蔡官〉（1977）這篇小說，故事中的蔡官是一個傳統的鄉下女人，但個性卻相當剛毅，她的丈夫在外頭有女人，他會在分完家產後拒絕和他同房，此時小說中的丈夫顯得懦弱無能。後來丈夫就整晚不回家在外和女戲子同居還想納她為妾，可是掌有家庭權力的蔡官斷然拒絕他。在鹿城故事系列中的女性，承擔了生命中的所有重擔和苦難，而鹿城的男性不是無能、缺乏行動力（如：西蓮、色陽的丈

夫），不然根本就是個嚴重的缺席者（蔡官丈夫丟下她獨自
撫養孩子）。11

看到女性擁有這樣的權力，不禁令人大開眼界，一個傳
統女性可以將丈夫踩在腳底下，又是一個反抗父權的書寫策
略，以「失去權力的丈夫」和「掌有家庭權力的女性」作對
比，來打擊男權文化的傳統地位，是漂亮的出擊。小說最後
還暗示，蔡官的丈夫可能從此在外漂零被蔡官拒絕入門，女
性的地位一下子凌駕在男性之上，令人刮目相看。

再看〈色陽〉（1977）這篇小說，色陽的丈夫也是一個
「無能的男人」，他沒辦法工作自食其力，一生靠妻子養活，
色陽因為傳統手工業被新興的工業替代，生活維持不下去
了，才會怒罵他，他卻逃避問題回到自己天天坐著的堤坊思
考自己的一生．「他可說是在海邊堤岸上歷經了他的一生青
春，歷經了各種繁榮事故和變遷，而或還可以說，他也在堤
上坐忘躲避了整整四十幾年。而這一切緣由著他從來沒有機
會被教導去分析思考，只是輕易的如同退下的浪潮般讓日子
過去。」（《殺夫》，頁53）李昂此時經營的男性形象，竟是
一個不會分析思考沒有大腦的男性，他「逃避女人」12。更
有甚者，他竟然哭了起來：

> 在哭泣中他坐了不知有多少時間，只是漸升的明月越
> 顯輝耀，四處俱是一片異樣沈凝的亮白，當他起身準
> 備離去時，熟悉的土堤與海灘，突然以往常不曾有過
> 一種新的姿勢閃現過他的腦際……。
> 王本輕輕的笑了起來。
> 他於是知道下個黃昏，他將不會再到這海灘。（《殺

夫》，頁54）

男人竟然也會淚流，多麼真實的人性流露，最後他逃避現實「自殺」了。這樣的男性形象脆弱需要保護，像是傳統男性文化所安排的女性角色 —— 沒有依靠需要呵護，作者將男女的傳統形象顛覆，大大地反諷男性，是她為了凸顯女性意識的書寫策略。

　　還有〈蘇菲亞小姐的故事〉（1984），蘇菲亞是一位南台灣的黑姑娘，外表洋派內心卻「很中國化」，想要結婚釣個金龜婿，而且還限制必須是外國人，份外崇洋。終於她如願找到名為「洛德」的美國男友，但是小說中的洛德會為了一間小酒吧的女孩要求和蘇菲亞暫時分離，然後又回頭找他：

> 洛德以「愛是不需要說抱歉」為名言，加上花了些工
> 夫，及痛哭流涕的本領，蘇菲亞小姐則以洛德是她初
> 戀的美國情人，答應重歸於好。只是自此以後，洛德
> 還是一次次的覺得需要detach（分離）。（《她們的眼
> 淚》，頁118）

又是一個李昂筆下無能的男人，這回批判得是外國男人 —— 軟弱無能還要賴。之後洛德還靠著蘇菲亞高薪的導遊工作過活，在台灣逍遙地過日子。連小說中的蘇菲亞都覺得洛德如此無用又自私，他不願同蘇菲亞結婚還要她到美國等他以便就近利用她，一種「有人等在那兒」的安全感，如此自私的男性形象活生生地出現在李昂小說裡。更有甚者，這個男人非常沒有骨氣，每次提出分手的是他，無路可走再回

來求蘇菲亞破鏡重圓的也是他，真是個無能的男人。

綜看上面三篇小說，〈蔡官〉中的丈夫在外頭有女人被妻子拒絕同房還不許他回家，〈色陽〉的先生靠色陽養活，而且禁不起責罵選擇自殺逃避現實，〈蘇菲亞小姐〉中的洛德更是忝不知恥死纏爛打地談一場不賠本的愛情。這些男人在李昂筆下都是欠缺反省能力的懦弱形象，而且很巧的是他們身邊都有一位堅強的女性相伴，作者用柔弱的男性反襯女性的堅強，「去勢模擬」的書寫策略相當明顯，也很成功地營造女性優於男性的意識形態。

（三）不負責任的男人

李昂文本對男性的第三種閹割，便是性格上「不負責任的男人」。這些男人大膽玩愛情遊戲，喜歡自由不受拘束，辜負女性的一片純情並且還滿嘴仁義道德為自己的「不負責任」辯解，說是「愛情需要自由，所以他可以來去自如」，男性這些行為對女性而言是一種傷害。作者如實揭露，算是對男性的抨擊。

首先看到〈誤解〉（1982），故事中的陳德明是個滿嘴仁義道德，私下感情生活卻異常靡爛的男性。他同時傷害三個女生：楊菁菁、林欣、王碧雲，還間接地造成王碧雲自殺。王碧雲所以會認識陳德明是因為楊菁菁的關係，他是楊菁菁暗戀的對象，當然陳德明知道她對他有好感。

男主角假借一次團體活動要求到王碧雲的鄉下家度假，實際上只有帶著林欣這個女友，王碧雲一直被蒙在鼓裡直到林欣同男主角在她家做了那件事被父親發現她才知道，可想而知王碧雲在保守的鄉下必會遭來父母的打罵，她也因此想

不開而自殺了。

　　小說中的陳德明常常說要關懷弱勢族群，但她卻傷透了身邊女孩的心，第一他對感情不專，第二在那保守的鄉下他讓林欣的名譽掃地，最無辜的是王碧雲，以陳德明的細心應該料想得到城鄉之間的文化差異，他卻沒注意間接害死了她。

　　李昂筆下的這個男性讀來令人對之厭惡氣極，如此不負責任，這又是一種貶抑男性的書寫策略，藉以彰顯女性在現實社會所遭受的委屈，也經由小說我們看到這位男性的真實面貌，令人不恥。

　　再看〈假面〉（1985），男主角G.L.是一個不願受婚姻束縛的男人，他浪跡天涯不受拘束，可是他卻勾引了好友的太太C.T.，更令這個從未深陷愛情的女子不可自拔地愛上他，想同她在一起一生一世，可是C.T.得到的反應及回答卻是令她難忘：

　　　　G.L.，我永遠忘不了那片刻中顯現你臉面上的神情，
　　　　先是一種極力隱藏的輕視與嘲諷，然後轉為極端冷
　　　　淡，雖然你儘量使語氣平和：
　　　　「我們對愛情的看法也許不一樣。但對這件事，我完
　　　　全不覺得要負責，我並沒有強迫妳，不是嗎？」（《一
　　　　封未寄的情書》，頁80）

浪子G.L.他要的愛情是沒有將來的，也是不用負責任的，這令C.T.傷心欲絕。

　　但她還是在等待奇蹟，連最後女主角希冀得到男主角親

口承認他是最愛她的，這位浪子卻不肯反而說：「我不想欺騙妳，所以才告訴妳實話。可是不要管我，想想妳這段時間有的。我沒有其他女朋友，不是嗎？我和你在一起，不曾搞到妳要同丈夫離婚，時間也沒有長到妳要開始覺得不甘心。那麼，試著把這段時間當一個生命中的經驗，不是很好嗎？」（《一封未寄的情書》，頁86）這些話使得女主角眼淚簌簌滴下，因為她愛上了不該愛的男人。

　　這個角色在李昂筆下過著自由自在的生活，他可以隨時擁有愛情，對每個女人都說我愛你，還覺得不需給承諾及未來，因為他自認沒有強迫任何人，他的愛情是你情我願的男歡女愛，這種自由的作風無疑也顯現了男人不羈的浪子心態，更確切地說是一種辜負女性的不負責作法。

　　還有〈生活試驗‧愛情〉（1982），故事中的木匠妻于ㄥ1.陳雖然半身不遂，依然想跟使他摔斷腿的情人私奔，可是情人張清源卻逃避責任不肯再愛她，辜負她有勇氣當著丈夫及媒體的面公開承認自己的外遇，還堅定地願意同情人在一起不願回到寬容丈夫的身邊。小說中在一個社會工作者的「記錄」中道出ㄑ1.陳和丈夫及鄰人男友的悲慘生活：

> 　　待整理好東西要走，有人推著腳踏車走近，是一個五
> 十歲左右矮小男子，將腳踏車靠在門口，轉身要進
> 屋，ㄑ1.陳適時大聲叫道：
> 「今天張清源怎麼說？」
> 　　男子疲倦的靠在門口，低聲回答：
> 「還不是說沒錢。」
> 「沒錢？他能說沒錢就算了」。ㄑ1.陳叫罵了起來。

「也沒見過你這麼沒用的人，老婆給×了，生下一大
堆雜種，現在不能用了。人家想賴，你連屁也不會放
一個。那死沒良心，也不想當年他一個人在台北，老
娘讓他睡熱被窩，還不就圖他幾個錢，想兩處湊合湊
合，大家都混個溫飽……」（《愛情試驗》，頁168）

李昂藉由女主角一口氣連罵了兩個男人。一個是她的丈夫，
雖然深愛她但顯然不懂得生財之道讓妻子貧病如此；而另一
個男人則是沒良心的張清源，愛的是 C 1.陳的美色，當她因
為張清源的疏忽摔傷後，他不但不憐惜反而還棄她不顧，辜
負了這個深情的女子，使她情緒暴躁由一個溫柔的女人變成
潑婦罵街的婦人。這種種現象的產生似乎都是這兩個無用的
男人造成的，諷刺貶抑男人的書寫非常明顯。

　　回顧以上小說，從〈誤解〉中的陳德明周旋在女人間表
裡不一的不負責態度，到〈假面〉的G.L.玩世不恭只求今朝
有酒今朝醉的生活哲學，還有〈生活試驗・愛情〉中的兩個
男人無法肩負照顧女人及小孩的責任。我們看到了李昂觀照
男性的筆法，作者極盡能力地貶抑男人，消遣男人做為顛覆
男強女弱的証據，一改傳統文學的男女地位，對男性形象進
行閹割，使他們不再深具權威任打不倒。

第二節　負面書寫

　　小說創作是一種藝術，即使作者採取「為人生而藝術」
的寫作態度，若在作品中存有太多「教條式的批評」，會引

起讀者反彈而造成反效果。所以我們看到李昂文本總以「曲折」的方式來表達「女性意識」。前節已討論過李昂小說以「去勢模擬」的書寫方式來代替「謾罵男性」。本節擬探討李昂小說以「負面書寫」的方式來強化「女性的自主意識」。所謂負面書寫，是利用各種對女性不利的負面寫作來凸顯女性正面的存在價值。正如陳玉玲所言：「任何以反父權壓迫的陰性書寫，都在呈現這壓迫的結構，……李昂的小說在回溯女性受害者被壓迫的文本之中，達到控訴的目的。」[13]也就是說李昂小說利用女性被壓迫的事實去界定女性的主體意義。李昂首先以「男權文化的迷思」提醒女性不要落入傳統的窠臼；再來則大量書寫「受害的女性」樣貌，讓女性了解到自己的處境並非不可改變進而謀求改變現狀；最後則譏諷「女性的命定說」將它斥為「無稽之談」，並認為女性的命運是掌握在女性自己的手裡，而非「上天」更非「男權文化」的手裏，女性要有這種自覺才是。李昂運用「負面書寫」的策略來刺激女性思考，對女性自主意識的啟發功不可沒。

一、男權文化的迷思

80年代崛起的女作家，多出生於50年代，跨越兩代截然不同的經歷，是生長於傳統家庭的現代女性；所以她們對傳統女性的宿命地位作出反省，從而表達出她們個人的視野將兩代之間的差異援用為寫作素材。[14]這種視野便是對「男權文化」的反省觀照，企圖找出壓迫女性的傳統思想，而李昂便是藉著這種「負面書寫」的方式點出「男權文化」對女性造成的迷思。

（一）處女情結

「處女情結」一直是男女心中無法割捨的痛，西蒙・波娃在其所著《第二性》中曾指出：「在許多社會中，貞操如此受重視，若在合法婚姻之外喪失了它，可說是遭了大殃。」[15]可見「女人的第一次」對男性社會而言是多麼珍貴。不只傳統女性奉為圭臬——必得在婚前保有處子之身；就是傳統男性在擇偶時也陷入這個情結，往往做出非理性的決定。這種「男權文化」的遺毒還殘留在現代男女的心中。

先看〈橋〉（1971）這篇小說，故事中有一對戀人彼此有著無法溝通的情感障礙，有一天男人約女人在橋上見面，慵懶的空氣中男人自然地描述他和另一名女子的旅館經驗。女主角好奇地問他是否感到責任，而他以「女生已非處女」為理由拒絕負責。是什麼樣的封建思想，讓男子以為女子不是處女就不需負責，這種處女情結深深烙印在男人心頭不可抹滅。女人的初夜是男性的所有權，相對地如果一個女人已非處女，她似乎在男人眼中不再具有價值，也不需對她憐惜負責。

經由小說，我們看到李昂的提問。也經由聽完男子敘述的女主角慍怒的神情，我們知道文本表達出對這種「男權文化」的抗議，這是一種負面書寫，表面上這篇作品仍是在傳達「處子之身」對女人的重要——可贏得男人的尊重及愛，但事實上是在反對這樣的傳統觀念，強調女性因此受害，更因為這個觀念遮掩了人們看清楚自己真實情愛的趨向，往往喪失了追求幸福的機會。篇名〈橋〉也是約會地點

的橋，究竟是溝通戀人的中點，還是阻礙愛情的終點，顯而
易見。

再看〈人間世〉（1974），書中的女主角因為自小受到嚴
密地保護，根本不懂得自己的生理及性愛，在大學中交往到
一個已當完兵深諳世事的男孩，他們做了那件事，女主角回
想著：

> 我沒覺什麼，只是他弄痛了我，在他寢室休息到他同
> 學回來，才由他攙扶著回女生宿舍，走起路來還覺不
> 太隨心。
> 隔天雙腿酸疼，還偶有血絲流出來，我害怕著⋯⋯。
> 我向一個同學談起，她沒說什麼，第二天整個寢室都
> 知道我和他「發生關係」。（《李昂集》，頁64）

她失去了她的處女之身，也觸犯父權體系，所以當她無知地
告訴校方後，被殘忍地退學還被男主角辱罵道：「我從沒想
到妳居然會做這種事，妳不覺得羞恥嗎？到處去說。」（《李
昂集》，頁68）這件事能做不能說，這個男主角充滿了矛
盾，他認為婚前性行為是羞恥的，可見他有著「處女情
結」，但是他又任性地要了她，卻還怪她不知羞恥到處去
說，真是矛盾。

這樣的書寫策略，是為了激發女性的自覺。女主角在這
個故事中是個徹底的受害者，聽信於男性又被辱罵。她信賴
代表父權體制的「校方輔導中心」卻被出賣。作者意圖喚醒
女性的自知——非處女並不可恥，因為女人並非男人的所
有物，男人在婚前可以有性行為並且不留下痕跡，而千古以

來女人卻需要用一條白布染上初夜的鮮血證明自己的清白，
這是種處女迷思，也是男權文化的產物，更是文本中極力要
求破除的傳統觀念。

　　還有〈訊息〉（1974）這篇小說也有類似的「處女情
結」。小哥和含青是一對始自學生時代就相戀的戀人，而且
他們還做了那件事，這使得小哥耿耿於懷，也成為他日後選
擇終生伴侶的依據。小哥的母親不贊成他和含青的愛情，所
以安排他出國求學，這期間他也認識了陳姓女友並也進一步
有過親密關係，他正在猶豫該如何在兩人間作選擇，最後決
定不顧母親的反對娶含青，為什麼呢？小說中的「我」這樣
解釋著：

> 小哥雖然是為了負責而與含青結婚……。可是另方面
> 來看，小哥會不會因他的善良，不夠絕情與勇敢，反
> 失去一輩子真正的幸福。他的決定只如同含青相信
> 「不再是個處女結婚絕不會幸福」，或可能是一種錯誤
> 的道德堅持。（《她們的眼淚》，頁23）

這個傳統男人為了「處女情結」娶了含青，卻不顧自己內心
真正愛誰，而含青奉上了寶貴的第一次，還是沒有得到小哥
真正的愛，因為小哥只為了責任而娶她，這說明了現代男女
「由性而愛」的不可靠。

　　我們雖同情小哥的善良，但不免要質疑這樣的婚姻是否
有幸福？在作者筆下也讓我們見識到傳統男權文化影響下受
害的男男女女，含青因為相信自己「不再是個處女結婚絕不
會幸福」，所以在小哥出國這幾年她也自棄地不願再交往任

何人，如果小哥不娶她含青就決定終生不嫁，何等壯烈！也
何等可憐！這是一種負面書寫，批判傳統「處女情結」的觀
念加害於女性。呂正惠曾說：「也許有人會覺得，李昂把處
女的禁忌過份誇大（尤其以現代的觀點來看），但重要的不
是處女問題，而是性與婚姻加諸於人的沉重責任感。」[16]筆
者同意他的看法並認為李昂企圖經由「處女情結」引發讀者
思考「性」及「婚姻」的嚴肅性，讓現代男女可以擺脫傳統
文化的包袱，去做正確的選擇。

　　另外，〈愛情試驗〉（1982）中，故事中的女主角說了
一個淒美的愛情故事，其中一個情節是女主角為了能見男友
M一面，犧牲自己的身體換得旅費去看M，但M卻說：

> 「我覺忤。」他說：「可是我要的是一個完整的妳，
> 而現在，對我來說，妳已非完整。」她沉靜的看著眼
> 前的男人，有一剎時，她突然感到她似從來不曾認識
> 他。（《愛情試驗》，頁85）

「完整的妳」意謂身體的完整而非心靈的完整。男人真是如
此肉欲的嗎？不論女主角如何深愛她還為他賣身，可是他就
是不能再愛她，為什麼？因為傳統的「男權意識」使然。它
教導女人同時也教導著男人使二者受害，造成一對真心相愛
的情侶無法結合，這是文本要批判的地方，藉由故事呈現，
若沒看懂作品呈現的負面書寫，極可能以為作者成了「男權
文化」的幫凶，其實不然她是企圖用猛藥喚醒女性的自覺。
　　還有〈甜美生活〉（1984）中，女主角C.T.在面對即將
到來的婚姻，寫了一封信給她的未婚夫G.L.：

我不否認，G.L.，我們之間亦有較大的問題存在。當
　　認識到一個程度，彼此都認可對方是此生的伴侶，我
　　們有了性關係，而且十分美好。只是，我知道你像任
　　何中國男人，不無介意著我同你在一起並非第一次。
　　自然理智上你可以明白，你在美國多年也訓練你接
　　受，我們並非初戀結婚的情人，你我在相識前都各有
　　過去。（《一封未寄的情書》，頁99）

她害怕著男方在婚後吵架時，會拿她結婚時「已非處女」作
為辱罵她的籌碼，因為男人總是介意著自己的妻子是否完
整，完整指的是身體，他們在意女人的初夜是否屬於自己卻
不管女人的心裡愛的是誰，就這樣女主角選擇了逃婚，她不
願他們曾擁有的美好回憶在「處女情結」這個傳統觀念作祟
下逐漸變質，她看透了男性的思惟，為避免受傷所以選擇不
婚，但也再次證明了女性因為「處女情結」的觀念而受害，
C.T.因此失去結婚的機會，也就是失去可能獲得幸福的機
會。

　　此外，〈暗夜〉（1985）中也有這樣的書寫。小說中的
現代豪放女丁欣欣身邊同時擁有多個男人，而其中一個情人
葉原，本身也是女友眾多花心得很，但他卻也在意女人的貞
節，小說中如是說：「從葉原身上，丁欣欣證實，再怎樣蓄
意玩耍的男人，仍要求女人的貞節──即使裝作的也罷！」
（《禁色的暗夜》，頁262）這是多麼阿Q的想法──裝作的
也好。

　　李昂在小說中一再地強調「處女的重要」，但事實上是
利用「負面書寫」的方式企圖喚醒女性的自覺。回顧以上小

說：〈橋〉中的男主角認為女友已非處女所以他不用負責
任；〈人間世〉的男主角矛盾地拿走女主角的初夜又罵她不
知羞恥四處去說；〈訊息〉裡的小哥因為要了含青的初夜心
存愧疚而娶她；〈愛情試驗〉中的女主角賣身為了見男友一
面卻因為已非完整被拋棄；〈甜美生活〉中的女主角因為失
去處子之身，怕男友在意而拒絕他的求婚；以及〈暗夜〉中
丁欣欣體認到男人的「處女情結」。這些小說都或多或少地
暗示男性的偏差觀念該受到譴責，尤其在現代社會更是不合
時宜，它使得李昂筆下的眾多女性受到傷害，所以作者藉由
這種「負面書寫策略」來喚醒女性注意，當然更要男性改變
觀念，她要女性不要因為已非處女而自卑，導致喪失追求幸
福的權力，因為女人的價值並非那生理上薄薄的一片處女膜
所能取代。

（二）女子無才便是德

　　附庸者常有這些特質──服從、被動、溫馴、依賴、
缺乏主動精神、無能履行、決定、思考等等，而且這些特質
是支配者所欣賞的心理特質，並受到鼓勵去發展它們。[17]而
女性長期以來一直處於「附庸者」的地位，她被「男權文化」
訓練成不能思考缺乏獨立性的特質，男性甚至還標榜著「女
子無才便是德」藉此教育女性，讓女性深陷其中載沉載浮。

　　自古以來，女子總是被教育成要保守，最好沒有什麼才
能，「沒有知識」才會被稱讚是一個好女人，尤其能力不可
凌駕在男人之上，否則會招來批評。西蒙·波娃也曾說：
「變成女學者、有頭腦的女人之後，一般男人會討厭她；或
是她太耀眼的成功，會使她的丈夫或情人感到屈辱。」[18]由

此知道女性的才能不能發揮之苦。

首先看到〈愛情試驗〉（1982）這篇小說，故事中的男主角就是害怕自己的妻子太成功，而依從「女子無才便是德」的觀念來選擇他的另一半，但他卻有著矛盾情結：

> 然而我畢竟結了婚，而且還是依著我意願選來的妻子，我仍相信和從事工作性質相似的女子結婚，會因著雙方面無休止的競爭以至相互傷害，可是逐漸的我卻不能否認，在那當中也會有的相知與瞭解，我感到寂寞了起來。（《愛情試驗》，頁79）

他其實是寂寞的，渴望他的工作有人了解，但是卻不由自主地依照傳統觀念娶一個沒有才華的普通女子為妻，事後卻有著悵然。

而另一名沒有被選擇的文藝少女，雖然才華洋溢但也因為這種「女子無才便是德」的觀念使她受害，無法和心愛的人結婚而自我墮落了一段時間。還好小說中的男人對他所選擇的妻子負責任，否則這個妻子又將成為第二個受害的女性。李昂藉由這種書寫方式，表面看來好似在勸阻女性最好不要有過多的能力以免被男人拋棄，但事實上這是一種負面書寫，借以提醒女子不要落入這種窠臼，而導致日益退化，應該勇敢反抗這種傳統觀念。像小說中的女主角最後找到自己的天空 —— 從事社會服務，而不是任由這種觀念侵蝕自我而故意貶低自我能力，或是因此沒有好的歸宿而自怨自艾。所以文本才會呈現女主角最後深具智慧地看清男主角的弱點，且一語道破他的沒有安全感。

再看〈域外的域外〉（1984），這篇小說的女主角林文翊也是一位因為才華洋溢而受害的女性，她有著很好的音樂才華本可成為音樂家，卻為了丈夫的工作地點放棄自己能夠待在更適合發展音樂才能的地方，委屈求全地與丈夫生活在一起而有所埋怨。

林文翊和〈愛情試驗〉中的女主角不同的地方是：林文翊依附傳統父權放棄自己的才華追隨丈夫隨遇而安；而〈愛情試驗〉中的女主角卻因為男主角的刻意疏離反而成就了自己的才華。兩者處境不同，但卻一樣受這傳統觀念——「女子無才便是德」影響。林文翊無法得到心目中的理想工作，而〈愛情試驗〉中的女主角可能因此喪失一段幸福的婚姻。作者的寫法雖是負面的點出「才華」帶給女性的侷限與傷害，但事實上她是要藉此負面書寫來凸顯正面的女性意識，呼籲女性應有自主的思想，不應受傳統男權文化箝制，要走出自己人生的光明路。

還有《自傳の小說》（1999）中的謝雪紅在和張樹敏旅居日本時，曾經有個想法就是讀書識字，愛她的張樹敏也爽快地答應並認真教她，但是龐大的「父權體制」藉由眾人的評語說出這樣的話：

> 「帶個細姨過來，為了服侍生活，也無不可，大婦真是不能放下一家大小。」人們紛紛說道：「可能是讓伊爬到頭殼頂撒尿，伊講要讀冊就讀冊，真是成何體統。」
> 另有人則說：「查某人，又是細姨，做塔努契（狸）也罷，還要讀什麼冊，難不成要做妲己、武則天、慈

禧太后？」(《自傳の小說》，頁53)

眾人受傳統文化影響，你一句我一句地批評張樹敏縱容當時
還是細姨身份的謝雪紅讀書識字，認為這不成體統，所謂不
成體統就是不成「父權社會」的傳統機制「女子無才便是德」
的千古明訓。

　　更有甚者，還有女人內化男性的思惟也跟著批評。在小
說中謝雪紅的洋服店發生了一段小插曲──母親帶著女兒
來買洋服時，女兒極其仰慕謝雪紅能夠到日本求學。但是她
用日語說出母親的想法：「我也想去內地，想繼續讀書，可
是家裡不肯，說女孩子讀那麼多書做什麼，還不是要嫁人
……」(《自傳の小說》，頁84)這段話曾令身為女性的我們
遲疑腳步而不敢往前邁步，認為女性一生追求的便是嫁個好
丈夫，所有的一切價值均建立在丈夫身上，而自己只需要沉
默地附屬於男性則可，我們女性一直都是這樣被教育著的直
到現在。

　　但為何李昂這個女性作家也要如此寫？難道她也淪為代
為宣傳「男性文化」的傳播者嗎？當然不是，這是一種負面
書寫，藉以呼籲女性讀者注意自己是否已被這傳統價值內化
而不自覺，以致一生追求的目標與成就都放在男性身上，而
忘了向內尋求自我的發展與成就。

　　綜合上面三篇小說，從〈愛情試驗〉的女主角因為才華
過高被男主角拋棄，到〈域外的域外〉中林文翊為丈夫放棄
自己的才華，以及《自傳の小說》中兩名女性被「父權文化」
批判不該讀書。從這些情節我們深切地體會到李昂的用心，
她冒著可能會被女性主義者批評為「叛徒」的危險大膽寫

作，以此來凸顯女性意識，如此特別的書寫策略頗引人深思，讓女性了解「女子無才便是德」是一種「男性霸權」文化的產物，啟發讀者思考。

二、受害的女性

女性長期以來處於被剝削的弱勢地位。邱貴芬曾說：「女性主義批評始於對父權架構中弱勢被剝削（女人）團體的關懷，基本上乃反文化霸權的政治運動。」[19]這種「文化霸權」使女性因此受害成為被剝削的一群，然而女性不該再沉默。女人只有透過分享私人、甚至痛苦的經驗，女性的聲音才能獲得重視；若不如此，女人的經驗將持續被排除在文化史之外。[20]因此李昂的文本具實書寫女性受害的樣貌，企圖喚醒女性的自覺——「遠離這種痛苦經驗，拒絕等待、拒絕『女性物化』的思想。」

（一）等待的女性

傳統閨怨文學作品中，常可見苦苦守候情人歸來的女子，而男性總是飄泊在外樂不思蜀，就連現代詩也有這樣的名作，鄭愁予的〈錯誤〉就是如此：「我躂躂的馬蹄聲是個美麗的錯誤，我不是歸人是個過客」，如此地耳熟能詳，也深深烙印在女性的心中成為不可抹滅的印記。李昂的文學作品也展現這樣的閨怨，只是用意不同，需要兩層理解才能解讀：藉著凸顯「等待的女性」之悲哀來呼籲女性不該再等待，也就是利用「等待女性」的受害形象去說明「女性不該再等待」的主體意義。現在就讓我們來看看李昂小說中等待

的女性。

首先看到〈轉折〉（1982），在這篇小說中我們看到了一個苦苦等待的女子形象，她在知曉丈夫外遇後隱忍著不說，沒有勇氣生氣還抱持著希望地等待，丈夫在與她重修舊好的時刻這樣問她：

> 「妳知道時為什麼不告訴我？」
> 「我怕。」妻哽咽的說：「我怕你會離開我。」
> 然後我知覺到妻這一身靜默的體貼，不著意干擾但時刻顯示她對我的關懷與在意，以及，經常變化的穿著與刻意的打扮。這大量在書報雜誌上寫婚姻專家或某某夫人列舉的勸導，都一一不著痕跡的在妻身上實行了，然則在知曉了這一切，湧上心頭是夜疲憊的困頓與莫名的厭煩，我擁著妻，沒什麼感覺的說：
> 「怎麼會呢？我怎麼會離開妳？」（《愛情試驗》，頁118）

妻子刻意打扮為了挽回丈夫的心，丈夫在聽完妻子的敘述後非但沒有愧疚感，還顯得厭煩並敷衍地說不會離開她。筆者看到這裡，不禁要問為何這個女性如此沒有骨氣，是什麼樣的思想造成她這種舉動？她大可摒棄她的先生，去主動找尋自己的生活目標，不需只為男人而活。如果其他讀者讀到這裡也與我有相同的感覺，那代表李昂的書寫策略成功了，藉著書寫懦弱沒有主見的女性形象讓讀者厭惡這種女性，進而去改造女性的既有「等待」形象，達到一種顛覆效果，這就是負面書寫，呼籲女性不要再受害。

　　再看〈假面〉（1985），小說中的女主角C.T.愛上了浪子型的外遇情人G.L.，她就此走上不歸路苦苦等待，甚至當她發現他根本無意對她負責，而且很快地會離開台灣回去北國，她還是依然抱著希望：

> 過了那夜，接下來的自是無止無盡的爭執。在約會見面時甚且你因事略為遲到，都足以帶來大量的爭吵與淚水。我像任何處於這類情形下的女人，企圖從你那裏得到永不可能的許諾，知道無望後，我以著敏細的心思，彎轉從各方問話中設下陷阱，想你在辭窮時，終會給出保障。（《一封未寄的情書》，頁78）

這樣的女人如此痴傻，男人已說過兩人之間不會有結果，她卻依然執著等待奇蹟，使得男人愈來愈疏遠她，她還不覺悟甚至自責不該對他有所要求，她渴望回到從前的關係不要名份，而聽從男主角的人生哲學——只要享受青春不要負擔。但連這樣卑微的願望，男主角都吝於施捨。為什麼呢？因為女主角的退讓只會造成男主角的厭惡。如果她勇敢地忘了G.L.，重新和自己的丈夫孩子享受天倫之樂，抑或離開這兩個男人，將自己的愛情珍藏，轉移注意力去做其它服務社會的事，這該是多麼有魄力的女性呀！可是李昂偏偏不這麼寫，反而寫了個閨怨型的女子還被拋棄，這就再次證明她的筆法迂迴曲折，有意反面論述。以女性受害的情節刺激讀者思考，讓讀者參與小說並試圖改造女主角的命運，達到宣揚女性自主的獨立意識。

　　還有〈暗夜〉（1985）中家庭主婦的李琳在枯燥乏味的

單調生活中，遇上了情場浪子葉原，從此陷入愛情的深淵，矛盾著自己的地位。既想當個傳統的好女人相夫教子，卻又抵擋不住內心奔放的熱情想談戀愛，終於她禁不住葉原的誘惑和他有了婚外情，小說中經由葉原的想像描述李琳的等待：

> 於是他會回去找李琳。那個始終等待他，狂亂的在他身上得到樂趣的女人。葉原承認純粹肉體的歡愛上，他喜歡李琳，那削瘦的、過四十歲的女人，像一口乾枯的古井，咕咕的吸取他身上的歡樂泉源，渴切的、幾至不要性命的索求灌溉，激烈的回應有若酩酊，常使葉原不自禁的被感動。（《禁色的暗夜》，頁219）

李琳在葉原的心中，是個會守候他的傳統女子，他也因為李琳的善於等待深自感動，葉原更喜歡李琳的羞澀被動，這些都使他快樂。

　　乍看之下，好似李昂宣揚這種女性才能被愛，但冷靜思索這段情節則可看出作者的伏筆，怎麼說呢？作者並非宣揚這種等待的女性才能被愛辛；相反的她認為這種女性不會得到真愛，因為李琳在這樣的情愛中並沒有得到解放，反而帶來無數的夢魘。她等待服從的個性，使她答應葉原在自家的密室鏡子前和自己做愛以致觸犯神明導致懷孕受盡折磨。而且葉原畢竟是情場浪子，李琳只是他眾多情人的一個；但對於她而言葉原卻是全部，就像西蒙‧波娃的感嘆一般：「男性的欲望急切多變，朝生暮死有如蜉蝣；一旦滿足後馬上就消失了。女人常常在這之後變成愛情的俘虜。」[21]所以李琳

變成苦苦等待的愛情俘虜，而葉原繼續逍遙地獵捕其他女性滿足他男性的欲望。這樣的情節安排便是在暗示「等待的女性」並不能得到真正的幸福，傳統父權文化定義的好女人形象——等待、順從、被動，已經不符合現代女性的需要，唯有走出男權傳統，女性才有自由及幸福。

此外，〈移情〉（1986）也敘述了「等待的女性」，本篇是李昂的寓言小說，鮮少文評家注意到這系列的小說，其實這些小說藝術性很高——短小簡潔有寓意。故事中描寫一個痴情女人苦苦等待一個無情男子的心情，她深深地傷心著：

> 為著的是，空有滿懷的熱愛，所欲託付的，卻是鄰近著名的無情男了。他的秀美，他的聰靈，為無數女子所傾倒，可是，他自始至終都不願與女子們在一起，是怎樣深深傷了少女的心。（《李昂集》，頁142）

雖然他無情，少女卻不死心依然等待。

可能因為這樣的痴情感動了上天，一天一位和尚教導她用杏花將世間有情萬物的情感移到少男身上，如此他們二人便可相愛。善良的少女心裏揣度著該移誰的情給少男呢？她不忍心讓眾生無情，於是她移走了自身的情感給男子，因為感動於少男的眼中終於有了對自己的愛戀，一不小心將自身的情感全部轉移給她，所以當少男以灼熱的眼光回望少女時，她竟是沒有感覺的。

多麼淒美的愛情故事，世間男女的情愛總是無法平等，而女人的痴心等待在李昂的〈移情〉作品下恐怕將要化為無

情的枯稿，女人是否該等待？從這個結局的鋪衍可以讀出李昂的弦外之音。

還有《迷園》（1991）中，深愛林西庚的朱影紅利用各種謀略獵捕林西庚，但終究逃離不了女人的宿命 —— 等待。先是她和林西庚第一次分手的場景，朱影紅渴望他能回頭：

> 會不會只借前方路燈的餘光，院子裏與圍牆外沒有足夠的光亮，以致見不到林西庚，也許他一直在徘徊不曾離去。或者，由著不曾打開院子的燈，屋內又是一片黑暗，林西庚不知道我仍在守候？
> 我慌忙打開房間裏的燈與一院子所有的燈光。（《迷園》，頁91）

她還怕他不知道她還在等候他，因此把所有的燈打開，卻還是喚不回男人的心。甚至朱影紅為他懷了孩子，他還是無意要她甚至不再露面：「林西庚一如他誇耀的個性，極為突然的，中止再打來電話，並不再露面。朱影紅在絕望中等待。」（《迷園》，頁253）此時的女人該是如何地絕望，連肚裡的小孩都無法留住他，但是這個女人還是要等，甚至她自己在等待什麼？她也不清楚：

> 在有若一切俱都止息的狀況中，我日日夜夜的等待，至於等待什麼，我自己並不清楚。
> 我甚至不曾感到特別傷痛，不僅初識林西庚、他第一次來告別時的那種摧折心懷的慘痛不再；那原以為會

重臨的夢魘、那離奇的傷殘身體的方式，醒後立即臨
上心頭林西庚的離去真正是錐心刺骨的苦痛，亦不曾
出現。（《迷園》，頁254）

朱影紅等到麻木甚至不再痴心，可是她堅持要等。這是什麼
魔咒啊？為何聰明如朱影紅還是會苦守浪子回頭，這應該是
幾千年來傳統父權的教導成功，所以女人不論聰明與否，都
像被下了降頭會永遠等待男人。林芳玫曾說：「朱影紅聽命
於林西庚的擺佈，替他進行口交，也在心理上深深迷戀著
他，林固然專橫霸道，朱卻從屈服之中得到極大的滿足與快
感。」[22]作者讓這麼聰明的女性也落入這個窠臼成了「被虐
癖」的女人，這又再一次地提醒女性應有自覺，不要內化父
權思想而不自知。

另外，〈戴貞操帶的魔鬼〉（1995）中，女主角因為丈
夫「大砲」坐「政治獄」而苦苦等待，本來她也有機會同另
一名國大代表在異鄉歐洲發展一段浪漫戀情，可是她沒有，
堅持守著中國烈女的婦德 —— 不做背叛丈夫的事，只敢性
幻想。她有魔鬼的欲望，卻戴著貞操帶。

即便是丈夫「大砲」堅持他原本無罪：不願接受減刑假
釋，除非官方宣布他無罪。女主角在大聲哭鬧後又返回她小
女人的形象 —— 繼續苦苦守候。這個女人為了丈夫能回來
所以「代夫出征」當上女立委，為了等待丈夫，克制自己的
情欲拒絕其它男人的追求。甚至是丈夫不體貼她：可以出獄
還堅持他的原則不肯出獄；女主角還是繼續「等待」。

如果讀者認為她好偉大哦！那便是落入男權文化的圈
套，認為女人等待是天經地義的；反之如果會同情女主角的

遭遇，試圖替她解套離開丈夫，那表示讀者已開始有女性的自覺。

　　回顧以上的小說：〈轉折〉的女主角知道丈夫外遇仍苦苦等待他回頭；〈假面〉的C.T.愛上了浪子，也是等待著他能娶她，她甚至願意為他拋夫棄子；〈暗夜〉中的李琳也是愛上了浪子，同樣在等待；〈移情〉的女主角苦等不到少男的情愛，遂將自身的情愛全部移轉給他；《迷園》的聰慧女性朱影紅還是在絕望中等待浪子林西庚的回頭。這些李昂筆下的女性都做著一個不可思議的行為——「等待」，落入了「男權文化」的迷思。是李昂蓄意如此安排的，使這些受害的女性沒有一個有好結果，即便是朱影紅最後能夠和林西庚結婚但她的男人已變成性無能，一生的幸福全沒了，也不算有好結局。作者苦心經營這些等待女子的結局，就是要強調女性「不該再等待」的書寫策略，是一種負面書寫，藉由等待的受害女性遭遇來提醒女性應該做別的選擇，擁有自由意識，走自己人生的路不要再等待男性。

（二）張牙舞爪的女性

　　女性何以要「張牙舞爪」，若不是受到男性的「同化」或惡意「醜化」，女性何以會有如此形象？李昂文本中的女性，有的內化男性思惟，無情地將利爪朝向自己的女性同胞揮舞；有的則被男性說成是：「張牙舞爪、成妖成魔」的女性。這些女性都是「受害」的女性，因為她們的形象是「間接」或「直接」地由男性造成的。

　　先看到〈蔡官〉（1977）這篇小說，女主角蔡官是一位文進士的後裔，小說中的她個性剛毅不輸男人。如何看出？

先是她的丈夫和她擦身而過必得讓她先行，由此可以看出她的權威。後來蔡官還和親生父親斷絕往來。她在小說中是獨立自主的形象，有魄力且一肩扛起養家責任；甚至一生清白地令人找不出污點除了她的先生有外遇一事，否則她可以說是完美無缺的。因此蔡官就自以為是的在鹿城裡議論所有人的是非：

> 蔡官會向一家訴說另一家的女人，怎樣把沾了血的內褲都拿出來讓她洗，月月裡如此。那家如何，那個人又怎樣，總凡任何一點小事，都逃不出蔡官口中。另外蔡官又可從同樣好事的媳婦、老媽子處，聽來更多的是非，再交替的於各家中廣泛傳播。而像蔡官這種畢竟曾在大家族裡翻滾過來的女人，當然也最能懂得在那些節骨眼處找來更多可供談說的話題。（《殺夫》，頁43）

在蔡官的觀念裡自己四處洗衣獨立撫養孩子又未曾有過外遇，可以說是一生清白無瑕，因此可以斷人是非。她天不怕地不怕連父親、丈夫都看不在眼裡，好像是個獨立自主的女性典範。可惜蔡官所議論的道德標準是源於「男權思想」，也因此傷了鹿城女人的心。李昂也許有意嘲諷，在那樣的時代背景下，傳統的鹿城怎麼可能會有獨立的現代女性呢？蔡官是外表獨立但內在整個的思惟都還是受父權控制。

再看到〈殺夫〉（1983）這篇小說，故事中的第二女主角阿罔官是個講話得理不饒人，屬於張牙舞爪型的女人，她代替男權社會發聲，也是一個可憐的傳統婦女，因為丈夫早

死必得守寡而引來不平，竟然「以女性的聲音傳達男性的思想」23，無情地批評鹿城的婦女。另外，井邊洗衣服的女人張牙舞爪地高談闊論，書中寫道：「井邊的女人們，大都已有年齡，又在工作中，穿著的自是顏色沉暗的舊衣服，……女人間也不是那麼沉靜，彼此間也常會有一兩句低語，傳過一個什麼消息，會引發出一陣低低的笑聲。而不論何時，女人始終會謹慎的豎著耳朵，等待任何風吹草動，對她們來說，誤失任何消息，絕不是件光彩的事。」（《殺夫》，頁98）她們藉此來抒發在家庭中受到男性壓抑的不滿，在家庭中沒有地位不能發聲，只好轉移戰場到井邊來要心眼，議論別人的是非。這些角色李昂揣摩得很出色，活靈活現，好像舊時代的女性真的站在我們面前一般，但是她們極可能不知道自己將「父權思想」內化而代替男性發聲傷害女性，這是可悲的。「女人何苦為難女人」是李昂要傳達的原意，憑心而論阿罔官和井邊洗衣服的女人們也是受害者。

　　阿罔官在小說中會批評小姑仔將帶經血的衣褲拿給阿嫂洗，暗示「經血」是不淨的，經血何以不淨？我們女人從未仔細想過，難道只因它是女人的特有物嗎？這是一種反面思考。阿罔官最嚴厲的批評，應該是對林市的哀叫聲有意見，她把林市受虐的叫聲解釋成興奮的叫床聲，但也由此可見傳統父權是不容許女人享受性愛的，她應該無聲也不懂得性才符合男人的「好女人形象」，因此我們看到內化男性思惟的阿罔官代替男性譴責林市。矛盾的是，阿罔官要女人沈默，自己卻在井邊說人是非，她的道德標準竟是雙重的。呂正惠曾說：「這一個早年守寡因而飽受壓抑的老婦人，以她尖刻的批評來彌補她生命的損失，在她身上，李昂描寫了一幅可

厭復又可憐的舊式婦女的某一形象。」[24]足見阿罔官的雙重
形象。這是李昂對阿罔官的隱形批評，象徵對男權文化的批
判。

綜合以上的情節，不難發現李昂藉著阿罔官、蔡官以及
井邊洗衣服的女人們之「無知愚昧」來提醒女性，要思考自
身所處的環境中的言論，那些是可以信服的？而那些是刻意
貶低女性的？女人要能有所分辨，才能免於「內化男性思惟」
成為受害的女性。

再看《自傳の小說》（1999），謝雪紅在小說中是個有能
力的女性，但代表父權發聲的三伯父卻沒有放過她，在小說
中我們看到三伯父將她比擬為各種張牙舞爪的怪物，有狐狸
精、魔神仔、梵塔那尼、虎姑婆……等，極盡其可能地去醜
化女性，尤其是想爭取權力的女性，就像謝雪紅。

這些傳說中的嬌魔鬼怪竟然都是女人，為何沒有男人？
在傳統文化中，成妖成魔的是女性。這是一種男權優勢在作
怪，女人生下來就比男人低賤嗎？應該是文化符碼造成的錯
誤印象。尤其這些狐狸精、魔神仔都是會害人的，意謂著女
性會害人嗎？其中一個梵塔那尼的故事饒富趣味，它會變男
變女又稱「二形」，是否意謂著女人若企圖想效法男人一樣
有著權力地位，那她就會成妖成魔？在傳統男性的想法中女
人最好還是乖乖地順從男人比較安全，不要企圖凌駕男人。
小說中還有這樣的描述：

> 我們一直對這樣的說詞有著最極致的驚懼：
> 「謝雪紅來了！」
> 這句話取代了「虎姑婆來了」、「狼來了」、「警察來

了」等，在相當長的一段時間內，是使孩子們就範的最好說詞，只要大人們板著臉顯現驚容，朝我們低聲道：「謝雪紅來了」。連我們當中據稱最頑劣者，也紛紛不敢吵鬧、止住哭聲、閉上眼睛裝睡（當然隨著也就如大人們所願，真的睡著），或乖乖的將功課寫完、交代的事情做好……（《自傳の小說》，頁252-253）

謝雪紅等於虎姑婆，虎姑婆是會吃人的老虎，謝雪紅為何被比喻地如此不堪？因為她企圖想和男人一爭長短，而且不服從男權文化替他安排的命運——「媳婦仔」、「細姨」。她做她自己並完成政治理想，向列寧主義靠攏。

我們由此知道，被形容成張牙舞爪的女性其實也是個受害者，她因為不服輸的剛毅個性成了男人恐嚇小孩的工具，她何以變得這樣？因為李昂藉由書寫「男性醜化女性」的方式是一種「負面書寫」的策略，企圖激發女性的自覺，要女性勇於表達自己，像謝雪紅一般。因此作者才會設計這些話都出自一個男人的口——三伯父，代表傳統社會下的男性在發聲試圖控制女人的思想——乖乖地服從最好不要超越男人。讀者在解讀時必得小心求證，才能知道李昂的真正用意。

綜述，張牙舞爪的謝雪紅不是壞女人；而代替男性發聲的阿罔官也不壞，她只是不知道自己無形中已成了「男權文化」利用的對象罷了。再換個角度思考，魔神仔、狐狸精會害人，而且通常害的是男人，這是否意謂「狐」、「魔」是另一種「反抗角色」？正如西方的「女巫」[25]一般；她們通

常是有自立更生的能力不依附男人且對新奇的事物深感興趣極富冒險精神，和傳統的女性角色非常不同，是具有獨立思考能力的女性還非常能幹。而楊翠也曾說：「東西方文化中，將女性妖魔化的口傳或文字記述何其多！這些被妖魔化的、被污名化的女性形象，其實是反映了男性的性焦慮與權力焦慮；比男人有更強烈性慾的、有更多法力（能力）的女人，就是父權文化極欲除之的妖魔鬼怪。」[26]因此我們見到被男性妖魔化的「受害女性」，反而藉此凸顯了男性的焦慮並成為「反抗自己社會角色」的女性。

（三）物化的女性

女性在長期的父權思想統治下，多的是被當作物品買賣，孟悅‧戴錦華在《浮出歷史地表》一書中曾提到：「女性在被視作性對象的同時被視為物對象 —— 客體。當女性外觀被物化為芙蓉、弱柳或軟玉、春蔥、金蓮之美時，其可摘之採之、攀之折之，棄之把玩之的意味隱然可見。」[27]這些女性被「物化」供男性賞玩，變成一種客體存在。更可悲的是有些女孩則將「父權思想」內化而不自覺 —— 把自己物化當作商品利益交換，在李昂的小說中這種女性「自我物化」的情形相當嚴重。

先看到〈蘇菲亞小姐的故事〉（1984），蘇菲亞是一個一心想結婚的中國女孩，她在美國愛上了一個教授，她打算用自己的身體誘惑他，邀請他到她的寢室吃飯，為此她還決定離開多人居住的宿舍搬到一個可以有自己房間的地方住，惹來女孩們的批評：

平日與蘇菲亞小姐鬧慣了一個同房的女孩，聽後脫口
笑罵道：

「虧妳還說得出口要請客，妳怎麼這樣不要臉。」

「要臉作什麼？」蘇菲亞小姐嘻笑的反問：「在國外
凡事不搶先些，還有什麼便宜能留給妳？」

「蘇非亞。」珍妮憂慮的插嘴：「妳不怕那老師會因
此看不起妳嗎？」（《她們的眼淚》，頁126-127）

如果純粹就女生主動男生被動的立場而言，蘇菲亞並沒有
錯，而且愛情是不分國界沒有年齡限制的，她和老師的愛也
不致遭受太多批評。但是以她的動機而言，她試圖用自己的
美色誘惑老師來取得愛情、婚姻，這就落入了將自己物化的
錯誤觀念。她的身體是屬於她自己，但不該用來交換任何利
益，應該憑自己的本事及才能去吸引對方，這樣的愛情也比
較持久。而最後的結局，蘇菲亞並沒有獲得老師的愛，這個
結果反映了作者的書寫意圖，她不同意這種女性的自我物化
作為，這種女性的自我貶抑更是傳統父權文化對女性所造成
的影響，女性才會不自覺得看輕自己的身體而有此行動。

　　再看〈暗夜〉（1985），女主角丁欣欣是一個活潑開朗懂
得爭取自己權力的美麗女孩，她不屬於任何一個男人，能夠
主動積極地生活並追求自己想要的，稱得上是李昂小說中難
得一見的新女性，但她也無從倖免於這場愛情遊戲，為什麼
呢？即使是新潮的她也深深承受傳統父權思想而不自知，她
一樣地將自我物化 —— 以自己的身體換取金錢、地位及享
受。我們看到小說中有如下的描述：

「今年申請我那個學校的，好像沒什麼特別精彩的人
物。」然後他停一下才似恍然想通的接續：「By the
way，欣欣，妳這麼聰明，會有興趣到美國讀書
嗎？」

由著訝異，丁欣欣站著不動，安靜的聽孫新亞解釋…
…。

當丁欣欣由孫新亞帶著前往住宅區一條小巷道裡的賓
館時，那寒冬裡雨季不斷，已接連下了快一個月，特
別在暗夜裡，四處陰濕黑濛一片，沉黯抑鬱。水濕淋
漓中的徹骨冰寒，侃孫新亞覆蓋在毯子下要她……。

（《禁色的暗夜》，頁263）

她因為孫新亞提供的「美國留學機會」，用自己的身體當作
「交換物」取得這個機會，這無異於「性交易」。性愛進行中
孫新亞還要她說：「我是你的」，這更是一種男人佔有欲的
彰顯，並將女人物品化。

西蒙‧波娃也說過：「自原始時代至今日，性交一直被
視為女人對男人的一種「效勞」，男人以給女人禮物或維持
她的生活，做為酬謝。」[28]而文本中的丁欣欣便落入這種窠
臼，以「性交」換取「男人的禮物」。其實女人是不屬於任
何人的，她有絕對的自主權才是。

丁欣欣不只在孫新亞身上將自己物化，連跟葉原的交往
也是這樣，她之所以喜歡葉原是因為他出手大方並帶她往來
高級飯店，而就在葉原替她買了一件一萬多塊的洋裝後，丁
欣欣答應了他的「性要求」，這是何等沉淪的女性呀！聰明
反被聰明誤，自以為用「美色」掌握了男性，殊不知男性將

她視為「物品」，她的價值難道只值一件洋裝？這未免太廉價了。丁欣欣便是因為具備男性激賞的超級肉身，很快就陷入屈從於同化的危險，和男性分享同樣的價值觀，也可以說在父權統治下，許多女性習慣於傳統的競爭標準，極容易陷入父權遊戲規則而屈從於同化。[29]她「同化」於男性的思維，喜歡金錢、地位內化男性的價值觀──「利益交換」而以自己的身體換取金錢、權力。李昂用這樣的筆法來表現她不認同「女性物化」之觀點，也是一種負面的書寫策略，尤其是對於現代社會男女的愛情與經濟糾葛提出批判。

　　還有《迷園》（1991）也有女性物化的現象。除了〈暗夜〉裡描寫了現代男女的速食愛情，《迷園》中更透露了中產階級在商場上的陪酒文化，在民國80年代色情行業如雨後春筍般地林立，李昂這時也在小說中反映這種現象，使我們看到女人被物化的命運：

> 就在這時候，原穿皮裙女子打開又關上的那扇紙門，再度被打開，這回出來一個高壯的中年男子，塊頭大又粗，腆著肚子。他臉面泛紅油光沉沉，搖搖晃晃的走來坐在穿皮裙女子身旁，極為突然但驕傲的說：
> 「給你們看好看的。」
> 然後，快速的伸出手將身旁女子的上衣自皮裙中拉出，再刷一聲拉下拉鍊，將衣服往兩肩扯開，在一桌人還未會意將發生什麼時，已全然裸露出女子的整個胸部。無須襯底的胸罩是透明的黑色蕾絲，包裹著貨真價實的一雙豪乳，明確可見。（《迷園》，頁217）

這名女子就這樣被當作物品陳列「供男人觀看」[30]並且隨即被拉到隔壁房間從事性交易，如此隨便不尊重女權的現象赤裸裸地在小說中呈現，令人看了怵目驚心。

作者將台灣社會當代的醜態刻畫得淋漓盡致，也使女性更能深刻思考這樣的文化背後隱藏的危機，難道台灣的經濟奇蹟就是由這些「被物化」的女性促成的嗎？如果真是這樣，那她們犧牲的代價也太大了。作者這樣寫，並非鼓勵色情文化，也許有人要因此對她大加撻伐，但李昂的原意應是要藉由這種真實書寫的方式，讓讀者了解到社會的病態，畢竟她是一個善於挖掘問題的作家。

此外，〈北港香爐人人插〉（1997）這篇小說中的林麗姿，雖然在政壇上是個有出色表現的女性從政人物，但她的處事原則卻是用自己的身體向男人換取權力。所以她的政治地位穩固，但也受到女性主義者的質疑，小說中清楚地記載當時的情形：

> 然後她聽到有聲音在喚她的名字，回過神來聽清楚關
> 於「如何從男人處取回權力的策略」正輪到她發言。
> 林麗姿盡快再次瞥眼那仍只見背面、但已緩緩朝前移
> 出落地窗玻璃的男神像，不成比例的男人小腳細腿，
> 正載著不知是怎樣的一張臉，一步步跨出視線。
> 林麗姿沒什麼思索的說：
> 「用女人的身體去顛覆男人啊！」
> 清楚的鄙夷與仇視，出現在婦女團體的代表臉面上。
> （《北港香爐人人插》，頁149）

小說中將男子形象矮小化，並說出林麗姿的天真想法。她這樣的處事方式，李昂在小說中並沒有正面批判，但她用女性主義者的鄙夷表情暗示她的想法。

　　女性若用身體顛覆男人，那不就也是「自我物化」的一種方式嗎？用自己的身體換取權力，這是走回頭路，跟從前傳統女人為求溫飽一輩子聽從男人的指示一樣，沒有太大差別。這樣的作為會將女人辛苦建立起來的一點獨立尊嚴一掃殆盡，讓男人瞧不起。在小說中就有這樣的描述：

> 女性主義者說著，二十幾年後的陳述中仍現怒意：
> 「大家生活、住在一起，彼此有很自由的性關係，但後來我知道，他們私下叫我們『公共汽車』，甚且『公共廁所』。」
> 「為什麼是『公共汽車』、『公共廁所』？」女作家一下沒反應過來。
> 「人人都可以上啊！」（《北港香爐人人插》，頁144）

溫柔的女性想以自己的身體安慰具有理想、良知的年輕左派知識份子，但換得的評價竟是「公共廁所」如此不堪的評語。因為女人又再次把自己物化，才會換得男人的鄙夷，所以李昂再次運用這種負面書寫的方式，讓女性看到自己的盲點，拋出問題讓女性思考不要再重蹈覆轍，強調女性不該自我物化。

　　還有《自傳の小說》（1999）中，女主角謝雪紅有著悲慘的命運，先是父親早死被三伯父以160元的價格賣給台中洪家做「媳婦仔」，後來又被轉賣為張樹敏做小妾，那契約

書通常是這樣寫的：

> 立賣身妾字人陳××，有女一人，名喚謝阿女，年當
> 十二歲，當時及笄，尚未婚嫁。是以托媒人撮合於洪
> 春榮；出賣為小妾，即日三面齊議定身價壹佰陸拾大
> 元正；明約其日後為洪家生子傳孫。一賣千休，萬藤
> 永斷。（《自傳の小說》，頁156）

僅管張樹敏想替他解除這賣身契仍無法做到，只有再寫一張
類似的賣身契將謝雪紅買下，由此可見傳統社會將女性物化
的嚴重現象。

　　而最可悲的是，聰慧如謝雪紅在被物化的無奈下，竟也
做出「自我物化」的行為。無論美名或惡名，無論主動或被
動，女人將自己客體化，用身體取得權力，取得幸福。[31]就
在她和張樹敏前往日本經商時，謝雪紅為了讀書識字不惜以
自己身體做為代價取悅張樹敏，讓他在自己的身上寫字：

> 她則聰穎的提議他在她胸前寫下她不久前剛學會的
> 字：
> 哭
> 「哭」上方兩個大口正好罩住兩個乳峰，下身也有足
> 夠空間容下『犬』字。這「哭」字便好似專為能在女
> 體正面落筆所造，特別是能在雙峰間游刃有餘。
> （《自傳の小說》，頁63）

寫的字竟然是個「哭」字，筆者認為這是李昂有意在此暗示

謝雪紅「自我物化」的可悲，女人自始至終還是無法逃離
「物化」的惡運，不論是被男人物化或是自我物化，都同樣
地訴說著女人悲情。

　　回顧以上的小說，從〈蘇菲亞小姐的故事〉中女主角試
圖用自己的身體釣金龜婿，〈暗夜〉的丁欣欣以身體換取物
質享受及留學機會，《迷園》裡陪酒小姐被物化的商業買
賣，〈北港香爐人人插〉中林麗姿企圖用自己的身體為餌換
取男人的權力，到《自傳の小說》中謝雪紅無可避免地從
「被物化」的女性到「自我物化」。這些小說情節都在說明女
性的物化現象，呈現女性的受害情形。被父權物化也就算
了，可是這麼多女性竟然選擇「自我物化」，李昂到底有何
用意？筆者認為這是一種反抗父權「物化女性」的負面書寫
策略，藉此提高女性的自我意識，不再深陷父權思想內化為
自己的行為準則，勇敢自尊地活在當下，也就是不再物化自
我。

三、女性的命定說

　　現代女作家在女性主體意識覺醒的進程中，對封建壓迫
下的社會婦女問題，越來越多地轉向對女性自我困境的辯識
與反省，這當中還包括婦女在內的廣大民眾不幸命運的揭呈
和探索。[32]這種「女性自我困境」是封建社會下的產物，而
且以「命定的必須」壓迫著女性，然而李昂這位現代女作家
即藉由小說反省這種狀況。

（一）母女命運相同

李昂因為是生長在傳統的鹿港小鎮，所以她看到了鹿城傳統女性卑微的「宿命觀」，而且「母女命運相同」的書寫屢屢在李昂的作品中出現。難道李昂是一個相信命運安排的女性嗎？筆者認為不然，這是一種「負面書寫」的策略，藉以提醒女性不要向命運低頭，而要向命運挑戰。

先看到〈假期〉（1973）這篇小說中的林水麗是一名常在電視上出現的舞蹈家，她回到她的家鄉鹿城被蔡官批評為和「舞女」實在沒有什麼不同，這令主角李素心裡暗自替林水麗感到羞辱與難過，而蔡官的評斷也愈來愈苛刻：

> 蔡官繼續談說著林水麗，接著又說到林水麗的母親，李素忽忙從椅子上站起來想走開，拖鞋卻給椅腳夾住，慌亂中好一會才弄出來，最後聽到的是蔡官帶誇大口吻的在說：
> 「會出像水麗這種女兒，才真是壞竹長不出好筍呢！」
> （《殺夫》，頁35）

蔡官把名舞蹈家林水麗說成跟她當「藝旦」的母親一樣，還說壞竹生不出好筍，真是極盡尖酸刻薄。

其實若以某種程度而言，兩樣工作都有「藝術」的成份在裡面，但「藝旦」畢竟是賣身的，怎麼可以等同現代的「舞蹈家」呢？可是現實社會還是有很多人誤解「舞蹈家」，將她們拋頭露面的行為解釋為不檢點，所以林水麗母女的確也有著不被認同及被誤解的相同命運。李昂如此安排有何用

意？筆者認為這又是一次負面書寫，因為日常生活中有太多
這種母女命運相同的巧合，如果女性都深信不疑而認為一切
命定，因此裹足不前，那將會妨礙女性前進的動力，她這樣
的書寫目的應是要女性不向命運低頭，自信地去完成人生的
夢想。

　　再看〈殺夫〉（1983），女主角林市和她的母親都同樣地
用「性」換取食物；所不同的是林市是被自己的丈夫強暴，
而林市之母是被不相干的男人強姦；但母女倆卻都難逃父權
體制的制裁。林市之母被冠上「不守婦道」的罪名，而林市
在殺夫後也是難逃被處罰的命運。儘管林市的父親早已不在
人世，林市之母還是得依照「父權思想」守貞，稍一觸犯就
此一命嗚呼，我們不禁要懷疑？是誰有權力這樣草率地結束
一個女人的生命？真是害人不淺的封建思想，無怪乎作者一
直想要打破這個貞節牌坊。小說的終了，作者又極富戲劇性
地安排了阿罔宮的評論：

> 阿罔官會壓低聲音道：
> 「後來這陣子都不哀哀叫，不知是否殺豬仔對對伊無
> 　辦法。嘻嘻，我還聽到殺豬仔陳罵伊討客兄呢！」
> 「敢真有客兄？」人們好奇的問。
> 「古人說，無奸不成殺。」阿罔官嚴正的說。「你看
> 　伊母女兩人，全犯在這項事情上，作查某人不可不慎
> 　啊！」（《殺夫》，頁194）

女人何苦為難女人？林市母女被批評成具有相同的命運
——討客兄，事實上林市並沒有如此做。若要說「相同的

命運」[33]，那就是有著相同被強暴的遭遇以及「以性換取食物」的無奈。

〈假期〉中的林水麗和〈殺夫〉中的林市母女都被女人無情地批評著而非男人，前者是蔡官後者是阿罔宮。依筆者的淺見，蔡官和阿罔官都是因為內化父權思想而成為男權的幫兇，以男權社會對女性的教條，去訓示林水麗和林市母女，這是相當悲哀的結果。李昂藉由小說讓我們看到這個事實，內化的男性思惟對女性的傷害之大，女人怎可以沒有自覺呢？唯有更清楚地思考自身文化，才不會落入這個陷阱使女人自相殘殺並以為一切都是「命定的必須」。李昂書寫真實的女性命運並非要女性向命運低頭，相反的這是一種「負面書寫」的策略，為的是刺激女性去反抗命運。

（二）女主角的閉鎖命運

女性的閉鎖命運有時是因為自身對「人際關係」的高度自我要求所造成的。王緋曾說：「女性，無論作為母親、妻子、情人、姊妹、女兒，都有著太多的對自己和對同類的人生體驗，由文化和本能所造就的兩性心理結構的差異，使女性比男性更注重人際關係，重視父母親子的情感、兄弟姊妹的情感、夫妻的情感、朋友的情感、人與人之間的情感，特別重視與自身世界相關聯的愛情、婚姻、家庭倫理的問題。」[34]這種高度自我要求也可以說是「男權文化」對女性的要求，因此她們隱忍自己的需求去滿足親人的需要。李昂的文本也呈現這種現象：色陽為了「夫妻關係」、西蓮為了「母女關係」都忍受命運無情的安排。

先看到〈西蓮〉（1973）這篇小說，西蓮是一個將自己

命運託付給母親的人，先是做母親的不喜歡西蓮中意的對象，阻止他們的婚事，隨後母親竟為了避免街坊的閒言閒語逼自己的女兒嫁給自己的情人：

> 好事的人們幾經探察的結果，發現了母親和這男子的姦情。
> 這一段不正當戀情的結果是女兒嫁給了這年輕醫生，陳西蓮的母親則辯白夜裡到她家去的男子是為了會見她的女兒，沒有人知道作母親的怎樣使女兒屈服答應下嫁，事情在陳西蓮出閣後也就慢慢的平息了下來。
> （《殺夫》，頁14）

西蓮就這樣開始她悲慘的一生，她無力抗拒也不想抗拒，只有在漫漫歲月中藉由對母親及丈夫的挑剔洩憤。而母親替女兒取的名字 —— 西蓮，那西天的蓮花真的解決了母親的尷尬。

　　從另一個角度來看這篇小說，身為失婚婦人的西蓮之母和寡婦身份的林市之母，同樣一直被代表「父權體系」的鄰人監視，一有愛戀的對象就得馬上受處罰。這種封閉的小鎮文化間接造成西蓮一生的閉鎖命運，這才是作者要傳達的訊息 —— 女主角的不幸來自父權的壓迫。李昂書寫這幾位女主角的閉鎖命運，為的就是要鼓勵女性走出男權傳統的藩籬，不要相信命定的必須。那只是父權文化的假象，女人天生是無罪的，她應該可以大步昂揚往前去，不需背負太多傳統的包袱，這又是一種負面書寫策略。

　　再看〈色陽〉（1977），色陽是鹿城鄉下的保守婦女之

一，她認命地相信上天的安排在鹿城終此一生。原本身為藝旦的她，命運就已多舛，而嫁的先生王本又是個依附她的軟弱男人，幾十年來都是靠著色陽在養活他，但色陽毫不埋怨依舊堅守自己的本分做她該作的事。

直到生計維持不下去了，她怒罵王本不出外找工作，王本竟然選擇自殺了結自己的生命，即使如此她還是認命地承受這一切，繼續生活著。看到這樣的女性形象，我們深自心疼也害怕著女性重覆這樣的觀念世代交替，那麼女性在「命定」的陰影裡將永遠看不到明日的太陽。

李昂再次用了負面書寫的方式，提出問題要女性思考：這是否就是女人要的人生？鼓勵女性不要向命運低頭，應該挑戰命運創造美好的未來，女性的命運是掌握在女性的手裡，而不是在「父權體制」的身上。就像故事中的色陽，丈夫王本如此不爭氣，應該可以選擇主動離開不需再賺錢養他拖累了自己。這種命定，女性不需承擔而可以拒絕。

還有《迷園》（1991），女主角朱影紅是極聰慧的女子，在與林西庚的第一次會面中，她在那風塵女子的歌聲中終於懂得了什麼叫「棄絕」：

> 我們，那風塵女子、歌曲、以及我，我們做為一個女子，對情愛的渴求，為著或不同的緣由，被命定給終無法被真正的了解、懂得與珍惜，無從得到真心的回報，必然的只有被辜負。
> 既知曉命定要被遺棄，我們，那風塵女郎、那歌曲、以及我，便只有自己先行棄絕情愛，如此，歷經了含帶悔恨的無奈與愁怨，在自我棄絕的心冷意絕中，便

有了那無止無盡的墮落與放縱，那頹廢中淒楚至極的
怨懟與縱情。（《迷園》，頁47）

我們身為女子的必然的只有被辜負，也就是被遺棄。這是種
女性對自我的不認同與焦慮。何謂命定？因為身為女子一直
處在男尊女卑的觀念裡，所以女子的命運也隨男子的愛恨而
變。但這種命定並非與生俱來的，是一種形成的文化，它使
得女人的命運閉鎖，因此《迷園》中的朱影紅那般自棄地愛
上林西庚並一直沒有自信能得到他的愛，即便是結婚後她也
有著極大的不安全感，從她將菡園捐出的行動可以看出：

　　他溫柔的問：
　　「不後悔把這園子捐出去？以後，就不能回來常住
　　了。」
　　朱影紅點頭，立即又搖頭。
　　「不是不後悔，是不能後悔。要不，哪天我不再是林
　　太　太，這園子的下場……」（《迷園》，頁278）

朱影紅把園子捐出去讓財團法人維護菡園，以免日後沒有丈
夫的財力支持，她將無法維持園子的完整。這代表她害怕自
己隨時會被林西庚拋棄，是一種傳統女子「自我棄絕」的自
卑心態。林芳玫曾說：「李昂在《迷園》中所呈現的卻是對
各種二元對立的顛覆與融解：女人是弱者，也是強者；女人
既主動，也被動；男人既是宰制者，也有可能受到政治迫害
而被陰性化；男人誘惑女人，也被女人誘惑。」[35]所以小說
中的朱影紅有著一體兩面，時而主動堅強，時而被動軟弱。

這個角色有謀略懂得男人心理而成功地獵捕林西庚，但不免還是落入「男權思惟」的窠臼，有著女子的自棄心態，這又是作者刻意設計的另一個借鏡——要女性去思考不要相信「命定說」，要勇於挑戰自我走出傳統思惟。

綜看以上的小說：〈西蓮〉中女主角接受母親的安排和母親的情人結婚過著抑鬱的日子，〈色陽〉中女主角認定並接受自己坎坷的命運且視為理所當然，《迷園》中精明的朱影紅也有著小女人的自棄心態。這些小說中的女主角都生活在閉鎖的想像空間裡，認為自己命該如此。作者這樣書寫是一種負面筆法，為了表達對這種傳統觀念的不信任，所以這幾位女主角最終都過著不快樂的日子，因為不正確的「信念」影響了她們的一生。

（三）男權視角下的「女性命定」

在男權視角下，女性的苦難彷彿是「命定的必須」，西蒙·波娃也提到：「男人認為女子在性欲上得不到滿足，是天經地義的，他們將女人的苦難，很樂觀地推說是命運使然。」[36]這種想法是將女性貶抑為第二性，並將女人的苦難視為上帝的懲罰，所以她生來要比男性遭受更多的折磨。李昂除了在小說中安排了女性對自己命運的看法來刺激女性了解自己的處境，她還設計了傳統男性在故事中發聲——訴說著女人該如何保有三從四德。隔外嘲諷。

首先看到〈暗夜〉（1985），女主角李琳是個極度相信「算命」這套說詞的女人，算命說她的先生黃承德命中桃花太重，所以她就睜一眼閉一隻眼地過日子：

> 李琳當然知道黃承德在外面不會沒有女人，否則他不
> 至半個月、一個月才要她一次。只要是應酬上玩玩就
> 算，李琳從不計較。從小受日式教育的父親就以身作
> 則的教導：男人這等事難免，只要不過份，女人天經
> 地義得容忍。（《禁色的暗夜》，頁177）

連她的父親都要她忍受丈夫的外遇說是天經地義，這個傻女
人就這樣相信命運並順從命運的安排。

　　小說中另一個女人黃承德的母親也背負著男權視角下的
「女性命定」，她因為丈夫出海沉船而耐不住寂寞與人有染，
被不諳世事的小兒子發現：

> 看過幾次小黃承德說給阿媽聽，因為竹床會嘰嘰軋軋
> 的響十分有趣，沒料到阿媽拿著掃把打阿母，一邊哭
> 罵：
> 「不見笑查某，阿明船才沉不到半年，不一定還活在
> 哪裡就要回來，妳就做這款不見笑的事，不怕人笑
> 話，也不替這囝仔想想！」（《禁色的暗夜》，頁207）

第二天黃承德的母親就離家出走了，留給黃承德無盡的羞
辱，所不同的是這次發聲的是代表男權文化的女性──阿
媽，阿媽用她內化的男性思惟責罵媳婦。

　　不論是李琳的父親教導她必須忍受丈夫外遇，或是黃承
德母親在丈夫死後依然沒有性愛自由，這些都是傳統「三從
四德」的觀念作祟，致使女性的命運愈來愈悲慘。這種事實
經由小說呈現再度讓讀者去反省思考其中矛盾不合理的地

方：男性在妻子死後可以續弦女性卻不行，丈夫可以在外面捻花惹草妻子卻要苦苦守候並原諒丈夫的不忠行為。這樣的思維模式對女人是不公平的。

再看到《迷園》（1991），女主角朱影紅相當聰慧，但在與林西庚的交往中，時常流露出小女人的模樣，原因無他因為她有一個傳統的父親影響著她，從她父親的信中我們可以看到：

> 綾子，妳畢竟是個女孩子，生命對你最重大的意義，是找個好的歸宿，所以我放任自己，自私得留妳到高中畢業。（《迷園》，頁32）

女人的一生最大的意義是找個好歸宿，而不是自己有所成就，這個信念深深烙印在朱影紅的心中，無怪乎它的情愛表現，總是擺盪在傳統與現代之間，無法掙脫父權的枷鎖──時而熱情勇敢地看清愛情遊戲中自己的劣勢另找替代的人Teddy，時而又保有傳統女性的特質繼續等待。

朱影紅這樣的行為是因為深信父親教誨所致：女人命定要找一個好男人過一生，否則自己便變成殘缺的一角不圓滿。但這樣的書寫方式，並非鼓勵女子認命；相反地作者是要女性看清事實，勇敢擺脫父權。尤其是面對不合理的教誨時，女兒更不應一味聽從父親的教導。小說的另一場景，是對朱影紅「未婚懷孕」時的心理刻畫，小說中的她這樣思索著：

> 那肚內的孩子尚不能用感覺去證實，但最可怕的是她

毫無疑問的一天天不斷的在增長，像揮除不去的夢
魘，一天天加深重量，而且不需要太久，即會以外觀
上明顯的不同來拖累她。她朱影紅，還有他的姓氏及
家族要面對，無論如何不可能在沒有婚姻的狀況況
下，去生下這個孩子。（《迷園》，頁249-250）

朱影紅面對傳統父權，無法生下這個非婚生子女，如果生下
它不知如何面對父親的姓氏及整個家族，這也是男女差異的
迷思。

　　這種書寫也讓我們再次驗証社會的許多「男女不平等」
現象。此話怎講？男主角林西庚可以擁有多個非婚生子女，
而且母親均不同；但身為女性的朱影紅卻不行，必得最後拿
掉她心愛的孩子，為著父親的姓氏不能被「未婚懷孕的女兒」
玷污，所以她殺死自己的小孩而一輩子可能要因此承受良心
的譴責。這樣的結局應該不是作者樂意見到的，但是她卻如
此書寫，為的便是要凸顯男權視角下的「女性命定」——
女性命定地不能以自己的姓氏擁有小孩，必得要依附男性才
能有一個孩子。這是作者要讀者思考的地方，女性何以必須
如此？難道她真的是第二性，當然不是，女性應該自我定位
不該再保持沈默要爭取自我的權利。

　　還有《自傳の小說》（1999）也有「女性命定」的書
寫。在《自傳の小說》中對這種男人性自以為是的「女性命
定」，描寫得更為豐富精彩，原因是李昂塑造了一個代表男
權社會發聲的角色——「三伯父」[37]，他極盡可能地教導他
的姪女們何謂「三從四德」，就讓我們一一地來檢視小說中
他所說的話。首先，三伯父對戰亂中的女人應如何「自保」

有三種見解，更確切地說應該是女人如何為男人保住她的貞
操才是。

(1)『查某人生死事小、失節事大。自古烈婦節女，那
個不是甘願求死以全名節，不願活著被侮辱。查某
人最重要就是貞操，在戰亂時，特別可見一斑。』
（《自傳的小說》，頁72）

(2)萬一來不及撞牆咬舌、剪刀菜刀俱不在隨手可得之
處，受到凌辱之後，三伯父也自有訓示：要不跳水
自盡、池塘古井小埤大圳，有的是地方（還都沒加
蓋，三伯父說）；再不，懸樑上吊，需要的只是一
條褲帶（要綁牢死結才不曾脫落，讓人笑話以為只
是做樣子，三伯父說）。（《自傳的小說》，頁77）

(3)在我的三伯父講述的諸多女人身處險境的故事中，
三伯父總不忘一再提示：過往女人為保住自己的貞
節，不能自殺時，必得自毀。
自毀的方式甚且包括別目割鼻這類極需要勇氣又極
其困難的方法。
（《自傳の小說》，頁222）

三伯父介紹了各式保全名節的死法：撞牆、咬舌、剪刀、菜
刀、跳水、上吊，甚至毀容，男人這麼沒有安全感深怕他的
所有物 —— 女人，被別的男人佔領。劉慧英在她所著《走
出男權傳統的藩籬》一書中曾提到：「傳統的父權制視女性

為傳宗接代的工具，因而格外重視女性的貞潔與否，它關係
到家族的血統是否純正，關係到財產是否永遠不流失。」[38]
所以代表三伯父的父權體制才會教導姪女各種保全名節的死
法。

　　而且饒富趣味的是裁縫刀在女人看來是經濟獨立的象
徵，可是在男性眼中卻是保全名節時採用的工具，男女的觀
點差別如此之大。而讀到這些文字，筆者覺得李昂深具黑色
幽默感，因為這些情節不會令人生氣，反而令人莞爾一笑。
何以如此？原因是這些傳統的作法，在現代來講幾乎是不可
能的事，現代演講會上教導女人自保的方式是無論受到什麼
污辱女人必得要保住性命，因為生命是最可貴的。但在傳統
男人三伯父的口中，卻是「貞操比女人的生命還要可貴」[39]。
由此我們見到傳統與現代的觀念差距，也了解到古代婦女沒
有人權的悲哀。而令人莞爾一笑的情節更可成為李昂「負面
書寫」策略的佐證。除此之外，三伯父對於查某人騎「自轉
車」也有意見：

> 多年後，女用自轉車普及，三伯父也並不曾因少了車
> 前那一根鐵桿，而稱許「查某人騎自轉車」我模糊的
> 總感覺，對查某人「騎」在什麼上面，三伯父其實就
> 有意見，……。（《自傳の小說》，頁79）

這又是一種男女地位的辯證問題，男性不希望女性騎到他們
頭上，她的地位應該是在下面才對，所以騎自轉車象徵女性
也有駕馭工具的能力並可能因此凌駕男人之上，當然不見容
於三伯父。

　　小說中另一個場景也提到了這種男性認定的「女性命定」，這回說得人不是三伯父但一樣是個男人，事情緣由於謝雪紅想在政治上和男人一較長短，共產黨的男性高幹們竟然用「性」來打擊謝雪紅，他們的說詞是她與男人們的關係太複雜，不是一個好女人所以必得下台。但是仔細評估，一個女人有無政治實力和她的「性關係複雜」應該沒有必然關係。這又是傳統男性用他自己的標準在要求女性——因為謝雪紅不符合傳統的婦德所以也不可能在政治上有傑出表現。傳統男人的想法藉由李昂的筆書寫出來，是一種「負面書寫」的策略，要女人清楚自身的定位，不要被男性打擊而以為自己的確是有污點的。

　　綜合以上幾篇小說，〈暗夜〉中的李琳父親要女兒忍受丈夫的外遇，黃承德的母親在丈夫死後依然得守節；《迷園》的朱影紅謹記父訓——找個好歸宿勝於一切，並且不敢當未婚媽媽以免玷污到父親的姓氏；《自傳の小說》中代表父權的三伯父更是嘮嘮叨叨地訴說女性應有的本分——包括戰亂中寧死不受辱，女兒生來本賤可以受寒更可賣身葬父，還有不論發生什麼事就算父親死了女兒也要初二才能回娘家；更有共產黨當高幹用性打擊謝雪紅，說她不守婦德所以政治上也不可能有出色的表現。這些情節都是李昂在觀察傳統社會後以「男性的視角」寫下他們認為的「女性命定」，女性命定就是要以男人為中心依附他，但作者顯然不以為然，所以當讀者閱讀到這些情節時，有時會覺得這是李昂故意誇大情節搏君一笑，藉以讓女性知道這些「命定的必須」已不合時宜，其中以三伯父的講古最為明顯。這是李昂的負面書寫，以這些傳統男性認為的「女性命定」來呼籲女性不

要向命運低頭，所謂命定只是男權文化的思考罷了，女性不一定要遵從。

第三節　「獨立女性」的書寫

澳洲知名女性主義學者傑梅茵‧格里爾在其所著《完整的女人》一書中提到：「婦女現在既然已經獲得了一定的信心，而且也開始大展拳腳；男人便越來越深地龜縮進他們自己虛擬的真實世界中去了。」[40]女性在「自我解放」後獲得信心成為獨當一面的主體，而男性反而退縮。

李昂文本為披露這種現象，而展開「獨立女性」的書寫策略。首先，她對小說中角色的經營很用心。通常主角都是女性而且獨立勇敢；但是女主角身旁的男主角卻懦弱無能、怕事畏縮，不肯負責任。用這種書寫策略來寫小說，是對傳統「男強女弱」的觀念有意見，所以刻意這樣書寫。

一、主動的女性

90年代台灣女作家們所書寫的女性經驗，大多呈現主動積極的女性形象。伍寶珠曾說：「90年代的台灣女作家，為自己的性別身份抗爭，並建立自己的敘述主體，從女性的視角出發，寫出女性獨有的感想與經驗，這包括女性的身體、情欲、性等範疇。」[41]筆者認為李昂的書寫無法完全呈現這種女性特有的感想與經驗，她是以「批判父權」做為書寫重點。然而她筆下的女性企圖奪回支配自我的權利，尋

找一種為自己行為能作出決定的權利，這種權力並不是凌駕
一切的主動，而是一種捍衛自我獨立人格的選擇權。

（一）發言主動

自古以來，女性總是被男性剝奪發言權，她在家庭及社
會中必須保持沉默，也就是絕對服從男性的權威。可是李昂
筆下的女性卻顛覆這種傳統，她們能夠侃侃而談，發表自己
的言論，向「男權社會」奪回發言權，成為「主動發言」的
女性。

先看到〈回顧〉（1975）這篇小說，女主角珍因為和男
友在外同居一夜，被學校記兩支大過，同儕對她表示關心並
安慰她不要難過，可是珍的回答竟然出人意料：

> 我很激動，不知從哪來的勇氣使我於那天下午看到珍
> 獨自坐在花園的樹下看書時，走到她跟前，自己都吃
> 驚順暢地說：
> 「珍，不要難過，我們都相信妳是無辜的。」
> 「難過什麼？」
> 珍張開她豐腴的嘴，很是詫異地問。我知道我又臉紅
> 了，稍結巴，但我還是說了。
> 「關於妳被學校記兩大過。」
> 「噢！那個嗎！」珍微笑了，拉著我和她並坐。「我
> 一點也不在乎。」
> （《李昂集》，頁92-93）

珍的回答是：「我一點也不在乎」，她不在乎父權的價值，

也就是說她否定父權的規範──禁止女人在婚前有「同居」的行為。而且珍的發言表示對「同居」這個行為採取肯定的態度，所以她因為同居被代表父權的學校處罰卻回答一點也不在乎，這是李昂文本「發言主動」的例證，一種向父權挑戰的言論──認同「同居」這個行為，就算女主角被處罰也不在乎，十足的反叛性格，李昂小說藉此呈現獨立女性的樣貌以掙脫父權規範的枷鎖。

還有《自傳の小說》（1999）中也書寫女性的「主動發言」。謝雪紅具有獨立自主的女性意識，筆者在之前便已介紹過了。她情欲解放又積極參與政治，李昂將她塑造成獨立女性的形象很成功，也令人留下深刻印象，尤其是她發言主動，在那一次台灣人召開的「政權紀念會」上她有機會初試啼聲：

> 那便是我做為女人最深切的熱切與渴望：
> 「我們」的問題。
> 被稱為「一點紅」的謝雪紅，生平第一次在眾人的聚會上演說：
> 「台灣婦女也應該出來做事，參加社會活動，要台灣人得到幸福，台灣婦女也要參加──好比大石需要小石墊靠一般。」（《自傳の小說》，頁104）

第一次發言就一鳴驚人，深獲好評，而且講述的還是關於「女人」的問題，鼓勵女性要參與社會走出家庭，很具正面的女性意識，也是作者為了宣揚女性意識特別形塑的角色形象。

　　小說中對她的發言主動還有如下的書寫：「建黨後的大
逮捕使原在台灣的台共領導者逃匿到中國，未能連繫上的書
記長林木順尚無從發出指令，在這個流竄的時代，為時勢趨
使神差鬼使返回台灣的謝雪紅，看到了黨內男同志俱缺席的
新契機──她能發言、有所作為的空間。」（《自傳の小
說》，頁175）她終於能代表女性和男性一較高低，開始獨自
展開活動、發言而有所作為。這是李昂有意設計的角色形
象，讓謝雪紅去顛覆「男尊女卑」的傳統觀念。其時的謝雪
紅，她所講的話不僅女性要聽男性也得聽，而且還頗有影響
力，十足的「主動地位」，改變了男女主從關係，為女性爭
一口氣。

　　除此之外，《自傳の小說》中穿插了一則重大社會新
聞，就是「婦女集體裸身遊街」事件，小說中有如下的描
述：

　　東方社武漢消息：
　　日前武漢方面應欲謀思想之解放，曾舉行婦女裸體遊
　　行二。第一次參加者只二名，第二次遂達八名，皆一
　　律裸體，惟自肩部掛薄紗一層籠罩全身，遊行時，高
　　喊打倒羞恥口號，真破天荒之舉也。（《自傳の小
　　說》，頁182-183）

作者這樣的寫法是太過露骨，但可以看出她明顯的「獨立女
性」書寫策略，是一種鼓勵女性發言主動走出傳統的書寫方
式，以之鼓勵女性正視自己的身體並克服自己身體裸露的羞
恥之心，進而愛惜自己、肯定自己，由此建立女性的自信及

主體價值。

　　再看到小說中的另一場景，謝雪紅在「霧社事件」未發生前，於《台灣新民報》上發表這樣的言論：「台灣婦女受到經濟壓迫特別嚴重，沒有財產權、工資不平等。台灣婦女已經認識自己的處境、受到世界各國婦女運動的刺激，將一起站起來開始行動。現在，時候已經到了，現在，站起來呼喊，會引起很大的迴響。婦女必須投入政治、社會運動，以組織的力量奪回自由，最後求得全體女性的解放。」(《自傳の小說》，頁214) 這樣的情節展現，赤裸地將謝雪紅形塑成一個「女性主義者」，是有損小說的藝術性，但可看出李昂的書寫動機，她企圖藉由這樣的書寫來鼓勵女性主動發言，成為獨立的女性個體。

（二）性主動

　　法國心理分析家依瑞格雷（Luce Irigaray）認為：「女性性愛的『他者性』（otherness）一直是被父權結構所壓抑。父權結構欲在男性的決定標準之內理論化女性性愛。」[42]這是傳統女性被壓抑的「性愛」，但李昂文本卻顛覆這樣的傳統，她筆下的女性對於「性愛」具有「主控權」，能夠主動出擊而非被動的「他者」。

　　首先看到〈生活試驗：愛情〉（1982）這篇小說，丹丹是個婚姻不幸福的女人，她的先生有外遇，所以她打算積極主動地接近宋瑞淇：

> 接著該是她著意的接近起宋瑞淇，甚且她自身都不願承認的，也許她最始初的目標即在他。……

> 她開始有意的介入他的生活，在那些狂歡的派對裏，
> 她有過機會當然也考慮種種可能。然而第一次總比較
> 困難，卻是心懷著要對丈夫的報復，與異鄉異地所減
> 除掉了的大半道德規範，不久後她有了適當的機會。
> 對象是一個藝術學院的年輕美國學生，在送她回家的
> 路上，在車內，她讓他有了她。（《愛情試驗》，頁
> 150）

她的潛意識讓她這樣做，還先跟一名大學生發生性關係以做
為和宋瑞淇接近的藉口，宋瑞淇果真在聽完丹丹的敘述後和
她有了肉體的歡愉。在這整個性愛追逐過程中，丹丹扮演的
是「主動」的地位並非被動。李昂又再一次顛覆男女之間的
主動／被動地位，藉由主動積極的丹丹來激發女性潛伏的欲
望，鼓勵女性在受委屈的婚姻中應該走出陰霾，尋找自己的
快樂。所以她筆下的丹丹才會「性主動」地去勾引男人來滿
足自身的需要，而且一次還同時擁有兩個情人，一點也不輸
她的丈夫，女性的復仇可以如此。

再看〈轉折〉（1982），女主角在結婚前夕主動要求和未
婚夫的老師有一夜情，她邀請他吃飯：

> 吃過飯幾分酒意眩然中，我聽她談對上個研究的意
> 見，然後極為突然的，她未曾說完一整句話，語氣平
> 直的接下加插道：
> 「我想同你在一起一個晚上。」
> 由於驟然在同一句話中換轉話題，又是毫無停頓與轉
> 折的接下說，致有一會我沒能聽懂她的話，當會過意

來，我不免直覺反應的驚訝地抬起眼來看她。

她避開我的視線，仍語氣不變的又說：

「我想同你在一起，在我結婚之前、今天晚上。」

（《愛情試驗》，頁113）

她是處於主動地位，在她暗戀的已婚男老師面前要求性愛，如此大膽，而且在這之前，她還藉著當他助理研究員的身份去靠近他，自我推銷地說自己工作效率很好讓對方無從拒絕，就這樣女主角慢慢靠近他的獵物，似有若無地展現女人的魅力讓他愛上她，因為近水樓台先得月，兩人日久生情。

　　而在那次性愛後，女主角選擇和別人結婚並留下一本寫滿對他愛戀的日記寄給他。這個情愛遊戲中，男主角一直是處於被動的地位。甚至最後他已深深愛上她也無法改變任何事實，女主角已嫁作人婦。我們先不去考慮女主角的心是做何打算，而就主動性而言，這齣愛情戲的導演是她而非他，而且男老師完全沒有參與的機會。李昂再次成功地塑造一個主體意識獨立的女性——主動積極，是個狠角色。

　　此外，《迷園》（1991）中的朱影紅，在小說中也是一個「性主動」的女性，她不願被男性支配，有很高的自主性。先從她的最愛林西庚談起，朱影紅永遠在「性」方面有著主控權：「在他五百坪的頂樓住家，在設計師設計的法式、水藍與粉紫，啊！特別還有灰顏色搭配成的起居室，她誘引著他，但讓他全然主動的伸手進入她的衣物內。她同意他打開她上衣的衣鈕，應允他只能撫摸到她的肩背。」（《迷園》，頁147）林西庚雖是情場浪子，但也不敢太造次，朱影紅只允許他撫摸到她的肩背，其他則不行。女人可以在深愛

的男人面前冷靜如此，實在不簡單。即便是後來林西庚要求
在車內做愛，她也不答應，非得要是朱影紅自己設計安排的
「洛杉磯」之夜，她才願意讓他在車上有了她：

> 在那臨離去的春天夜晚，朱影紅要司機開著車子在市
> 區的高級住宅區、商業大道上繞行，她知道，敞大綿
> 延的洛杉磯市區，即使在夜裏交通順暢中，仍能繞行
> 數個小時。
> 「讓我們經歷洛杉磯夜晚的神妙。」她微笑著向司機
> 說。
> 然後她開始誘引著林西庚，主動而且熱情，卻因著緊
> 張微略抖顫。林西庚立即會意到他可以做的。（《迷
> 園》，頁337）

朱影紅外表矜持高貴，內心卻狂放熱情，她有強烈的欲求並
對林西庚採取「性主動」，當林西庚暫時離開她，朱影紅馬
上另找替代品Teddy來解決性需要，而且是主動出擊：「朱
影紅原就美麗，她狂亂的激情使她略凹陷的嫵媚大眼睛中躲
著幢幢烈焰，迫切令她有著不顧一切的纏綿風情。在主動示
意的第二次相聚，那男人即回應了她所要的。」（《迷園》，
頁155）朱影紅面對第二個男人還是處於「主動」的地位，
主動尋求替代對象並衡量他的條件才出擊。李昂塑造這樣一
個獨立的女性，尤其在性愛上特別主動享有控制權，是非常
具顛覆性的，深切地展現女性情欲解放的自主性。

還有〈空白的靈堂〉（1996）也有「性主動」的女性意
識。李昂在描寫女性情欲上，火辣大膽不計形象，讀來令人

一驚。〈空白的靈堂〉中的添進嫂就是一例，她在丈夫因政治事件死後，積極尋找生命的春天，並在聽聞「台灣國國父」的遺孀擁有情人而且是個司機，她也想找個司機情人一較高下：

> 然「添進嫂」失望的發現，她老闆的司機是個魯直的死忠「柱仔腳」，小學是否畢業都還是問題。其他來往的民意代表們，多半自己開車。那些「代夫出征」政治犯在任公職的妻子，是有司機，但由服務處身強力壯的人員兼職──有時還得扮演保鑣，避免「抓耙仔」惡意騷擾。
> 只「添進嫂」並不灰心，噢，一點也不，她倒是因這樣的希望容光煥發得更美麗起來，她積極參加反對陣營的各式集會，吸引一些注意，當中包括一個政治犯。（《北港香爐人人插》，頁99）

小說中描寫添進嫂失望後再接再厲的心境轉折，側寫她主動找尋情人的決心，並深諳最危險的地方就是最安全的地方之道理，她竟在男人將她供在「神主牌位」上的「反對陣營」裡尋找，主動引誘開宣傳車的司機，並且順利成功：

> 終於在開票當天，歡騰的慶功宴上，兩人都有幾分酒意，「添進嫂」有意無意談那「台灣國國父」遺孀與助理司機的傳言，甚且到選戰最激烈的時刻，都沒有人敢製造黑函以此做攻擊。「添進嫂」還引述聽來的閒言：

> 「人家說她的丈夫死得太悲慘，打擊她，支持反對陣
> 營的民眾會認定是抹黑，反而引起反彈。」
> 她還不斷慫恿男人們拚酒，最後他真是醉了，伸過手
> 去撫摸她在桌子下的大腿，兩人醉眼相對吃吃浪笑。
> （《北港香爐人人插》，頁100）

這樣一個女性形象活生生地彷彿就在眼前。李昂讓她大膽主
動「走出悲情」，而且沒有愧疚感一點也不受傳統父權影
響，反對陣營的倫理也全然不顧，添進嫂直接朝人性的弱點
出擊──看準男人的色欲薰心，所以獵捕成功，讓自己一
天比一天漂亮，真是個不簡單的角色。

綜觀以上的小說，〈生活試驗：愛情〉中的丹丹主動引
誘朱瑞淇；〈轉折〉中的女主角在婚前要求和一名有婦之夫
發生關係並就此避不見面；《迷園》的朱影紅在「性愛」上
享有主控權；〈空白的靈堂〉中的添進嫂不顧「父權文化」
的倫理觀念在反對陣營裡搔首弄姿。這些李昂筆下的女性都
主動大膽地玩「性愛遊戲」，把「父權的教誨──女人應該
安靜順從沒有情欲」全部拋在腦後，盡情享受自己身體的歡
愉不顧眾人眼光，真是前衛的作法。作者在這裡的書寫策略
是積極正面不逃避的，她讓女性走出父權傳統，而以「獨立
主動」的面貌出現。

（三）主動追求愛情

除了主動追求性欲的大膽女性之外，主動追求愛情的女
性也在李昂小說中出現。「性愛」是短暫的，可是追求愛情
卻代表可以長久和情人在一起。人們之所以近乎狂熱地爭取

和倡言婚戀自由，使初生的、因而也是稚嫩的「愛情」宣言
占據了新文學的偌大地盤，並以此去全力打破那壓裹著生命
本體的封建倫理觀念的堅殼，其中一個最基本的甚或是下意
識的心理動機，就是要以真實率直的情感追求，顯示出真正
的亮麗的生命存在。[43]這種打破「封建倫理」的堅持持續漫
延到文學，使得李昂作品中出現了「主動追求愛情」的女
性，她們率真地追求屬於自己的動人愛情，肯定自己生命的
存在。

　　首先看到〈最後一場婚禮〉（1979）這篇小說中的林雪
貞便是這樣的角色，她是一個留日的女學生並參加反日組織
進而結識自己此生的最愛──李水連，可惜他們的愛情不
被林雪貞的父母祝福，李水連央求老師到林家提親卻被兩老
冷嘲熱諷。父親責罵林雪貞不孝說是和李水連交往會害他們
一家都要去坐牢，林雪貞靜默但心裡已有打算：

> 林雪貞不曾再答辯，深知女兒性格的母親使往後幾天
> 內雪貞行動受到嚴密注意。直到大約一個星期後，一
> 家人看她沒有什麼兩樣，以為她已改變主意，雪貞才
> 得機會脫身離家，隨身只帶簡單換洗衣物，當南下火
> 車離了台北市，雪貞不禁淚流滿臉。（《她們的眼
> 淚》，頁150）

她和李水連私奔了，如此堅毅的女子，為了自己的愛情理想
竟然背叛父母獨自離開，在台中州和愛人舉行婚禮。
　　李昂安排這樣的婚禮是有其象徵意義的，象徵女性走出
男權傳統，而且能自主婚姻不再受父權支配。這也是一個獨

立自主的女性形象再次成功地出現在李昂小說中。她主動追求愛情不顧父母反對，也不擔心自己會因為丈夫的政治身份而受牽連，一心相信自己的眼光與決定，如此有自信有魅力的女孩，是李昂推崇的新女性形象，更是一種正面的書寫策略，鼓勵女性自由爭取自己想要的，尤其在婚姻方面更要獨立，「自由戀愛」是走出男權傳統的重要步驟，象徵「父權文化」開始在瓦解，女人終有自主的一天。

再看〈生活試驗：愛情〉（1982），這篇小說中穿插著兩位女性的故事，一個是丈夫有外遇自己也主動追求新對象的丹丹，另一名是和情人出遊摔斷腿的本匠妻子。這兩名女性處境雷同，但追求愛情的勇氣卻截然不同。故事中的丹丹沒有勇氣在眾人面前說出他和外遇男人宋瑞淇的關係，可是木匠妻子卻不同：

> 剎時間，在因酒精而紛亂的丹丹心中，一個意念清楚湧現，她想她終可以了解木匠妻子的作為。木匠妻子必定知曉她癱瘓的上半身已不再能羈留住年輕男子，可是只要她說出他們之間的關聯，藉著外在的社會力量，她或還有機會挽留住他，就是同樣要失去他，在經過這一整個事件，她至少總有所獲得。（《愛情試驗》，頁162）

木匠妻子不顧自己的身份地位並勇敢地在媒體面前揭露自己與情人的關係，試圖藉著社會道德力量要永遠留住他。這種不顧一切主動追求愛情的勇氣，是女人中少有的類型，尤其在衡量自身已是殘廢的情況下還敢如此執著，有著一種「任

性」的美感。但反觀現代女性在現實社會中的勇氣，卻不及
木匠妻子的千分之一，大部分的女性都是努力克制自我情感
委屈求全。而李昂設計的這個角色，看了令人覺得她不自量
力卻也心生讚賞，在讀者心中自然會永難忘懷這名奇情女子
的行為，這應是李昂特意書寫來鼓勵女性應主動追求自己所
愛，走出傳統愛情中女性的被動地位。

　　還有〈蘇菲亞小姐的故事〉（1984），女主角蘇菲亞小姐
是來自南台灣的姑娘，她一心想結交外國男友，也真的這樣
去做：

> 取了個洋名字的蘇菲亞小姐自老相好洛德到了南美洲
> 後，開始放眼物色新的美國男朋友。在美國的大學裏
> 上課，當然不無有結識美國男學生的機會，蘇菲亞小
> 姐也不放過一些可以接近他們的場合，比如學校裏的
> 中文系，需要有人在課餘時間裏幫助學中文的美國學
> 生會話，蘇菲亞小姐很熱心的就報名參加了。（《她
> 們的眼淚》，頁122）

就這樣她主動地尋找新的愛情機會，而且不單只求多短暫的
快樂，而是想和男友一輩子守候在一起。首先她結識了一個
美國男學生並教他中文，但沒有結果；蘇菲亞再接再厲地追
求第二個對象 —— 美國老師，她甚至想邀請男老師到她的
寢室聚餐，無所不用其極地死纏爛打一再以請教課業為由去
邀請老師赴約，最後老師終於答應，結果並不如她所預期般
地美好。如果先不以成敗論英雄，就她的「主動追求」精神
及不怕失敗的毅力而言，這種追求愛情的勇氣的確替「保守

被動」的女性跨出了一大步，是李昂巧心經營的角色，可以說是一種「獨立女性」的類型，一改傳統女性「苦苦等待」的形象，也具有某種程度的顛覆效果。

此外，〈移情〉（1986）這篇小說也有「主動追求愛情」的女孩。李仕芬曾說：「在現實生活中，或者在文學作品裏，兩情相悅的情況並不多見，就如李昂故事中的男女一樣，雙方的情感始終不能平衡，一方愛得熾熱時，另一方則冷淡無意。」[44]〈移情〉就是這樣的愛情故事，小說裡的女主角深深地愛上一個無情的男子，原本她也是苦苦守候，後來卻轉為主動追求。雖然她的方法有待商議但她還是不顧一切地做了，她聽從「和尚」的教導用杏花作法移情，並且將自己的情愛轉移給男子，希望男子能多愛她一些：

> 而那白色杏花上的一抹嫣紅瞬時間逐漸加深，開始轉為誘人的粉紅，如霞如霓，男子似深被蠱惑地伸出手去觸著那花，亦碰觸到少女的手。
>
> 觸地驚心的一陣顫慄，紅潮湧聚上少女的雙頰。怎樣的情愛呵！少女渴望著，我要他怎樣地來愛戀著我呵！少女看著那花逐漸地由粉紅轉為郁郁深紅，而男子的眼光開始閃現一瞬驚奇的情意，少女深受感動了，心中希求著男子更多更甚的愛情，迫切地要將自身的情愛更多的轉移向他，終於，當那杏花成為血色一樣鮮紅時，花瓣略見勞頓地微微蜷縮起來。（《李昂集》，頁143-144）

她熱切地希望眼前的男子再愛她更多一些，所以一不小心將

自身的情感全部轉移給他，自己變成無情的人。試問，這樣他們如何相愛？這是一個寓言小說，在暗示男女間愛情的苦楚，但就女生的移情動作而言，她的確稱得上是一位主動追求愛情的女性，而且是自毀性地追求愛不顧一切後果。

還有《迷園》（1991），女主角朱影紅在男主角林西庚離開她之後，心中暗自做了決定：

> 坐在繁華富麗的家中的朱影紅，開始相信起，是在林西庚站起身離開那咖啡館的瞬間，她有了這樣的決定：她要他，不管以任何方式、付出何種代價。因著她朱影紅，活到那片時片刻，還從來沒有任何一個男人，這般三番兩次的自她身邊走開，而且說走就走，毫無餘地。（《迷園》，頁134）

她開始有計畫地追求林西庚而且極具謀略性。

首先她刻意引起他的嫉妒心，因著她手上掌有林西庚工作上的重要資料，她假裝自己同另一個情人黃先生出遊而撇下重要資料不管：「她告訴牡丹，臨時興起要同一位黃先生到南部去玩幾天，她留下一疊重要的土地資料，是隔天即需要用到申請變更設計的權狀。朱影紅一再叮囑牡丹，如果那個以前常打電話來的林西庚來追問這批權狀，一定要記得重複抱怨小姐突然丟下一切同黃先生到南部玩的種種。」（《迷園》，頁160）這個計策果然奏效，林西庚上當了，在朱影紅回去上班的第三天便氣沖沖地說他夜裡八點去接她出來，女人的權謀如此厲害。鍾玲對朱影紅的獵捕技術如此稱許：「我想朱影紅之為獵人非常高明，因為她能完全掌握獵物的

心態。……她完全懂得欲擒故縱和若即若離的獵術最能獵取
愛情……。」[45]因此林西庚一步步走入她設下的愛情陷阱。

除此之外，朱影紅為了愛情還利誘林西庚出來參加公會
的理事長選舉，藉此朱影紅便可使林西庚答應她到他的公司
上班，讓他沒有她不行還可以就近監視獵物以免別的女人靠
近，手段非常高。有一次，林西庚的得力助手馬沙澳非禮朱
影紅，她更藉此機會要林西庚娶她，雖然並未成功，可是她
在小說中清楚分析情勢的冷靜，令人不禁要讚嘆她的權謀。
伍寶珠也曾說：「在《迷園》中，朱影紅、林西庚長期處於
情愛的角力中，他倆常徘徊於操縱／被操縱的形態之中，事
實上，操縱／被操縱的關係在他們之間常常交替互換，這就
是一種『性政治』，意指男女在愛情關係中的角力。」[46]雖
然兩人的「土爸」位置常常易換，然而朱影紅主動追求愛情
的決心，終使她如願以償成為林太太。

總之，李昂塑造的這個朱影紅，有時顯現小女兒的痴傻
等待，更多時候卻有著不輸男人的「精明算計」。尤其在獵
捕林西庚的整個「求愛過程」中，她運用的心理戰術非常高
明，看了令人大呼過癮 —— 女人也可以如此。但若嚴格說
起來，朱影紅算是擺盪在傳統與現代之間的女性，因為她常
常不自主地會想到「父親的教誨」而行動稍顯遲疑；不過就
她主動追求愛情的行為上來說，可以算是一個積極獨立的新
女性。

另外，《自傳の小說》（1999）也展現了女性在愛情上
的主動。女主角謝雪紅的愛情一開始是被安排的，包括她當
洪家的「媳婦仔」到張樹敏的小妾，這兩個身份都不是她自
己決定的。但她與楊克煌的愛情能相守到死卻是她努力爭取

而來的，即便有一段日子兩人因謝雪紅入獄無法在一起，楊克煌甚至還娶了別的女人，但謝雪紅在出獄後還是積極尋求復合的機會：

> 男人的理由是他估計她似乎不可能獲得釋放，他的親人為他作媒，在「認為對方有一筆嫁粧，可以用來做生意，就答應結婚了。」
> 所以當謝雪紅因病保釋之後，楊克煌至感意外，四處躲避她，謝雪紅託人轉告要與楊克煌見面，兩人才復合。（《自傳の小說》，頁233）

這是謝雪紅「主動追求愛情的樣貌」，為愛不顧一切也不管對方是否結婚，終於得到楊克煌的愛。男人也為她拋妻棄女並一起到大陸去追隨「共產主義」。雖然兩人自始至終都沒有結婚，但在鬥爭大會上楊克煌為了謝雪紅，大聲地承認彼此是「夫妻關係」，如此深刻的愛，若不是謝雪紅不顧世俗眼光努力爭取，如何能換得一生的至愛呢？這又是李昂塑造的一個「主動積極」的女性。

　　回顧以上的小說，〈最後一場婚禮〉中的林雪貞不顧父母反對同李水連私奔並結婚，〈生活試驗：愛情〉中的木匠妻子在公眾場合承認自己紅杏出牆想藉此挽留情人，〈蘇菲亞小姐的故事〉中女主角不怕失敗一再主動追求外國男人，〈移情〉的痴傻女主角為求男人的愛情移去自我的全部情感給對方，《迷園》中的朱影紅處心積慮獵捕林西庚，而《自傳の小說》中的謝雪紅更是不顧世俗眼光挽回楊克煌的愛。這些李昂筆下的女性都有一種與生俱來不顧一切的特質，有

的為「愛」情願犧牲自己，有的為情和家人反目，在在証明
女性也可以在愛情上處於「主動」的地位，她不需像傳統女
性一樣苦苦等待，可以主動追求屬於自己的幸福，做一個獨
立自主的女人。

二、「母職」、「妻職」的缺位

中西文化，把「賢妻良母教育」列為女性的重要課程，
婦運取向的哲學家反省這種型式的「利他主義」，認為是剝
奪婦女發展自我權利的一種「意識型態」。[47]張岩冰也說
到：「這種把女性神聖化為天使的做法，實際上是將男性的
審美理想寄托在女性形象上。」[48]而女性又是基於什麼樣的
因素要去扮演「家中天使」的呢？西蒙波娃認為：「為人
妻、為人母者及職業女性是基於好幾種不同的原因而同意扮
演這些陰性角色。有時候女性扮演這些角色倒不是因為她想
要扮演，而是因為她們為了要求經濟與（或）精神上的生存
而不得不扮演。」[49]因此我們知道尋求「經濟獨立」是女性
擺脫「傳統形象」的重要工作，而李昂文本中「母職、妻職
的缺位」正是對「傳統父權壓抑女性」的一種形式抗爭，呈
現「獨立」的女性形象。

李昂小說中存在著非常多「母職」、「妻職」缺位的現
象。有些女主角自小失去「母親」；有些女性則是拒絕擔任
「母職」；還有「利用女兒的母親」；更有「失去丈夫的妻
子」不用擔任「妻職」。而且這些「女性」在小說中並不會
因為沒有擔任「母職」、「妻職」而有所遺憾，反而更顯獨
立，好似她愈孤立愈能激發勇氣追尋自我。

（一）「母親早逝」的女兒

邱貴芬曾經指出：「如果沒有母親，女主角即可擺脫傳統女性的陰影，她的成長過程因而得以更加自由發展。」[50]因為母親所承繼的思想是來自「父權」，對「女兒」會形成另一種形式的「父權壓迫」。如果母親早逝，對女兒而言可能是因禍得福，女兒可以更自由發展，不用顧慮父權眼光，也不需自我壓抑情慾。

首先看到〈訊息〉（1974）這篇小說，故事中含青和小哥的愛情被男主角的母親反對著，經由小說中「我」的回憶可以得知：「媽咪示意我一旁坐下，然後繼續辯說著她們原先談論的問題，我於是清楚四年前小哥要到美國，媽咪阻止他與含青結婚，除了小哥獎學金不夠維持兩人生活外，還關係另外原因，含青自小父母離異，媽咪嫌棄她沒有父母管教，一些也不懂事。」（《她們的眼淚》，頁12）男友的媽媽以她自小失去母親沒人管教為由拒絕她入門，還因此將兒子送往國外求學隔絕他們兩人的愛情。

但是含青在小哥出國留學的這段日子裡並沒有再交往其他男人，當然緣由於她深信「不再是處女結婚絕不會幸福」的觀念，所以她認定拿走她初夜的小哥是一生的伴侶。她有這樣的觀念雖是一種男權文化的迷思，但就她的「獨立性」而言，並沒有因為這個錯誤觀念而有所減少，她認定除非小哥否則終身不嫁，如此堅絕一點也不像無依無靠的孤女，這就是作者筆下「母親早逝的女兒」，反而堅強地活著，展現女性的獨立，這是一種正面的書寫策略 —— 強調女性的獨立自主，也可以說是一種對「母職重要性」的質疑。

再看〈殺夫〉（1983）中的林市，她也是自小失去母親，母親的死因不明，她則被叔叔下嫁給「殺豬仔陳」，過著被虐待的悲慘日子。同樣地鄰人也以她自小失去母親管教而不識大體來批評她──說她常坐在門口看男人不知見笑。

雖然林市命運多舛，但是孤女的她依然認真地過每一天不受影響。先是她的丈夫不帶吃食回家，她就主動嘗試就業；而後丈夫虐待她阻止她就業還帶她到豬舍去看他殺豬，把林市嚇得魂飛魄散，林市就在迷迷糊糊中把陳江水給殺了，象徵女性的復仇成功。雖然她當時是精神耗弱的，但是潛意識裡應該是主動的想殺掉這個虐待她的男人來一吐心中怨氣。李昂塑造的這個角色可謂非常成功。雖然她自小失去母親，但並不影響她的獨立性。作者又再一次質疑「傳統母職」的必要性。

回顧〈訊息〉中的含青，自小失去母親依然獨立地工作並自尊地活著，還有著她的堅持──非小哥不嫁；而〈殺夫〉中的林市也是從小沒有母親，但她在被「父權」出賣後，依然堅強地活著直到忍無可忍才把丈夫殺了。由此我們看到李昂小說中「母親早逝的女兒」多獨立自主地活著，呈現女兒家的堅強毅力。而代表父權體系的三姑六婆批評她們「沒有母親管教」所以沒有教養，藉此凸顯母親的重要；但李昂卻讓這些被父權批評的孤女「堅強」地活著，是一種對「母職重要性」的質疑。

（二）拒任母職的女性

現代所謂的好母親，為了孩子的成長，將無限精力奉獻

給孩子，她們更充滿設計創造性活動的熱誠。[51] 但是這樣的「母親形象」是要女性完全犧牲自我，並非是女性的初衷而是男權社會替「好母親」下的定義。這樣的定義使得女性會因為做得不夠好而產生「罪惡感」，所以女性主義者曾倡導「拒任母職」，甚且更激烈地宣導「女性可以自由墮胎不需經過男性同意」[52]，而李昂也在文本中趕上了這股潮流。

　　在李昂小說中的女主角多數未生育，不知是李昂奉行西蒙・波娃的想法──女人不該讓「生育」、「養育」綁住自己的一生而無法前進；或是恰巧為之，也有可能是潛意識奉行「存在主義女性主義者」的想法，而不自覺書寫這樣拒絕生育的女性。總之，在她的小說中這種現象很明顯，就拿最有名的兩位女主角〈殺夫〉的林市和《自傳の小說》中的謝雪紅來說，她們二位都沒生育，這是否意謂沒有「生養負擔」的女性才能有「自由」去做自己真正想做的事以免被羈絆？答案應是肯定的。

　　先看到〈海濱公園〉（1978）這篇小說，故事中的女主角遠嫁美國，她是個拒絕擔任母職的女性，原因無他，便是怕小孩妨礙她的工作與生活方式，所以她與丈夫決定不要有自己的小孩，這樣便能快快樂樂地享受兩人世界。這種想法藉由李昂小說中的女主角表現出來，令人覺得作者並不鼓勵生育；而且她在暗示女人應該多留一點空間給自己，掙脫「生養」的包袱。這是作者呈現「獨立女性」的另一種書寫方式，在社會還沒有公平地將生養責任平均分配到男女身上時，女性只好暫時抗拒母職來贏得自身的「自由與空間」。

　　在某種程度上而言，沒有生育的女性是孤獨的，她可能要忍受老來無子的淒楚孤單；但是〈海濱公園〉的女主角卻

好像沒有這層的苦惱，她相信自己的抉擇自在地活著，甚至丈夫想要領養一個越南小孩同他們一起住，也被她斷然拒絕。由此可知，女主角不但拒絕「生育」，她也同時拒絕「養育」，可以說她根本不想當母親，想要逍遙自在地過一生。這是極明顯的「女性意識」經由李昂的「正面書寫策略」來表現。

再看《迷園》（1991），朱影紅也是「拒絕當母親的女性」[53]，她在未婚的狀態下懷了林西庚的小孩。林西庚雖然是「有婦之夫」，但是他想負責——買個房子給朱影紅並收她當姨太太，可是朱影紅不想如此卑賤，她更不願意為小孩犧牲，所以她殺了自己的小孩：

> 朱影紅要求全身麻醉，醫生了解的點頭應允。
> 醒來在恢復室裏，朱影紅撥通了林西庚辦公室的電話，聽到整日工作後熟悉的男子倦怠聲音，她未曾多說，只和緩的一字一句道：
> 「你放心，我沒有要纏你，我只是要告訴妳，我剛拿掉我們的孩子。」
> （《迷園》，頁259）

在朱影紅的行動中，完全擺脫了「傳統母親形象」的束縛，傳統的母親總是為了子女犧牲自我像月亮照耀大地般地有包容性，可是李昂筆下的朱影紅卻異常冷酷，她想的只有自己的情愛。

雖然她曾經想留住這個孩子，但決不是天生的母性使然，而是為了利用這個小孩換得當「林太太」的機會：「可

是那身體中懷育著林西庚孩子令她感到的密切連結，使朱影
紅以為，由此或可以是個轉機。」（《迷園》，頁244）她想以
孩子當武器留住心愛的男人，以小孩來維繫彼此的關係，一
旦發現林西庚不可能因此離婚娶她，她則想「拿掉孩子」和
林西庚重新開始：「她是否藉著工作，有意使那尚未成形的
胎兒，失去子宮的依附，自然的流失體外。那麼，她即可以
重新開始一切。」（《迷園》，頁245）這樣的「母親形象」無
疑是顛覆傳統的。

　　後來朱影紅因為已告知林西庚自己受孕，深怕私自墮胎
他會生氣；所以只好想盡辦法自然流產，心想或許可以不用
當姨太太而再有機會當上「正室」，這是女主角的如意算
盤，打得冷酷無情且自私無比。不禁令讀者懷疑這就是李昂
所推崇的新女性形象嗎？筆者認為李昂是為了反抗傳統父
權，所以才採用這種誇張的「書寫策略」，但也不失為一個
表現「獨立女性」的方法，唯有下猛藥，讀者才能知曉在日
常男女不平等的育兒生涯中，女性已然喪失了什麼？喪失了
自我的空間及理想，所以女性應該勇敢拒絕「傳統父權」要
求女性「犧牲奉獻」的母親形象，勇敢地去追求自己想要的
理想。

　　〈海濱公園〉的女主角拒絕生養的責任，而朱影紅更是
有過之而無不及，她只想利用小孩並不是真的想生育它。這
些都是作者藉由「拒任母職」的女性來強調「女性獨立」及
「反抗傳統父權」的重要。因為生育是一種陷阱，它使女性
無法割捨小孩而一輩子犧牲自我照顧孩子，使女性的人生理
想無法實現；而「男權文化」面對女性這樣的情感，不但無
法體恤，還加重女性的負擔——強調母職的神聖性，要女

性負起母親之責。

（三）利用女兒的母親

西蒙·波娃曾說過：「母愛不是『直覺的』、『天生的』；在任何情況下，『天生』這兩個字眼均不適用於人類。母親對小孩的態度，完全決定於母親的處境以及她對此處境的反應。」[54]這樣的論調用在李昂文本中來詮釋最恰當不過了，李昂小說的母親形象並不是「全然犧牲奉獻」的傳統形象；相反地作者塑造了「利用女兒的母親形象」，企圖顛覆父權文化定義的「好母親形象」，還給女性自由自主的人格發展。

首先看到〈假期〉（1973）這篇小說，故事中的李素在假期中回到鹿城，代弟弟去陳西蓮家繡一件新制服的學號，發現了他們一家子微妙的關係：

> 李素看著兩人低頭熟練配合的工作，感覺到當母親從女婿手中接過一件件衣服時，兩人間存留著一種行動上的曖昧關係，一種屬於偷情特有難堪的親暱，李素想起聽到有關陳家的傳聞。
> 但當陳西蓮從樓上下來後，這關係馬上就斷絕了，尤其陳西蓮顯然不滿意某些事，以氣憤口吻的日本話斥責母親與丈夫，而被責備的兩者，安靜的坐著，毫不辯白，臉上不期然同時泛出訕訕的快慰，彷彿因被責罵而深自滿足著。（《殺夫》，頁36）

李素聽說過陳家陰暗的悲劇，現在親眼目睹才知道傳聞

屬實。

陳西蓮成了「被母親利用的女兒」，當初做母親的為避免街頭巷尾閒言閒語，要自己的女兒嫁給自己的情人。從這個故事我們見到了小鎮可怕的流言耳語如何窺視、壓迫女人，使得母親受到的積怨，轉移到女兒身上。[55]所以陳西蓮現在才能隨意地斥責丈夫與妻子，但是她已然賠上她的一生。天底下怎會有如此惡毒的母親，竟然用女兒的幸福讓自己下台階。就陳西蓮而言，雖然她有母親等同於沒有，或許沒有還更好，她也因此必須在鹿城守著丈夫守著母親終此一生。但是就陳西蓮的母親而言，卻可因此和心愛的人相守一輩子，她利用女兒成就自己的幸福，女兒因此會恨她，但是陳西蓮之母顯然不在意所以她做了這個決定。傳統女性還養成了一個觀念，認為她們生來就要為他人的意願、欲望、需要服務；傳統女性專以奉獻自己，服務他人為人生目標，而且被灌輸一種感覺：女性可以動用一切稟賦去為別人服務，但不能為己。[56]但李昂設計的「母親形象」卻反其道而行；作者呈現這樣的「悲劇」，目的何在？筆者認為文本中這樣的呈現，應是為了強調女性要有自覺意識，反抗男權要求的「母親形象」。然而設計的情節似乎太強烈了些。

再看〈空白的靈堂〉（1996）這篇小說，玉貞姐因丈夫死於政治事件而有機會接受男記者的採訪，他同情玉貞母女的遭遇，時常在僅有的假日陪同母女倆去遊玩，只是聰明的女兒竟然發現這樣的出遊有著其他目的而拒絕了：

> 女兒的拒絕不曾找任何理由，當然也沒有藉口，她神色如常，仍聽她喜歡的偶像歌手音樂、看她的少女漫

畫，只是簡單的搖頭，說：

「不去了。」

沒有第二句話。

兩人這才不安了起來。

這下子同感到成了密謀共犯，被視破後兩人便得齊手
向那女兒撇清關聯。那女兒的父親總算也是為台灣建
國犧牲，兩人藉著關懷、照顧她為由牽扯出任何關
係，恐將落入閒話對死者太過分。（《北港香爐人人
插》，頁109）

又是一個利用女兒的「母親」，玉貞姐利用女兒和男記者發
展出曖昧的情愫，還時常要女兒代打電話邀約男記者。女兒
有著可能「被潰棄」的焦慮所以她拒絕了這樣的聚會。害怕
母親從此追隨男人而拋棄她，畢竟她已一無所有只剩下母
親，她不能再失去她；或者說她已然失去了，因為母親更在
意的是與情人的幽會而不是女兒的快樂。

從〈西蓮〉中女主角被母親安排嫁了母親的情人，到
〈空白的靈堂〉中玉貞姐利用女兒和男記者約會，這當中文
本所指涉的「母女關係」是緊張的。這兩個女兒雖然還有母
親在旁，等同沒有；而且女兒所承受的「孤獨感」還更深，
因為母親為了追求自己的幸福會不顧女兒。這實在是有違傳
統的「母親形象」──「無怨無悔地犧牲自己成全子女」；
可是李昂的文本卻偏偏顛覆傳統的母親形象，反而要女兒犧
牲自己來成全母親的愛情。這種寫法很特別看來有點殘忍，
但筆者認為這是李昂為了要凸顯女性的「自我價值」所採取
的書寫策略，藉此女性可揚棄「父權的規範」──「做母親

的要為子女犧牲奉獻」。李昂認為做母親的可以全然地做自己並追求自己想要的生活，這種書寫方式是為了強調身為母親的女性可以獨立自主、突破傳統，就算因此失去了女兒的尊敬及愛也要在所不惜。因為女性在長期父權文化的壓抑下已過分地委屈自己，所以李昂才會設計出這些女性能夠突破「傳統母親的形象」來鼓勵女性走出自我並追求自己的幸福，這是作者強調「女性獨立」的書寫策略。

（四）失去丈夫的妻子

　　依波娃之見：「『妻子』這個角色阻礙了女性的自由，雖然波娃深信男女間確實是有深摯不移的愛情存在，但她亦同樣深信由於婚姻體制是會將戀人間自由付出的情感都轉化成為強制性的責任及切切不讓步的權利，因此婚姻體制是會破壞掉戀人間那份出於自動自發而營造出的關係的。」[57]所以李昂的文本多所著墨「失去丈夫的妻子」，並且塑造這些妻子為「獨立自主」及「堅強勇敢」的女性形象。李昂藉著「妻職」的缺位重塑女性的「主體性」，証明失去丈夫後的她們更能獲得自由的空間。她們的丈夫可能死亡或是另結新歡，而這些被拋棄或主動拋棄丈夫的妻子都活得自在坦然。

　　先看到〈西蓮〉（1973）這篇小說，陳西蓮的母親在得知丈夫外遇後，竟提出離婚的要求：

> 　　她不顧眾人的反對，即刻乘船到日本，想澄清這件事，丈夫承認了與日本女子的關係，然後，究竟發生了些什麼，陳家的親長誰也不肯多說，總之最後陳西蓮的母親提出離婚的要求，在短期間和丈夫談妥一切

條件，甚至分好了一份她該得的家產，才又飄飄盪盪
的回到鹿城。那時距她產下陳西蓮也只不過二、三個
月的工夫。（《殺夫》頁10）

在那樣封閉保守的小鎮裡她不顧世俗的眼光毅然決然地離
婚，將不忠的丈夫甩掉。自己單獨地撫養女兒，真是一位個
性強硬的女子，從此她守著資產並斷絕和夫家的所有聯繫且
安然地生活著。

雖然表面看來她是孤獨的，但是她是自願如此也享受這
份孤獨，這種角色呈現的也是一種正面凸顯「女性意識」的
書寫策略，藉此展現女性「獨當一面」的能力且「不再依附
男人」委屈求全。女性不需忍受丈夫的外遇，「父權社會」
認為「丈夫外頭這等事是很難避免的」；但女性有另一種選
擇，就是不要這種婚姻。在保守的鄉下發生這樣的事情很引
人側目，因為歷來只有男人拋棄女人，沒有女人主動拋棄男
性，這是李昂小說以「驚世駭俗」的筆法，替鹿城婦女一吐
怨氣。

〈蔡官〉（1977）中也有失去丈夫的妻子。李昂作品著力
描寫的鹿城故事系列，根源於她的故鄉鹿港，在那樣的社會
背景下「女性的反叛」更顯突出。而且這一系列故事中所呈
現的女性形象大多是「失去丈夫的妻子」，作者可能試圖藉
由這樣的女性角色來彰顯鹿城婦女的堅毅特色。〈蔡官〉中
的女主角也不例外：「在丈夫追逐於戲子、酒、賭的這段時
間，據吳家幫傭老媽子口中透出消息，最初蔡官很和丈夫吵
鬧過一陣子，直到有一次，丈夫動手打了她，往後蔡官不再
搭睬丈夫，而年輕的姑爺也更經常不回家了。」（《殺夫》，

頁40）她沉默地抗議丈夫的暴力，而且很有個性地不再理他，後來甚至硬生生的將房門反鎖，拒丈夫於千里之外。

　　這個個性剛毅不輸男人的女子鮮活地在小說中活躍，有主見有擔當一點也不認輸，在「家道中落」後還四處洗衣養育孩子不靠丈夫養活，這個女性雖然失去了丈夫，但看來頗能生存還活得比丈夫更好，也是一個獨立女性的代表。

　　還有〈色陽〉（1977）也有這樣的獨立女性。鹿城鄉下的色陽原本是個藝旦，被丈夫王本贖身後，便肩負一家的經濟責任，她靠賣手工藝品賺錢養家；身旁的丈夫雖也陪伴著她過日子但不事生產等同沒有丈夫，丈夫只是每天四處閒逛並沒有照顧到她。然而小說中的色陽不怨天不尤人還很認真地生活著：

> 就這樣有許多年，色陽坐在黃昏日茂祖屋前，專注的做香囊，隨著季節改變，她也紮草人，糊花燈，在緩長的這段時間裡，色陽不再有任何其他想望的埋身於她的工作中。（《殺夫》，頁47）

她是這般堅毅地活著並做她份內該做的事，相較於一事無成的丈夫她是比較有韌性的，當生活愈來愈困難她也會努力去想盡辦法掙錢。也許是環境所逼，已然失去丈夫依靠的女性不得不獨立，又是一個傳統婦女「獨立自主」的妻子形象表現在小說中。

　　另外，〈殺夫〉（1983）這篇小說中有一個專門「道人是非」的阿罔官，她是個寡婦，丈夫早死，留下她與兒子相依為命。她在小說中的形象是個尖酸刻薄四處說人閒話的婦

女。先不論她的思想是否隱含「男權思惟」？就她的行為「獨立性」而言，這個已然守寡的女人並不因為失去丈夫而顯現現悲傷或者脆弱，反而強悍潑辣。

她可以在井邊批評人家的小姑，更可以在眾目睽睽下和媳婦大打出手惡言相向，事後被媳婦和彩揭發和阿吉的「私情」後還佯裝上吊，獲救後更是不改本性四處道人長短顛倒是非，尤屬對林市的「殺夫事件」最有意見：「真是天不照甲子，人不行天理。我就說林市是有福不知守，你想伊嫁給殺豬仔陳，上無公婆，下無姑叔，又免出海下田，天天不必作就有得吃，這款命要幾世人才修來，那知查某人不會守，還敗在這款事情上。」（《殺夫》，頁194-195）阿罔官意指林市為了「客兄」殺了自己的先生，但事實上是林市不堪丈夫虐待才反擊的。

這個阿罔官她嘴上「阿彌陀佛」念個不停；但私下卻淨打誑語害人不淺。不過如果換個角度思考，這個女人無牽無掛天不怕地不怕活得很自在，想說什麼就說什麼，是個很「自我」的女性，也是獨立女性的代表。她早年失去丈夫並沒有為她帶來愁苦，反而活得有聲有色還敢另找情人，在那樣的時代背景下實在頗具勇氣，作品中真實地呈現這樣的女性，應是為了強調女性要掙脫枷鎖，活出自我。

還有〈彩妝血祭〉（1977）中的王媽媽，新婚第二天就守寡，但是他不以為苦。王媽媽的堅毅形象比前面幾篇小說的女主角有過之而無不及，怎麼說呢？她不但替丈夫收屍，還獨立撫養遺腹子及照顧公婆，憑她的毅力一再嘗試就業。物質生活她能自食其力，精神生活她也不寂寞——「參加反對運動替丈夫掙回清白」。這種「失去丈夫的妻子」在無

人依靠的情況下更顯獨立，最後還在二二八事件得以平反的紀念會上自殺了。李昂藉著書寫這種具「自主性」的女性來凸顯女人的獨立性——女人的生命應由女人自己決定。

　　回顧以上幾篇小說：〈西蓮〉中女主角的母親主動對外遇的丈夫提出離婚的要求，〈蔡官〉中的女主角在丈夫有外遇後拒絕和他同房，〈色陽〉中女主角的丈夫沒有工作靠她養活，〈殺夫〉的阿罔宮守寡多年但氣勢凌人，〈彩妝血祭〉中的王媽媽在丈夫慘死後肩負起照顧一家大小的責任。這些女性在李昂小說中原本是孤獨的形象，最後卻都能向環境挑戰，締造屬於自己的美好人生。這種正面的書寫策略是為了強調女性能夠有「獨立自主」的女性意識。尤其這些女人是在不依賴男性的情況下活出自己的一片天，「反抗父權」、「拒任妻職」的獨立意識更明顯，不用擔任「妻職」的女性活得更自在。這也更能說服大家去相信——「女人是可以靠自己的力量生存下去的」，而不用事事依附男性才能生存。

註　釋

1　邱貴芬：〈性別／權力／殖民論述：鄉土文學中的去勢男人〉，收入鄭明娳主編：《當代台灣女性文學論》（台北：時報，1993年），頁15。

2　邱貴芬：〈當代台灣女性小說裡的孤女現象〉，《文學台灣》（1991年12月），頁117。

3　見李仕芬：《女性觀照下的男性》（台北：聯合文學，2000年）引，頁123-124。

4　顧燕翎：〈導言〉，《女性主義經典》（台北：女書，1999年），頁VI。

5　李昂以殺夫的極端情節傳達出她筆下的女性不再是隱忍負重的悲劇弱者，而是敢於抗爭的勇者。林市的形象令人震驚，令人耳目一新。見

趙繼紅：〈女性的尊嚴——從女性主義角度解讀李昂的「殺夫」〉，《河南教育學院學報》第20卷第1期（2001年1月），頁106。

6 女性長期的全面遭受壓抑的歷史，最早是從女性身體、女性自然本能的被壓抑而開始的——這一壓抑的起源，據說出自於人類早期男性對女性的原始恐懼心理。見李少群：《追尋與創建——現代女性文學研究》（濟南：山東教育，1997年），頁73。

7 西蒙·波娃著，楊美惠譯：《第二性·第二卷·處境》（台北：志文，1994年4月），頁45。

8 詳閱李仕芬：《女性觀照下的男性》（台北：聯合文學，2000年），頁267。

9 參考劉慧英：《走出男權傳統的藩籬——文學中男權意識的批判》（北京：生活·讀書·新知三聯書店，1996年），頁107-108。

10 鄭至慧：〈存在主義女性主義〉，收錄於顧燕翎主編：《女性主義理論與流派》（台北：女書，1999年），頁107。

11 參考洪珊慧：〈鹿港小鎮的人事素描——論李昂「鹿城故事」系列小說〉，《台灣新文藝》（2000年9月），頁196。

12 逃避女人，是文學作品常見的題材。男人逃避女人，除了反映男性對女性的恐懼外，更說明了男性對女性的束手無策。不能正面解決問題，逃之夭夭便成為不二法門。見李仕芬：《女性觀照下的男性》（台北：聯合文學，2000年），頁190。

13 陳玉玲：〈李昂「殺夫」的陰性書寫〉，收錄在《台灣文學經典研討會論文集》（台北：聯經，1999年），頁171。

14 參考伍寶珠：《從反思到反叛——八、九零年代台灣女性主義小說探究》（台北：大安，2001年），頁12。

15 西蒙·波娃著，歐陽子譯：《第二性·第一卷·形成期》（台北：志文，1994年4月），頁152。

16 呂正惠：〈性與現代社會——李昂小說中的「性」主題〉，《台北評論》第3期（1988年1月），頁108。

17 參考珍·貝克密勒著，鄭至慧、劉毓秀、葉安安、顧效齡合譯：《女性新心理學》（台北：女書，1997年），頁19。

18 西蒙·波娃著，楊翠屏譯：《第二性·第三卷·正當的主張與邁向解放》（台北：志文，1994年4月），頁114。

19 邱貴芬：《仲介台灣女人》（台北：元尊文化，1997年），頁181。

20 參考Patricia Ticineto Clough著，夏傳位譯：《女性主義思想——欲望、權力及學術論述》（台北：巨流，2001年），頁75。

21 見王緋：《女性與閱讀期待》（西安：陝西人民教育，1998年）引，頁40。

22 林芳玫：〈「迷園」解析——性別認同與國族認同的弔詭〉，收入梅家玲編：《性別論述與台灣小說》（台北：麥田，2000年），頁155。

23 婦女長期在父權文化的薰陶下，逐漸將這種強制的東西內化為自身的

價值取向，社會因之只存在一種價值標準，這便是男性價值標準。見
張岩冰：《女權主義文論》（濟南：山東教育，1998年），頁41。

24　呂正惠：〈性與現代社會——李昂小說中的「性」主題〉，《台北評
論》第3期（1988年1月），頁112。

25　世上一向都有反抗自己社會角色的女人。最出名的有女巫，這種女人
不進行「正常的」人際交往，而去跟她們的寵物和密友促膝談心，不
知怎麼靠著自己對草藥的知識和農民的輕信謀生，也許還十分著迷於
其他種種可能發生的事情，對之抱有一種神秘想法，如白巫術或黑巫
術，又如惡魔崇拜等。見杰暗茵‧格里爾著，歐陽昱譯：《女太監》
（天津：百花文藝，2002年），頁362。

26　楊翠：〈「妖精」的自傳，「女人」的小說——論李昂《自傳の小說》
中的「性記憶文本」〉，《興大人文學報》第32期（2002年6月），頁
263。

27　孟悅、戴錦華：《浮出歷史地表——中國現代女性文學研究》（台
北：時報，1993年），頁17。

28　西蒙‧波娃著，歐陽子譯：《第二性‧第一卷‧形成期》（台北：志
文，1994年4月），頁145。

29　參考陳淑純：〈「殺夫」、「暗夜」與「迷園」中的女性身體論述〉，
《台灣文學》第19期（1996年8月），頁134。

30　把薩特（Jean-Paul Sartre）看人與被看的概念應用到男女關係上，其
實亦是一種很好的詮釋策略。一直以來，女性往往被物化，是男人主
觀慾望的投射對象。簡單來說，男性是在看人（對象是女性），女性則
是被看（被男性所看）。見李仕芬：《女性觀照下的男性》（台北：聯
合文學，2000年），頁11。

31　參考楊翠：〈「妖精」的自傳，「女人」的小說——論李昂《自傳の
小說》中的「性記憶文本」〉，《興大人文學報》第32期（2002年6
月），頁265。

32　參考李少群：《追尋與創建——現代女性文學研究》（濟南：山東教
育，1997年），頁46。

33　林市受陳性凌虐，意謂每天活在死亡的威脅，於是童年的夢魘再次襲
擊。夢裡開始出現「麵線、甜頭、血、阿母、紅衣、繩子、腸肚」，用
性來換求以生存的食物（麵線）變成了吊死鬼的舌頭（死神的召喚），
林市重蹈母親的命運。見陳淑純：〈「殺夫」、「暗夜」與「迷園」中
的女性身體論述〉，《台灣文學》第19期（1996年8月），頁137。

34　王緋：《女性與閱讀期待》（西安：陝西人民教育，1998年），頁
48。

35　林芳玫：〈「迷園」解析——性別認同與國族認同的弔詭〉，收入梅家
玲編：《性別論述與台灣小說》（台北：麥田，2000年），頁148。

36　西蒙‧波娃著，楊美惠譯：《第二性‧第二卷‧處境》（台北：志文，
1994年4月），頁19。

37　三伯父所代表的，是民間口傳故事的記憶文本，也是民間社會以既有
文化視窗切割放大之後的歷史切片、歷史詮譯與春秋之舌，更是父權
文化思維底下對女性的各種想像。見楊翠：〈「妖精」的自傳，「女人」
的小說——論李昂《自傳の小說》中的「性記憶文本」〉，《興大人文
學報》第32期（2002年6月），頁253。

38　劉慧英：《走出男權傳統的藩籬——文學中男權意識的批判》（北
京：生活、讀書、新知三聯書店，1996年），頁145。

39　這種倫理道德的實質是把女人的「貞節」看得比女人的生命或作為人
的價值還重要，女性的貞操被作為高於生命的道德體現。「貞節牌坊」
實際上是建築在一代一代婦女的血淚和白骨之上，是中國封建禮教的
象徵，是婦女的精神枷鎖的物化。見焦玉蓮：〈論李昂小說「殺夫」
的反封建主題〉，《山西師大學報》第24卷第2期（1997年4月），頁
53-54。

40　傑梅茵‧格里爾著，歐陽昱譯：《完整的女人》，頁416。

41　伍寶珠：《從反思到反叛——八、九零年代台灣女性主義小說探究》
（台北：大安，2001年），頁181。

42　克莉絲‧維登（Chris Weedon）著，白曉紅譯：《女性主義實踐與後
結構主義理論》（台北：桂冠，1997年），頁73。

43　參考李少群：《追尋與創建　　現代女性文學研究》（濟南：山東教
育，1997年），頁33。

44　李仕芬：《愛情與婚姻：台灣當代女作家小說研究》（台北：文史哲，
1996年），頁12。

45　鍾玲：〈女性主義與台灣女性作家小說〉，收錄於郡玉銘、張寶琴、瘂
弦主編：《四十年來中國文學》（台北：聯合文學，1994年），頁
204。

46　伍寶珠：《從反思到反叛——八、九零年代台灣女性主義小說探究》
（台北：大安，2001年），頁145。

47　參考蔡美麗：〈女性主義與哲學〉，收錄於子宛玉編：《風起雲湧的女
性主義批評（台灣篇）》（台北：谷風，1988年），頁34-35。

48　張岩冰：《女權主義文論》（濟南：山東教育，1998年），頁66。

49　見羅思瑪莉‧佟恩著，刁筱華譯：〈存在主義女性主義〉，《女性主義
思潮》（台北：時報，1996年）引，頁365。

50　邱貴芬：〈當代台灣女性小說裡的孤女現象〉，《文學台灣》創刊號
（1991年2月），頁113。

51　參考Rosalind Coward著，游依琳、劉怡昕譯：《為何女人受男人擺佈》
（台北：書泉，1997年），頁115。

52　女權主義應該是支持墮胎的。在有些人的想象中，女權主義者從前是
邊邊行動喊口號，「我們要什麼？墮胎！我們什麼時候要？現在就
要！」這些這麼想象的人以為，遊行和喊口號這一次總算起作用了。
見傑梅茵‧格里爾著，歐陽昱譯：《完整的女人》（天津：百花文藝，

2001年），頁97。

53　黃毓秀說：「它打破母職與母愛的神話，指出對雄才大略的男人（林西庚）而言，妻子不過是個育種的容器，用後即可扔棄，而看清這樁事實的女人（朱影紅）則寧可不要孩子、不作母親。」見〈「迷園」中的性與政治〉，收錄於鄭明娳主編：《當代台灣女性文學論》（台北：時報，1993年），頁85。

54　西蒙‧波娃著，楊美惠譯：《第二性‧第二卷‧處境》（台北：志文，1994年4月），頁115。

55　參閱洪珊慧：〈鹿港小鎮的人事素描──論李昂「鹿城故事」系列小說〉，《台灣新文學》（2000年9月），頁193。

56　參閱珍‧貝克‧密勒（Jean Baker Miller）著，鄭至慧、劉毓秀、葉安安合譯：《女性新心理學》（台北：女書，1997年），頁73。

57　見羅思瑪莉‧佟恩著，刁筱華譯：〈存在主義女性主義〉，《女性主義思潮》（台北：時報，1996年）引，頁363。

第五章

結　論

在李昂30多年的創作生涯中，筆者深信一定有個貫穿其作品的中心思想於其中，否則她不會在備受爭議中還無怨無悔地堅持創作的事業。而歷來研究者對李昂小說具有「女性意識」的書寫多採正面肯定的態度，但是對其作品具有什麼樣的女性意識卻著墨甚少。筆者歸納出李昂小說的女性意識呈現三個面向，而且是有層次的進展，分別是「反抗父權」、「自我解放」及「自我成長」的女性意識。李昂小說以「反抗父權」為基礎去書寫「女性的自覺」。女性先有了反抗意識，才能逐步「自我解放」，最後到達「自我成長」的境界。其中「情慾解放」的女性意識是李昂小說的一大特色，可視為掙扎權威的象徵。

邱貴芬在採訪李昂後寫了如下的話：

> 李昂痴迷追尋的，仍是那個「女性最深處的本質」。
> 在李昂對這個存在主義式的問題的執著深情裡，我似
> 乎看到了一位藝術創作者對人性最深層的探觸。[1]

邱貴芬提到的這個「存在主義」式的思考模式，啟發了筆者的靈感，想要一探究竟她的作品究竟存有多少「存在主義」

式的女性意識？

終於，筆者在爬梳完李昂已集結出版的所有小說後，赫然發現作品中所呈現的「意識型態」竟然和「存在主義女性主義」的思維模式不謀而合，尤其是和代表此種思潮流派的女性主義先驅「西蒙・波娃」觀點，重合之處頗多，且不論是李昂「無意識」的創作或是深受波娃影響而不自覺？重點是李昂的文本的確藉著這種對「存在主義」的執著去企圖尋找「女性內在的本質」。

西蒙・波娃在《第二性》中開宗明義指出，她的「男人業已將他自己命名為『自我』而將女性命名為『他者』的理論，是根據『存在主義』[2]的存有論及道德論論述而提出的。」[3]存在的意義不在他者的定義，而在自我的賦予。且存在主義女性主義雖然深受莎特（Jean-Paul Sartre）的存在主義影響，但二者有差異性存在。簡言之，存在主義認為自我的價值不需「他者」認定，這個「他者」泛指一切人、事、物；但對於存在主義女性主義而言，「他者」意指「父權」。

還有林丹婭認為80年代的女性文本（專指已獲得主體意識的女作家）已經從「男性本位文化中心」視角的「他者」位置轉變成「女性主體」視角下的「我者」地位。[4]而李昂的文本正是呈現這樣的轉變，由「女性的主體」去解消「男權文化」訴諸女性的「他者地位」，由此我們看到李昂在小說中為了消弭這種「異化」而大肆反抗，像是《殺夫》的主題意識便緣於此，而後期的「政治小說」更可視為女性身為「他者」卻主動向男性要回「權力」的反抗姿態。

所以筆者在本文第三章對李昂小說中「女性意識」的詮

釋第一節「反抗父權」中，將李昂文本所呈現的「女性意識」歸納為二：「批判婚姻對女性造成的傷害」與「批判傳統的倫理觀念」等。女性在「傳統父權」控制下的婚姻生活是如此慘不忍睹，她可能要承受「家庭暴力」像〈殺夫〉的林市，她可能要「犧牲自己的事業跟隨丈夫」像〈域外的域外〉中的林文翊。李昂為了彰顯女性不該只是「第二性」，更在字裡行間對「傳統的倫理觀念」訴諸女性的種種束縛大加撻伐，作者的視角廣觸各個角落，包括個人、學校、家庭、社會都成為她關心的對象，此點和西蒙波娃的敏感度相似。像是〈人間世〉這篇小說，作者藉由女主角因性行為被學校開除來批判學校的封建思想；另外像〈誤解〉的女主角，因為朋友在自己鄉下家發生了性行為而遭到父母無情地打罵，並選擇「自殺」，這是李昂對「家庭傳統倫理觀念」的批判，作者這種「反抗父權」的女性意識在文本中不勝枚舉。

　　而李昂的文本究竟是如何與西方「存在主義女性主義」的思潮緊密結合呢？且看西蒙·波娃的觀點，她一再強調女性如果不想做「第二性」或「他者」，必須要「克服環境」並要發出「自己的聲音」，所以波娃提出三個策略，首先女性必須去「工作」；第二個策略是女性可以努力去成為「智識分子」，成為婦女改革先頭部隊的一員；第三項策略是女性可以為社會朝「社會主義」的轉化，貢獻出自己的一份心力。[5]在李昂的文本中我們可以看到她藉由情節來凸顯這三個策略，以之刺激女性的自覺。

　　首先，在本文第三章對李昂小說中「女性意識」的詮釋第二節的自我解放二、「經濟獨立」中，筆者便歸納出李昂文本中有鼓勵女性「經濟獨立」的意識存在。例如：在《迷

園》中藉著「女主角朱影紅獨立自主，不願被男主角林西庚
包養為小老婆，最後反而獲得林西庚的尊敬與愛」來呼籲女
性應有「經濟獨立」不依附男人的骨氣，這樣子才能尋回
「女性主體」的位置。而作者也藉由困苦環境下，女性嘗試
就業的心路歷程來鼓勵女性「自我成長」的契機便是「經濟
獨立」，像是〈殺夫〉中的林市和〈彩妝血祭〉的王媽媽都
有這種特性，諸如此類的例子也很多。李昂書寫的這種「女
性意識」正和西蒙・波娃呼籲女性拒絕做「第二性」的第一
項策略「女性必須去工作」不謀而合，這是第一點証明。

　　另外，李昂的文本對於女性「積極參與社會，爭取兩性
平等」的思想也多所著墨。例如：李昂在《自傳の小說》中
用了很大的篇幅描寫謝雪紅如何由一個「媳婦仔」力爭上游
成為「女知識份子」；在〈最後一場婚禮〉中作者也設計女
排舊式社會下的女性林雪貞向家裡極力爭取留學日本的機
會；《年華》的蘇水雲在百般考量下決定出國留學去見見世
面。這些「情節」的鋪衍又再次和西蒙・波娃主張：「女性
拒絕做『他者』的第二項策略『女性可以努力去成為智誠分
子』互相吻合，這又再次証明李昂文本有明顯「存在主義女
性主義」的思潮，這是第二點証明。

　　我們還可以看到李昂的近期小說寫的幾乎都是「從政女
性」的身影，包括〈戴貞操帶的魔鬼〉系列小說——書寫
二二八事件背後的政治女性身影，還有《自傳の小說》。她
的小說顯然要女性參與政治去講出自己的需求，一如開啟她
女性意識的啟蒙老師呂秀蓮一樣；所以她在小說中所寫的從
政女性都有出色的表現，藉此鼓勵女性從政。例如〈彩妝血
祭〉的王媽媽走出喪夫喪子的悲痛在「反對陣營運動」裡大

力投入贏得眾人的尊敬；〈戴貞操帶的魔鬼〉、〈空白的靈堂〉兩位「代夫出征」的「女民代」在小說中也都有出色的表現；而《自傳の小說》中的謝雪紅領導台灣共產黨更是獨當一面。李昂作品的這些情節敘述又和西蒙・波娃呼籲女性要有「自己的聲音」之第三項策略「女性可以為社會朝『社會主義』的轉化，貢獻出自己的一份心力」之觀點再次密合。再觀察女性在社會上的地位，一直是處於弱勢的「第二性」，而社會主義的本意就是要解放階級、照顧弱勢團體、發揮人道關懷。身為女性若可以成為主導政治運作的核心，便有機會扭轉社會上加諸女性的不平等現象，使之朝「社會主義」的基本精神邁進，所以李昂作品下的「從政女性」都有出色的表現，便是為了鼓勵女性不該再沉默要勇敢發出聲音。其中李昂的長篇《自傳の小說》中女主角謝雪紅更是服膺馬克斯主義的女性，李昂選擇「謝雪紅的故事」當作小說素材，並多方呈現謝雪紅的正面形象，這表示她對西蒙・波娃的這項策略：「朝社會主義邁進」有著「肯定」的態度，這是第三點証明。

　　此外，西蒙・波娃認為「妻職」與「母職」是妨礙女性追求「自由」的兩種陰性角色。[6]李昂可能無形中受到這種觀念的影響，所以我們常常見到在她小說中的「母女關係」呈現一種「緊張」的「對立狀態」，就像〈西蓮〉這篇小說中「西蓮之母」，竟為了掩飾自己的醜聞——與人有染，而逼迫自己的女兒下嫁自己的情人以杜絕流言。乍看之下，一般讀者恐怕對李昂這種大膽的書寫策略會持反彈態度，但仔細思考便可了解她的用心——以「壞母親」的形象打破「男權社會」下對「母親一職」必須犧牲奉獻的傳統要求，是一

種藉由「拒任母職」來達到「追求女性自由」的書寫策略，
更是一種女性的「自我解放」，這種書寫策略的運用散見在
李昂各階段的作品中。李昂對「母職」的書寫還不只如此，
她對女性「恐懼懷孕」的書寫反覆出現在她的小說中，像是
〈花季〉、《迷園》、〈暗夜〉……等，生育成為一種女性的
夢魘始終揮之不去。[7]還有〈海濱公園〉的女主角也是決定
不生育，李昂筆下的女性似乎視「生殖」為一種「包袱」，
作者應該是要藉此呼應西蒙‧波娃的觀點──「拒任母職」
以求「女性主體」的自由。而對於「妻職的缺位」，李昂作
品中也有很多這種現象，像是〈彩妝血祭〉中守寡的王媽
媽；〈西蓮〉中女主角的母親在丈夫外遇後堅持和他離婚；
〈蔡官〉的女主角在丈夫外遇後拒絕和他同房；〈色陽〉的
女主角在丈夫自殺後堅強地活著；〈殺夫〉的阿罔官也是守
寡。所以我們看到李昂對「妻子」這個角色似乎不大感興
趣，更反諷的是這些不需擔任「妻職」的女性竟然是生長在
「傳統的鹿城小鎮」，「傳統父權」教育下的「傳統女性」竟
然不必擔任妻子一職，李昂有意顛覆「父權思想」由此可
知。也可以說是李昂對於妨礙女性追求自由的「妻職」與
「母職」，持著「反抗」的書寫策略藉此響應西蒙‧波娃的觀
點。這是第四點証明。

　　除了以上四點，李昂文本總是一再地去強調這種「不願
做他者」的女性意識，像是她藉由書寫女性的情欲解放（包
括婚姻前、婚姻外的性及性幻想）來做為掙扎父權的象徵。
再有李昂書寫女性的「自我成長」方面，不論是在「自我救
贖」（身體自主、性救贖）或是「自我實現」（展現女性的韌
性、發揮女性的潛能、成熟女性的思想）的部分，她都採正

面肯定的態度去支持「存在主義女性主義」中對女性應有「自我的主體意識」這個觀點。另外，李昂為了凸顯這種「女性意識」所採取的書寫策略共有三種：第一種是「去勢模擬」，李昂採取反抗策略使她筆下的男性多呈現一種懦弱不肯負責任的形象藉以顛覆父權。第二種書寫策略是以「負面書寫」的方式，來喚醒沈睡中的女性正視自己的命運，不要落入「男權文化」的迷思成為「受害的女性」，更不要相信男權視角下「女性的命定」，這些多是為了提醒女性，不要做「第二性」而要有自我意識。第三種書寫策略則是藉由正面肯定「女性的獨立自主」來讚美具有「主動積極女性意識」的女人。

　　綜合以上的論述，我們可以說李昂文本中的女性意識深受「存在主義女性主義」影響，不論她是有意識或無意識地從事創作，讀者都可以經由以上的例子來加以証明。這是筆者打破李昂小說階段性的劃分將其所有小說整合，而找出貫穿李昂所有文本的中心思想便是「存在主義女性主義」所強調的「女性意識」。

　　另外，李昂是台灣女性文學的重要作家，雖然她的作品備受爭議，但是在台灣女性文學發展史上還是有其里程意義。歷來研究者對李昂作品的價值說法不一。吳錦發、賀安慰及大陸學者王列耀、黃紅春對李昂的小說都以「性反抗意識」涵蓋，他們認為李昂小說藉「性描寫」來反抗社會；筆者認為這只是李昂作品其中一小部份的價值呈現而已。而江寶釵在其博士論文中以「存在主義」的思惟探討李昂小說的失落、追尋與成長，可以說已進入到李昂作品的內在而不再以外在的「性描述」來分析小說；但是這樣的論述還不夠，

因為李昂小說具有明顯的女性意識存在，而且深受「存在主義女性主義」的思潮影響。李昂以各種情節強調女性應有獨立的智識、工作及拒任母職、妻職的魄力，藉此去彰顯女性的主體性，這應是李昂小說截至目前為止最重要的價值所在。

還有，李昂小說善於利用各種衝突、爭議去界定女性自我主體的意義。[8]也就是說利用各種二元對立負面書寫的方式去彰顯女性的主體價值。例如〈殺夫〉、《迷園》、〈暗夜〉以女性受壓迫的事實去凸顯女性正面的價值意義，藉此反抗父權。這是她小說的特點，但也是她作品的侷限，因為在她的小說創作中一再地運用這種二元對立的書寫方式，表達存在主義女性主義的思惟──以「女性我者」的主體位置抵抗「父權他者」以尋求自我意義的肯定。李昂過去的所有作品幾乎都是循著這個模式寫作，不但寫作方式如此，連作品的內容意識也是因循如初，並沒有顯著的創新與突破，至為可惜。但是李昂作品內容反映出的存在主義女性主義意識成為其創作的核心，此點與當時的時代潮流吻合，所以得到許多迴響，在文壇甚至是社會上，也發揮了很大的影響力。這點讓她在台灣文學界中佔有一席之地，或許日後的台灣現代文學史、女性文學史上，這將是定位、書寫李昂的重點。

註 釋

1　邱貴芬：《（不）同國女人聒噪》（台北：元尊文化，1998年），頁95。

2　看到波娃的《第二性》，似乎就不能不談薩特（Jean-Paul Sartre）的《存有與虛無》（Being and Nothingness）。對這兩本書之間關係一個最錯誤的看法，就是認為波娃的《第二性》根本是「全數照搬」沙特的

《存有與虛無》。就《第二性》這本書的寫作來看，波娃對沙特式語彙的採用有時候是完全不改其意，有時候則確有加以改動，以符合她個人的哲學與女性主義目標。詳閱羅思瑪莉·佟恩著，刁筱華譯：〈存在主義女性主義〉，《女性主義思潮》，頁346。莎特的另論點——他者（the Other）——與存在主義女性主義最有關聯。沙特在界定自覺/自體存在、自我/他者關係時，已隱然將男性的屬性皆歸諸這一配對關係的前者，而將女性屬性歸諸後著。詳閱鄭至慧：〈存在主義女性主義〉，收錄於顧燕翎主編：《女性主義理論與流派》（台北：女書，2001年），頁95-96。

3　羅思瑪莉·佟恩著，刁筱華譯：〈存在主義女性主義〉，《女性主義思潮》（台北：時報，1996年），頁355。

4　參考林丹婭：《當代中國女性文學史論》（廈門：廈門大學，1995年），頁256。

5　參考羅思瑪莉·佟恩著，刁筱華譯：〈存在主義女性主義〉，《女性主義思潮》（台北：時報，1996年），頁368-369。

6　波娃認為，為人妻、為人母及職業女性是基於好幾種不同的原因而同意扮演這些陰性角色。有時候女性扮演這些角色倒不是因為她想要扮演，而是因為她們為了要求經濟與（或）精神上的生存而不得不扮演。見羅思瑪莉·佟恩著，刁筱華譯：〈存在主義女性主義〉，《女性主義思潮》（台北：時報，1996年）引，頁365。

7　參閱洪珊慧：《性·女性·人性——李昂小說研究》（新竹：清華大學中文研究所碩士論文，1998年），頁107。

8　劉毓秀女士提到李昂的創作：「她能夠寫活了這些不堪的女人處境，使它發出聲音、成為作品的中心，如此，被虐和惶恐便不再純是被動的，相反地，它有了反客為主的態勢。」見〈李昂與女性之謎〉，收錄於楊澤主編：《從四○年代到九○年代——兩岸三邊華文小說研討會論文集》（台北：時報，1994年），頁316。

參考書目

凡例：本論文之參考書目以「作者姓氏筆劃」為編排次序。
李昂著作與相關期刊論文、研討會論文集、學位論文則以
「出版年代」先後為編排次序。

壹、李昂著（編）作書目

一、小說著作

《混聲合唱》（台北：中華文藝月刊社，1975年）

《人間世》（台北：大漢，1977年）

《愛情試驗》（台北：聯經，1982年）

《殺夫》（台北：聯經，1983年）

《她們的眼淚》（台北：洪範，1984年）

《花季》（台北：洪範，1985年）

《暗夜》（台北：時報，1985年）（1994年貿騰發賣新版）

《一封未寄的情書》（台北：洪範，1986年）

《年華》（台北：洪範，1988年）

《甜美生活》（台北：洪範，1991年）

《迷園》（台北：貿騰發賣，1991年）（2001年麥田新版）

《李昂集》（台北：前衛：1992年）

《北港香爐人人插》（台北：麥田，1997年）

《自傳の小說》（台北：皇冠，1999年）

二、散文著作、專欄選集、社會調查報告

《女性的意見——李昂專欄》（台北：時報，1984年）

《外遇》（台北：時報，1985年）

《走出暗夜》（台北：前衛，1986年）

《貓咪與情人》（台北：時報，1987年）

《李昂說情》（台北：貿騰發賣，1994年）

《漂流之旅》（台北：皇冠，2000年）

《愛吃鬼》（臺北：一方，2002年）

《水鬼城隍》（台北：遠流，2003年）

《看得見的鬼》（臺北：聯合文學，2004年）

三、訪談傳記

《群像——中國當代藝術家訪問》（台北：大漢，1976年）

《施明德前傳》（台北：前衛，1993年）

四、編輯書目

《六十七年短篇小說選》（台北：爾雅，1979年）

《愛與罪——大學校園內的性與愛》（台北：前衛，1984年）

《鏡與燈》（台北：文化大學，1984年）

《九十年小說選》（台北：九歌，2002年）

貳、專書

一、「一般」專書

方生：《後結構主義文論》（濟南：山東教育，2002年）

王溢嘉：《精神分析與文學》（台北：野鵝，1989年）

王德威：《眾聲喧嘩：三〇與八〇年代的中國小說》
（台北：遠流，1988年）

王德威：《小說中國：晚清到當代的中文小說》（台北：麥田，1993年）

王德威：《如何現代，怎樣文學？十九、二十世紀中文小說新論》（台北：麥田，1998年）

王德威：《閱讀當代小說 —— 台灣、大陸、香港、海外》（台北：遠流，1991年）

王德威：《眾聲喧嘩以後 —— 點評當代中文小說》（台北：麥田，2001年）

王德威：《從劉鶚到王禎和 —— 中國現代寫實小說散論》（台北：聯經，1986年）

王岳川：《後現代主義文化研究》（台北：淑馨，1998年）

呂正惠：《文學經典與文化認同》（台北：九歌，1995年）

李鈞：《存在主義文論》（濟南：山東教育，1999年）

金元浦：《接受反應文論》（濟南：山東教育，1998年）

陳芳明：《謝雪紅評傳》（台北：前衛，1991年）

張京媛編：《後殖民理論與文化認同》（台北：麥田，
1995年）

彭瑞金：《泥土的香味》（台北：東大，1980年）

彭小妍：《歷史很多漏洞——從張我軍到李昂》（台
北：中央研究院文哲所專刊20期，2002年）

楊照：《文學的原像》（台北：聯合文學，1995年）

楊澤主編：《從四〇年代到九〇年代——兩岸三邊華
文小說研討會論文集》（台北：時報，1994年）

蔡源煌：《從浪漫主義到後現代主義》（台北：雅典，
1994年）

齊邦媛：《霧漸漸散的時候》（台北：九歌，1999年）

鄭明娳主編：《當代台灣評論大系3，小說批評》（台
北：正中，1993年）

二、「台灣文學」相關著作

文建會主編：《文化、認同、社會變遷：戰後五十年台
灣文學國際學術研討會論文集》（台北：文建會，2000
年）

古繼堂：《台灣小說發展史》（台北：文史哲，1996年）

江寶釵、施懿琳、曾珍珍編：《台灣的文學與環境》
（高雄：麗文文化事業，1996年）

朱雙一：《戰後台灣新世代文學》（台北：揚智，2002
年）

何欣：《當代台灣作家論》（台北：東大，1983年）

呂正惠：《戰後台灣文學經驗》（台北：新地，1995年）

周英雄、劉紀蕙編：《書寫台灣——文學史·後殖民

與後現代》（台北：麥田，2000年）

李瑞騰編：《台灣文學二十年集1978-1998── 評論二十家》（台北：九歌，1998年）

陳芳明著：《後殖民台灣 ── 文學史論及其周邊》（台北：麥田，2002年）

許琇禎著：《台灣當代小說縱論》（台北：五南，2001年）

許俊雅：《日據時代台灣小說研究》（台北：文史哲，1995年）

彭瑞金：《台灣新文學運動40年》（台北；自立，1991年）

彭瑞金：《瞄準台灣作家》（高雄：派色文化，1992年）

游勝冠：《台灣文學本土論的興起與發展》（台北：前衛，1996年）

黃重添等著：《台灣新文學概觀》（台北；稻禾，1992年）

葉石濤：《台灣文學史綱》（高雄：文學界，1987年）

葉石濤：《走向台灣文學》（台北：自立晚報，1990年）

葉石濤：《台灣文學的悲情》（高雄：派色，1990年）

楊照：《夢與灰燼：戰後文學史散論二集》（台北：聯合文學，1998年）

楊照：《文學、社會與歷史想像；戰後文學史散論》（台北：聯合文學，1995年）

羅宗濤、張雙英：《台灣當代文學研究之探討》（台北：萬卷樓，1999年）

三、「女性主義」相關著作

王逢振：《女性主義》（台北：揚智文化，1995年）

王緋：《女性與閱讀期待》（西安：陝西人民教育，1998年）

子宛玉編：《風起雲源的女性主義批評：台灣篇》（台北：谷風，1988年）

伍寶珠：《從反思到反叛 —— 八、九零年代台灣女性小說探究》（台北：大安，2001年）

中國論壇編輯委員會編：《女性知識份子與台灣發展》（台北：中國壇雜誌社，1989年）

西蒙・波娃（Simonede Beauvoir, 1908-1986）著，楊美惠等合譯：《第二性》（台北：志文，1992年）

托里莫伊（Toril Moi）著，陳潔詩譯：《性別／文本政治：女性主義文學理論》（板橋：駱駝，1995年）

米歇爾著，張南星譯：《女權主義》（台北：遠流，1984年）

Susan Alice Watkins 文字；Marisa Rueda、Marta Rodriguez 漫畫；朱侃如譯：《女性主義》（台北：立緒，1995年）

何春蕤：《不同國女人》（台北：自立晚報，1994年）

吉爾・里波韋茲基著，田常暉、張峰譯：《第三類女性》（湖南：湖南文藝，2000年）

呂秀蓮：《新女性主義》（台北：前衛，1990年）

貝爾胡克斯著，曉征・平林譯：《女權主義理論 —— 從邊緣到中心》（南京：江蘇人民，2001年）

克莉絲・維登（Chpis Weedon）著，白曉紅譯：《女性

主義實踐與後結構主義理論》（台北：桂冠，1994年）

克瑞斯汀・思維斯特著，余瀟楓、潘一禾、郭夏娟譯：《女性主義與後現代國際關係》（杭州：浙江人民，2003年）

李小江：《夏娃的探索》（河南：河南人民，1988年）

李小江等著：《文學・藝術與性別》（南京：江蘇人民，2002年）

李小江等著：《女性？主義 —— 文化衝突與身份認同》（南京：江蘇人民，2000年）

李小江：《解讀女人》（南京：江蘇人民，1999年）

李仕芬：《愛情與婚姻：台灣當代女作家小說研究》（台北：文史哲，1996年）

李仕芬：《女性觀照下的男性 —— 女作家小說析論》（台北：聯合文學，2000年）

李少群：《追尋與創建 —— 現代女性文學研究》（濟南：山東教育，1997年）

李銀河：《女性權力的崛起》（北京：中國社會科學，1997年）

林丹婭：《當代中國女性文學史論》（福建：廈門大學，1995年）

邱貴芬：《仲介台灣・女人：後殖民女性觀點的台灣閱讀》（台北：元尊文化，1997年）

邱貴芬主編：《日據來台灣女作家小說選讀（上）（下）》（台北：女書，2001年）

孟悅、戴錦華：《浮出歷史地表：中國現代女性文學研究》（台北：時報，1993年）

傑梅茵・格里爾（Germaine Greer）著，歐陽昱譯：
《完整的女人》（天津：百花文藝，2001年）

傑梅茵・格里爾（Germaine Greer）著，歐陽昱譯：
《女太監》（天津：百花文藝，2002年）

珍・貝克・密勒（Jean Baker Miller）著，鄭至慧等合
譯：《女性新心理學》（台北，女書，1997年）

約瑟芬多諾萬著，趙育春譯：《女權主義的知識份子傳
統》（南京：江蘇人民，2002年）

Pamela Abbott and Claire Wallace著，俞智敏、陳光達、
陳素梅、張君玫譯：《女性主義觀點的社會學》（台
北：巨流，1995年）

紀欣：《女人與政治：九〇年代婦女參政運動》（台
北：女書，2000年）

洪鎌德：《女性主義》（台北：一橋，2003年）

格蕾・格林（Galyle Greene）、考比里亞・庫恩
（Coppelia Kahn）編，陳引馳譯：《女性主義文學批評》
（板橋市：駱駝，1995年）

Patrica Ticineto Clough著，夏傳位譯：《女性主義思
想：慾望、權力及學術論述》（台北：巨流，1997年）

唐荷：《女性主義文學理論》（台北：揚智，2003年）

陳玉玲：《尋找歷史中缺席的女人：女性自傳的主體性
研究》（嘉義：南華管理學院，1998年）

陳東原：《中國婦女生活史》（台北：商務，1967年）

梅家玲編：《性別論述與台灣小說》（台北：麥田，
2000年）

陳曉蘭：《女性主義批評與文學詮釋》（甘肅：敦煌文

藝，1999年）

陳方：《失落與追尋——世紀之交中國女性價值觀的變化》（北京：中國社會科學，2003年）

Coward著，游依琳、劉怡昕譯：《為何女人受男人擺佈》（台北：書泉，1997年）

Sophia Phoca文字；Rebecca Wright漫畫；游小岑譯：《後女性主義》（台北：立緒，1999年）

張小虹編：《性別研究讀本》（台北：麥田，1998年）

張小虹：《性別越界：女性主義文學理論與批評》（台北：聯合文學，1995年）

張小虹：《慾望新地圖》（台北：聯合文學，1996年）

張京媛主編：《當代女性主義文學批評》（北京：北京大學，1992年）

張岩冰：《女權主義文論》（濟南：山東教育，1998年）

賀安慰：《台灣當代短篇小說中的女性描寫》（台北：文史哲，1989年）

楊美惠：《女性・女性主義・性革命》（台北：合志文化，1988年）

裘伊・瑪姬西絲（Joy Magezis）著，何穎怡譯：《女性研究自學讀本》（台北：女書，2000年）

凱特・米利特著，鍾良明譯：《性的政治》（北京：社會科學文獻，1999年）

鄭至慧：《她鄉女紀——閱讀女人的創作版圖》（台北：元尊文化，1997年）

鄭明娳主編：《當代台灣女性文學論》（台北：時報，1993年）

劉紀蕙：《孤兒‧女神‧負面書寫——文化符號的徵狀式閱讀》（台北：立緒，2000年）

劉霓：《西方女性學》（北京：社會科學文獻出版社，2001年）

劉慧英：《走出男權傳統的樊籬：文學中男權意識的批判》（北京：生活‧讀書‧新知三聯書店，1996年）

鮑曉蘭：《西方女性主義研究評介》（北京：新華書店，1995年）

簡瑛瑛著：《何處是女兒家》（台北：聯合文學，1998年）

鍾慧玲主編：《女性主義與中國文學》（台北：里仁，1997年）

羅思瑪莉‧佟恩（Rosemarie Tong）著，刁筱華譯：《女性主義思潮》（台北：時報，1996年）

嚴明、樊琪合著：《中國女性文學的傳統》（台北：貿騰發賣，1999年）

顧燕翎主編：《女性主義理論與流派》（台北：女書，1996年）

顧燕翎、鄭至慧編：《女性主義經典》（台北：女書，1999年）

四、「小說理論」專書

方祖燊：《小說結構》（台北：東大，1995年）

李喬：《小說入門》（台北：大安，1996年）

佛斯特（Edward Morgan Forster）：《小說面面觀》（*Aspects of the Novel*）（台北：志文，1990年）

俞汝捷：《人心可測——小說人物心理探索》（台北：
淑馨，1995年）

夏志清著，劉紹銘編譯：《中國現代小說史》（台北：
傳記文學，1989年）

陸志平、吳功正著：《小說美學》（北京：東方，1991
年）

楊昌年：《現代小說》（台北：三民，1997年）

魯迅：《中國小說史略》（台北：風雲時代，1992年）

參、報紙、期刊及單篇論文

一、「李昂受訪錄」相關論文

林依潔：〈叛逆與救贖——李昂歸來的訊息〉，《她們
的眼淚》（台北；洪範，1984年），原載於《前衛叢刊》
第2期（1978年10月）

李昂：〈我的創作觀〉，《文學界》第10期（1984年5
月）

施淑端：〈新納蕤思解說——李昂的自剖與自省／施
淑端親訪李昂〉，《暗夜》（台北：時報，1985年），原
載於《新書月刊》第12期（1984年9月）

康原：〈一切只為了愛——訪李昂談其作品〉，《自立
晚報》第10版（1985年9月6日）

方梓：〈文學兩路看——蕭新煌與李昂對談「小說與
社會」〉，《自立晚報》第10版（1986年8月25日～26日）

簡瑛瑛：〈女性・主義・創作：李昂訪問錄〉，《中外

文學》第17卷第10期（1989年3月）

李昂：〈《花季》到《迷園》〉，收錄於楊澤主編：《從四〇年代到九〇年代 —— 兩岸三邊華文小說研討會論文集》（台北：時報，1994年），原載於《中國時報》第27版（1993年7月15日）

徐曉燕：〈性・嚴肅小說的創作者 —— 訪台灣女作家李昂〉，《現代中國》（1994年4月）

鄧慕詩等採訪：〈訪李昂〉，《臺灣新文學》（1996年4月）

楊光整理：〈我的小說是寫給兩千萬同胞看的 —— 李瑞騰專訪李昂〉，《文訊》第132期（1996年10月）

邱貴芬：〈李昂 —— 訪談內容〉，《（不）同國女人聒噪 訪談當代台灣女作家》（台北・元尊文化，1998年）

朱偉誠：〈女性作家的天空 —— 蔡源煌與李昂對話〉，《台北評論》第3期（1998年1月）

二、「李昂著作」相關評論

文藝月刊編輯部：〈大家談 —— 關於李昂的「成人作品」〉，《文藝月刊》第71期（1975年5月）

陳克環：〈我如何處理「昨夜」的困境〉，《文藝月刊》第71期（1975年5月）

子青：〈紙上的「成人電影」〉，《文藝月刊》第71期（1975年5月）

林雨：〈談「莫春」等「成人」小說〉，《文藝月刊》第71期（1975年5月）

舒昊：〈作家的責任 —— 兼談李昂小說中的這一代〉，
《文藝月刊》第71期（1975年5月）

羅會明：〈文藝創作者：非外科大夫〉，《文藝月刊》
第71期（1975年5月）

許永代：〈豈可戕害文藝〉，《文藝月刊》第71期
（1975年5月）

陳映湘：〈當代中國作家的考察：初論李昂〉，《中外
文學》第5卷第8期（1977年1月）

楊照：〈英雄主義與寫實主義的陷阱 —— 小論李昂〉，
《中國時報》第27版（1997年8月23日）

彭瑞金：〈現代主義陰影下的鹿城故事〉，《泥土的香
味》（台北：東大，1980年）

吳錦發：〈略論李昂的性反抗〉，《愛情試驗》（台北：
洪範，1982年）

尤松：〈「殺夫」有其淒美的一面〉，《文壇》第281期
（1983年11月）

林野：〈雖不是好作品，夠膽量〉，《文壇》第281期
（1983年11月）

梁曦：〈我看「殺夫」〉，《文壇》第281期（1983年11
月）

藍衫：〈且說〈殺夫〉得獎〉，《文壇》第281期（1983
年11月）

譚秉林：〈白先勇與殺夫〉，《文壇》第281期（1983
年11月）

康原：〈小說中的象徵義 —— 小論李昂的「殺夫」〉，
《文學界》第10集（1984年5月）

葉石濤、吳錦發、鄭炯明等：〈李昂作品討論會〉，
《文學界》第10集（1984年5月）

王德威：〈花季的焦慮〉，《聯合文學》第1卷第10期
（1985年8月）

黃碧端：〈價值轉換的反諷〉，《聯合文學》第16期
（1986年2月）

古添洪：〈讀李昂的〈殺夫〉—— 譎詭‧對等‧與婦
女問題〉，收錄於李昂：《北港香爐人人插》（台北；麥
田，1997年），原載於《中外文學》第14卷第10期
（1986年3月）

王德威：〈移情！自戀！〉，《聯合文學》第20期
（1986年6月）

奚密：〈黑暗之形‧談《暗夜》中的象徵〉，《中外文
學》第15卷第9期（1987年2月）

李昂：〈《暗夜》到底寫了些什麼？〉，《貓咪與情人》
（台北：時報，1987年6月）

郭楓：〈暗夜中的幽魂 —— 李昂小說《暗夜》評析〉，
《台灣文藝》第107期（1987年9月）

呂正惠：〈性與現代社會 —— 李昂小說中的「性」主
題〉，《台北評論》第3期（1988年1月）

賀安慰：〈李昂小說中的性反抗〉，《台灣當代短篇小
說中的女性描寫》（台北；文史哲，1989年）

呂正惠：〈《迷園》的兩性關係與臺灣企業主的真貌〉，
《聯合文學》第7卷第11期（1991年9月1日）

李昂：〈作家不是白痴，答呂正惠評《迷園》〉，《聯合
文學》第7卷第12期（1991年10月）

施淑：〈迷園內外 —— 李昂集序〉，《李昂集》（台北：前衛，1992年）

金恆杰：〈「性」與「金錢」：名門世家朱影紅的世界 —— 評李昂的《迷園》〉，《聯合文學》第7卷第4期（1992年2月）

金恆杰：〈黃金新貴族 —— 包裝與商品之間，再評《迷園》〉，《當代》第71期（1992年3月1日）

黃毓秀：〈《迷園》裡的性與政治〉，收錄於鄭明娳主編：《當代台灣女性文學論》（台北：時報，1993年），原載於「國立台灣師範大學主辦：當代台灣女性文學研討會宣讀論文」（1992年12月）

藤井省三，〈日文版《殺夫》解說〉，《中國文哲研究通訊》第4卷第1期（1993年6月）

王德威：〈華麗的世紀 —— 台灣・女作家・邊緣詩學〉，《小說中國》（台北：麥田，1993年6月）

江寶釵：〈敘事實驗、失落感及其因應之道 —— 論李昂的《迷園》〉，收錄於龔鵬程主編：《台灣的社會與文學》（台北：東大，1995年），原載於這「國立中正大學歷史所主辦：近代台灣小說與社會研討會宣讀論文」（1993年11月）

劉毓秀：〈李昂與女性之謎〉，收錄於楊澤主編：《從四〇年代到九〇年代 —— 兩岸三邊華文小說研討會論文集》（台北：時報，1994年）

陳儒修：〈死亡和歡愉都居住在這裡 —— 從「殺夫」和「黃金稻田」談電影中的肉身呈現〉，《聯合文學》第11卷第4期（1995年2月）

王金城：〈生命悲劇的現代寓言 —— 談李昂的」寓言小說」〉，《福建論壇》（1995年4月）

陳姿蘭：〈性與救贖 —— 李昂的小說世界〉，《傳習》（1995年4月）

林靜茉：〈婦人真的殺夫了嗎？—— 解構李昂《殺夫》中的女性主義〉，《文學台灣》第15期（1995年7月15日）

彭小妍：〈女作家的情慾書寫與政治論述 —— 解讀《迷園》〉，收錄於李昂：《北港香爐人人插》（台北：麥田，1997年），原載於《中外文學》第24卷第5期（1995年10月）

邱貴梅：〈論李昂「殺夫」的女性意識覺醒〉，《台南師院學生學刊》（1996年1月）

簡瑛瑛：〈屠刀上的月影 —— 李昂的「殺夫」〉，《中國時報》（1996年1月8日）

王德威：〈愛慾相煎，纏綿不絕：當代小說的情慾寫作風潮〉，《中國時報》第39版（1996年2月1日）

劉玉華：〈解析〈迷園〉的政治與性別認同〉，《輔大中研所學刊》第6期（1996年6月）

陳淑純：〈《殺夫》、《暗夜》與《迷園》中的女性身體論述〉，《文學台灣》第19期（1996年7月5日）

賀淑瑋：〈性、空間與身份：論李昂小說的政治美學〉，《台灣文藝（新生版）》（1996年8月）

邱貴芬：〈族國建構與當代台灣女性小說的認同政治〉，《思與言》第34卷第3期（1996年9月）

邱貴芬：〈歷史記憶的重組和國家敘述的建構：試探

《新興民族》、《迷園》、《暗巷迷夜》的記憶認同政治〉，《中外文學》第25卷第5期（1996年10月）

郭士行：〈從語用談李昂的「殺夫」〉，收錄於鍾慧玲主編：《女性主義與中國文學》（台北：里仁，1997年）

林秀玲：〈李昂《殺夫》中性別角色的相互關係和人格呈現〉，收錄於鍾慧玲主編：《女性主義與中國文學》（台北：里仁，1997年）

林芳玫：〈《迷園》解析——性別認同與國族認同的弔詭〉，收錄於鍾慧玲主編：《女性主義與中國文學》（台北；里仁，1997年）

彭小妍：〈李昂小說中的語言——由〈花季〉到《迷園》〉，收錄於鍾慧玲主編：《女性主義與中國文學》（台北；里仁，1997年）

王德威：〈序論：性‧醜聞‧與美學政治——李昂的情欲小說〉，收錄於《北港香爐人人插》（台北：麥田，1997年）

焦玉蓮：〈論李昂小說《殺夫》的反封建主題〉，《山西師大學報》第24卷第2期（1997年4月）

張金墻：〈台灣文學中的女性空間——以呂赫若、李喬、李昂的小說為主〉《台灣新文學》（1997年8月）

蔡源煌：〈含沙影射與文學公案〉，《中國時報》第11版（1997年8月2日）

張娟芬：〈參政權與情慾權之間〉，《中國時報》第11版（1997年8月6日）

南方朔：〈作家的墮落或超越（上）、（下）〉，《中國時報》第27版（1997年8月18日—19日）

平路：〈虛假的陽具、真實的刑臺〉，《中國時報》第
27版（1997年8月18日）

胡淑雯：〈誰怕香爐吃香火？（上）、（下）〉，《中國
時報》第27版（1997年8月20日-21日）

楊照：〈寫實主義與寫實主義的陷阱——小論李昂〉，
《中國時報》第27版（1997年8月23日）

陳文芬：〈藤井省三：李昂對林麗姿充滿同情〉，《中
國時報》第23版（1997年9月18日）

王浩威：〈解剖《北港香爐人人插》——該來看看李
昂的文學成績〉，《中國時報》第41版（1997年9月25
日）

李仕芬：〈「北港香爐人人插」的嘲弄與顛覆〉，《中國
文化月刊》（1998年8月）

陳修齊：〈淺評「戴貞操帶的魔鬼系列」〔李昂著〕〉，
《水筆仔》（1998年10月）

彭小妍：〈《迷園》與台灣民族論說——記憶、述說與
歷史〉，收錄於江自得主編：《殖民地經驗與台灣文
學：第一屆臺杏台灣文學學術研討會論文集》（台北：
遠流，2000年），原載於「靜宜大學中文系主辦：第一
屆臺灣文學學術研討會宣讀論文」（1998年12月）

邱貴芬：〈殖民經驗與台灣（女性）小說史學方法初
探〉，收錄於江自得主編：《殖民地經驗與台灣文學：
第一屆臺杏台灣文學學術研討會論文集》（台北：遠
流，2000年），原載於「靜宜大學中文系主辦：第一屆
臺灣文學學術研討會宣讀論文」（1998年12月）

王列耀、黃紅春等編：〈李昂——台灣文壇的」怪

傑」〉，收錄於《世界著名華文女作家傳·台灣卷二》
（南昌：百花洲文藝，1999年）

王曙芬、程玉梅：〈從性禁區透視女性生存 —— 淺析
李昂小說中的女性與性〉，《遼寧大學學報》第1期
（1999年1月）

陳玉玲：〈李昂「殺夫」的陰性書寫 —— 論李昂的
「殺夫」〉，收錄於台灣文學研討會論文集》（台北：聯
經，1999年3月）

吳夙珍：〈非關色情 ——「性」在李昂〈殺夫〉中的
意義〉，《中正大學中國文學研究所研究生論文集刊》
（1999年4月）

邵毓娟：〈李昂的台灣史詩：「迷園」中情慾／民族的
寓言〉，《中外文學》第28卷第2期（1999年7月）

王清瀅：〈從迷夢中醒來，再由清醒中入夢：「迷園」
中瀕臨消失的台灣女性主體〉，《中外文學》第28卷第
2期（1999年7月）

李鴻瓊：〈為死亡所籠罩的主體：論「迷園」中的語
言、歷史與性〉，《中外文學》第28卷第2期（1999年7
月）

徐曉珮：〈人類補完計畫 —— 格適者：朱影紅〉，《中
外文學》第28卷第2期（1999年7月）

廖朝陽：〈交換與變通：讀李昂的「迷園」〉，《中外文
學》第28卷第2期（1999年7月）

劉亮雅：〈世紀末台灣小說裡的性別跨界與頹廢：以李
昂、朱天文、邱妙津、成英姝為例〉，《中外文學》，
（1999年11月）

郝譽翔：〈世紀末的女性情慾帝國／迷宮／廢墟——
從《迷園》到《北港香爐人人插》〉，收錄於《解嚴以來
台灣文學國際學術研討會》（台北：台灣師範大學國文
學系主編，2000年）

郝譽翔：〈讓人頭疼讓人瘋狂——閱讀李昂〉，《幼獅
文藝》（2000年2月）

王稻：〈向著身體的還原——關於歐陽子與李昂小說
中的身體哲學傾向〉，《世界華文文學論壇》（2000年4
月）

郝譽翔：〈世紀末的女性情慾帝國／迷宮／廢墟——
從「迷園」到「北港香爐人人插」〉，《東華人文學報》
（2000年7月）

洪珊慧：〈鹿港小鎮的人事素描——論李昂「鹿城故
事」系列小說〉，《台灣新文學》（2000年9月）

康瀞文：〈女性主義打勝的一場仗？——由李昂的
「殺夫」談起〉，《藝術論衡》（2000年12月）

趙繼紅：〈女性的尊嚴——從女性主義角度解讀李昂
的《殺夫》〉，《河南教育學院學報》第20卷第1期
（2001年1月）

劉紀蕙：〈追求娃娃的自戀書寫——評李昂的「有曲
線的娃娃」〉，《文學台灣》（2001年1月）

呂正惠：〈隱藏於歷史與鄉土中的自我——李昂「自
傳の小說」與朱天心「古都」〉，《台灣文學學報》第2
期（2001年2月）

邱貴芬：〈「彩妝血祭」〔李昂著〕導讀〉，《文學台灣》
（2001年4月）

何霄燕：〈談李昂小說中的女性意識〉，《寧波職業技術學院學報》（2001年6月）

邱彥彬：〈「記憶失控錯置的擬相」——李昂「自傳の小說」中的記憶與救贖〉，《中外文學》（2002年1月）

楊翠：〈「妖精」的自傳・「女人」的小說——論李昂《自傳の小說》中的性記憶文本〉，《興大人文學報》第32期（2002年6月）

劉亮雅：〈九〇年代女性創傷記憶小說中的重新記憶政治——以陳燁「泥河」、李昂「迷園」與朱天心「古都」為例〉，《中外文學》（2002年11月）

陳雀倩：〈歷史、性別與認同——「彩妝血祭」〔李昂著〕中的政治論述〉，《文訊月刊》（2002年12月）

三、其他

王列耀、黃紅春：〈李昂——台灣文壇的「怪傑」〉，收錄於鄭光東、陳公仲主編：《世界著名華文女作家傳・台灣卷二》（南昌：百花洲文藝，1999年9月）

宋美瑾：〈女性意識與婦女運動的發展評論〉，收錄於中國論壇編輯委員會主編：《女性知識份子與台灣發展》（台北：中國論壇雜誌社，1989年）

李瑞騰：〈台灣女作家知多少〉，《文訊》第144期，（1983年3月）

顧燕翎：〈女性意識與婦女運動的發展〉，《女性知識分子與台灣發展》（台北：聯經，1989年）

邱貴芬：〈當代台灣女性小說裡的孤女現象〉，《文學台灣》創刊號（1991年2月）

張惠娟：〈直道相思了無益——當代台灣女性小說的覺醒與徬徨〉，收錄於鄭明娳主編：《當代台灣女性文學論》（台北：時報，1993年）

鍾玲：〈女性主義與台灣女性作家小說〉，收於邵玉銘、張寶琴、瘂弦主編：《四十年來中國文學》（台北：聯合，1994年）

呂正惠：〈當代台灣作家如何關懷社會〉，《文學經典與文化認同》（台北；九歌，1995年）

紀宗安：〈中國歷史上的女性角色〉，《文化雜誌》第24期（1995年秋）

維琴妮亞‧吳爾芙（Virginia Woolf）著，簡瑛瑛譯：〈女性作家的困境〉，《何處是女兒家》（台北：聯經，1998年）

蕭義玲：〈女性情欲之自主與人格實現——論蘇偉貞小說中的女性意識〉《文學台灣》第26期（1998年4月）

蕭義玲：〈女性情慾之自主與人格實現——論蘇偉貞小說中的女性意識〉，《文學台灣》（1998年4月）

陳瑷婷：〈論林海音婚姻與愛情小說中的女性意識〉，《弘光學報》第33期（1999年4月）

莊宜文：〈張派小說的女性意識〉，《中國現代文學理論》第14期（1999年6月）

許俊雅：〈肉體與文字之間的生死愛慾——九六年台灣情色文學研討會反思〉，《島嶼容顏——台灣文學評論集》（台北：台北縣政府文化局，2000年）

陳碧月：〈林海音小說的女性意識〉，《台灣文學評論》（2002年7月）

肆、碩博士論文

吳婉如：《八十年代台灣作家小說中女性意識之研究》
（台北：淡江大學，中文所碩士論文，1993年）

江寶釵：《論《現代文學》女性小說家 —— 從一個女
性經驗的觀點出發》（台北：台灣師範大學，國文所博
士論文，1994年）

李玉馨：《當代台灣女性小說七家論》（台北：台灣大
學，中文所碩士論文，1995年）

黃千芳：《台灣當代女性小說中的女性處境》（新竹：
清華大學，中文研究所碩士論文，1996年）

洪珊慧：《性・女性・人性 —— 李昂小說研究》（新
竹：清華大學，中文所碩士論文，1998年）

曾意晶：《族裔女作家文本中的空間經驗 —— 以李
昂、朱天心、利格拉樂・阿𡠄、利玉芳為例》（台北：
台灣師範大學，國文所碩士論文，1998年）

蕭義玲：《台灣當代小說的世紀末圖象研究 —— 以解
嚴後十年（1987-1997）為觀察對象》（台北：台灣師範
大學，國文所博士論文，1998年）

顏利真：《從鹿港到北港：解嚴前後李昂小說研究
（1983-1997）》（台中縣沙鹿鎮：靜宜大學，國文所碩士
論文，2000年）

陳碧月：《五四時期與新時期大陸女性婚戀小說之女性
意識研究》（台北：中國文化大學，中文所博士論文，
2001年）

蔡淑芬：《解嚴前後台灣女作家的吶喊和救贖 —— 以郭良蕙、聶華苓、李昂、平路作品為例》（台南：成功大學，歷史學系碩士論文，2003年）

國家圖書館出版品預行編目資料

李昂小說中女性意識之研究／黃絢親著. -- 初版.
-- 臺北市：萬卷樓, 2005[民 94]
面；　　　公分
參考書目：面
ISBN 957－739－514－7 (平裝)
1. 李昂－作品評論　2. 中國小說－評論　3.
女性主義
857.7　　　　　　　　　　　93023306

李昂小說中女性意識之研究

著　　　者：黃絢親

發 行 人：許素真

出 版 者：萬卷樓圖書股份有限公司

臺北市羅斯福路二段 41 號 6 樓之 3

電話(02)23216565．23952992

傳真(02)23944113

劃撥帳號 15624015

出版登記證：新聞局局版臺業字第 5655 號

網　　　址：http://www.wanjuan.com.tw

E－mail　：wanjuan@tpts5.seed.net.tw

承 印 廠 商：晟齊實業有限公司

定　　　價：300 元

出 版 日 期：2005 年 1 月初版